Gaea

GAEA

奇谈。都市妖

可蕊／著

謹以此書獻給我的朋友趙謙，感謝她幫我打字，爲我提出最中肯的評價，並且在我沮喪的時候鼓勵我一直堅持下來。

閆冰

推薦序

當異常在日常

挑戰者月刊總編輯／林依俐

讀《都市妖奇談》時總會有種奇妙的感覺。

故事中的妖怪們，爲了自己的慾望、心願、信念，幻化爲人類的形貌，潛藏於市……原本只生息在傳說之中的妖怪，在架空城市裡所發生的種種故事，離我們似乎雖遠，但又近。那奇妙的感覺，似乎就是來自這種特別的距離。

雖然在故事中那個架空都市裡有著許多我們還算熟悉的日常風景，但是因爲混入了「妖怪」這個不尋常的要素，使得應該是熟悉的日常風景，又突然變得有點陌生，這樣的陌生產生了距離，可是那距離並不會讓我們覺得與其疏遠，反而使得這個世界具備了吸引目光的神秘，讓人發自本能地想去知道更多。

那是正好能引人入勝的適度距離。

《都市妖奇談》裡的許多妖怪，都來自《山海經》那推測成書於兩千餘年之前，在山川鳥獸之外，也記載著遠古神話與傳說的古籍。就像穿越了千年的光陰，《山海經》裡面的妖怪幻化爲人形，在《都市妖奇談》之中來到現世，他們開著計程車、住在社區公寓、想要買遊戲機，就像眞的活在當下的這個時空。

遠古的妖怪在現代的都市，生活在人群之中的非人們——那些試圖融入日常，卻又理所當然無法完全與日常融合的異常（妖怪），他們與我們所認識的尋常世界之間所自然產生的一點點錯位，便構成了《都市妖奇談》獨特的世界觀。

過去我曾在爲了《都市妖》所寫的書腰用推薦短文裡，提到《都市妖奇談》讓我想起了手塚治虫發表於一九七二年的《妖怪大樓（マンションOBA）》這部漫畫作品。因爲在《都市妖》裡面，那種傳統妖怪與現代都會融合的風味，與發表時間相隔將近三十年的《妖怪大樓》竟有著異曲同工之妙！這讓我不得不將兩者聯想在一起。

《妖怪大樓》的篇幅並不長，是由四篇連作短篇構成，全部加起來也不到兩百頁，故事則是描述一群原本居住在茂密森林，卻因爲過度的土地開發工程（濫墾濫伐）而失去家園的妖怪們，化爲人形住進了一棟公寓大樓，想要伺機報復人類，卻遇上一個陰錯陽差地搬進這棟公寓的人類少年，在（被迫必須）與少年產生互動的狀況之下，妖怪們的態度也從原先的敵視，漸漸有所轉變。

除了古今融合的世界觀，《都市妖奇談》也與《妖怪大樓》同樣，並不會刻意去再三強調妖怪們的恐怖或異常之處，而是用親切的、平實的方式去寫活他們，在對話與動作之中，自然流露出妖怪們各自鮮明的性格與可愛之處。

然而，相對於《妖怪大樓》從一開頭的「濫墾濫伐」便點出它強烈的社會派氣息，用故事中的妖怪們純樸的表現與人類的魯莽去作對比，《都市妖奇談》面的妖怪們，反而被刻畫得比人類更像人類——同樣是談及妖與人的共存，手塚治虫借用妖怪來進行對人性的批判，但可蕊卻用妖怪來展現對人性的包容，對照兩作品誕生的時空背景，這是非常值得玩味的差異。

一般而言，妖魔鬼怪的題材，原本是有著十足賣弄玄虛、諷刺現世的本錢，但可蕊在《都市妖奇談》裡，卻沒有藉此去故作神秘或高深，選擇了用平實的筆觸，去描繪妖的執著、妖的情義、妖的憂鬱。她筆下的妖怪們活得像人，但各自背負著的經歷與能力，加上漫長的壽命，又讓他們雖然如同常人一般有著屬於自己的生活圈，但又無法像常人一般單純地生活在「日常」之中，因爲他們其實並不平凡。

於是，有的妖怪因此感到寂寞，有的妖怪因此感到困惑，也有的妖怪早已看破，隨興在人世沈浮起落。書中出現的妖怪們，在可蕊對於他們的確實描繪之下，都有著鮮明的性格，讓原本就極具吸引力的世界，又因爲人物的魅力而更顯立體。

而《都市妖奇談》系列整體由一到兩個角色爲主，讓其他角色爲輔，用短篇進行故事的方式，除了讓書中角色能夠獲得充分的發揮，同時也讓人能夠容易融入故事，認識角色，但讀來卻沒有負擔。故事中的妖怪們，像是地狼、影魅、妖貓等等，性格多樣而刻畫深入的角色，也總是能讓人找到自己的所愛。而能讓一篇又一篇各自獨立的短篇故事在堆疊之後，浮現一個完整而豐富的世界，則是作者可蕊堅實筆力的最佳證明。

「異常」雖然是不和諧的表徵，但也往往能帶來新的刺激。輕輕地，將你的視線從一成不變的日常稍微移開一點點，看看這些妖怪們異常不可思議的生活體驗吧！在現實與虛玄的縫隙之中，來自遙遠過去的妖怪們，或許正笑著向你招手呢。

奇談。都市妖

角色介紹

周影

影魅，原是朝生暮死、最低級的妖物，但是機緣巧合凝聚了形體，爲了修成正果，來到城市裡學習做人，平常開計程車以體驗人生。

劉地

地狼，本是居住在地下的妖怪種族，但他是族中的怪胎，一直混居於人類之間，追求享樂和流行。和周影是好朋友。爲了某種緣故，化爲市立圖書館的圖書館員，但只有高興的時候才去上班。

火兒

畢方是強大的靈獸，本來應該住在昆侖界，只有修成正果的神、魔、仙可以御使，但是不知什爲原因火兒在還是一顆蛋時落入了人間界，被影魅孵化出來，所以他視周影爲父兄，也是周影的「護身符」。外形獨爪、白喙、青眼，是隻任性霸道的小火鳥。

瑰兒

山鬼，自古被稱爲山神，是最接近神的妖怪。但是瑰兒自幼在人類社會長大，幾乎不會法術，卻比任何妖怪都更能適應人類生活。山鬼一族天生可以駕馭文狸和赤豹這兩種靈獸。

林睿

小九尾狐的母親在他年幼時被殺，他追蹤凶手從青丘之國來到人間界，爲母親報仇之後留在人類母親林青萍身邊，化爲她的兒子林睿，母子倆幸福地生活著。他是火兒最要好的朋友，平時在山南路小學讀五年級。

南羽

殭屍。南羽的肉身是北宋名妓，紅顏早逝，屍身受地氣感染化爲殭屍。現在她化爲人類醫生行醫救人，雖然善良、不爲自己的食慾殺人，但行事亦絕不手軟。

都市妖奇談 卷二

目錄

給妖怪們的安全手冊

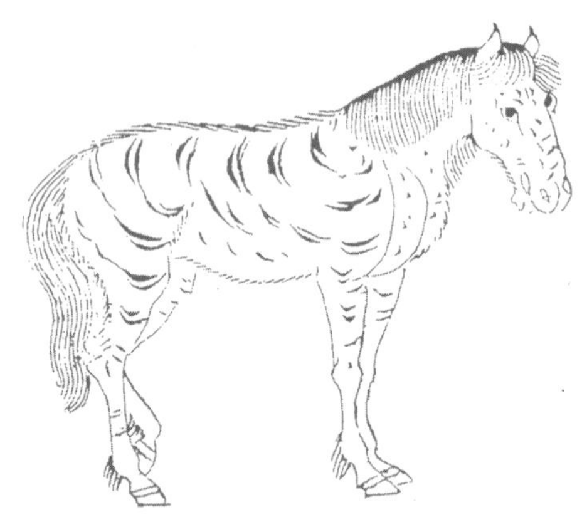

鹿蜀

「……有獸焉，其狀如馬而白首，其文如虎而赤尾，其音如謠，其名曰鹿蜀，佩之宜子孫。」

——《山海經・南山經》

列車剛一停穩，車廂裡的人就湧了出來。

乘客中的遊客、商人們散去得很快，轉眼間還留在月台的，就只剩下那些肩揹行李、臉帶憧憬的打工者了。他們依舊停留在這裡的原因，一來是因爲驚訝於這車站一角所透露出的都市繁華，二來是像他們這類的打工者來到這種大都市，往往都是由先來一段時間的同鄉介紹的，他們就是在等同鄉的迎接。

一群群操著各地鄉音的人從車站走出去，一匯入街上的人群很快就看不見了。這座城市就是這樣，每天「吞食」著這樣外來的勞力和智慧，使他們成爲自己的養分，因而使自己愈來愈龐大，然後又吸引更多的外地人再壯大自己……就像滾雪球一樣的效應。

「走近了看，總覺得這城市像個特別大的妖怪呢……」一個在車站裡等待的人自言自語地說：「他一口可以吃下好多東西啊。」

他是個年輕男子，十八、九歲的樣子，中等身材，相貌普通，身上穿了一件怎麼看也不相稱的西裝，腳上穿的卻是一雙布鞋，背上揹著一個好像登山者用的特大背包。他咕噥過那句話後，就繼續東張西望，充滿了好奇。這時月台上的人群已經慢慢散去，很快就只剩下他一個人了。

「爲什麼叔父沒來接我？」他終於開始感覺到不安，「我記得他給了我這個，說是

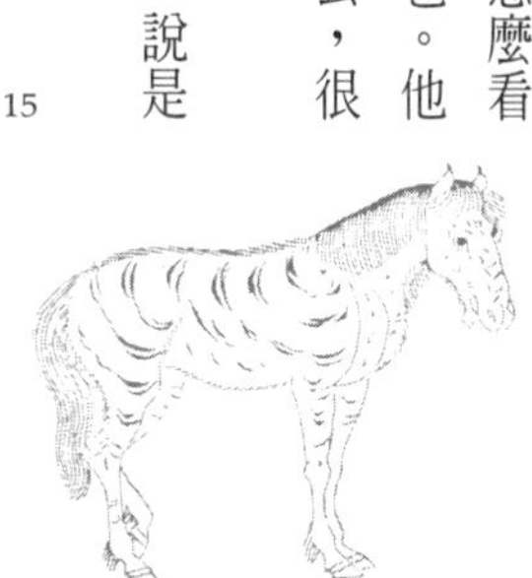

可以用來和他聯絡……」他在大背包裡東翻西找，終於找出了一支手機，「對了，就是這個東西，可是要怎麼用呢？」他皺起眉頭，右手虛空劃了幾下，向手機一指喝道：「顯！」

只聽「碰！」的一聲，手機炸成了碎片。他茫然地看著手中的手機零件，心想：「這樣就算和叔叔聯繫過了嗎？」

月台上的人都看向他，議論紛紛：「看到了嗎？他的手機剛才好像爆炸了！」

「他的手機……」

「『碰』的一聲……」

「爆炸……」

人們指指點點的，他開始有些受不了，抓著行李跑出了車站。

面前是車輛川流不息的街道，上下好幾層的高架公路，他左顧右盼，根本不知道要向什麼方向走。

「叭叭……」四周的車喇叭響成一團，原來他無意中走到馬路中間來了。他慌忙向後退去，被阻住的車疾馳而過，有幾名司機還打開車窗罵幾句髒話。

「唉……」大都市根本就是寸步難行的地方嘛，他有些垂頭喪氣，本來是興沖沖地

❶鹿蜀，《山海經・南山經》：「……有獸焉，其狀如馬而白首，其文如虎而赤尾，其音如謠，其名曰鹿蜀，佩之宜子孫。」

出來開開眼界的，結果連個車站都走不出去。

「請上車。」一輛紅色的車駛到他面前停下，司機打開車門說。

他小心地看看車子，確定他不會突然開走，才弓著腰坐進去。「這就是書上說的『計程車』吧？」

「先生去哪裡？」

「我，我去……」他記得叔父給過他一個地址，手忙腳亂地在背包裡找起來，「唔，這個，山南路一六七號。」說著抬頭向司機說：「麻煩您了。」他一看清楚司機，猛地從座位上跳起來，頭「碰」地一聲撞上了車頂，他捂著頭，連喊疼都忘了，指著司機說：「你……你也是！」

司機似乎不了解他的驚訝，略一點頭說：「我是周影，你是今天剛來的嗎？」

他一時間明白自己的大驚小怪，有點不好意思——叔父不是早就說過了嗎，在這座人口五百多萬的城市裡，住著三千多隻妖怪，和人類相比雖然不算多，但是偶爾遇見一個兩個也不是很奇怪的事，自己應該像在家鄉那樣，遇見同類要有禮貌地招呼才對。

他忙在座位上向周影鞠了個躬說：「我是鹿、鹿、鹿蜀❶，我叫小九，今天才到這裡……我叔父本來說來接我的，可是他沒有來，所以我才……」

「鹿蜀，」一個腦袋從周影的口袋裡伸出來，「我第一次看見這種妖怪。」隨著說話的聲音，一隻畢方出現在周影肩上，他好像還沒睡醒，用翅膀揉著眼睛上下打量著鹿九，說：「看不出原形是什麼樣，不過聽說你們的毛皮可以讓人多子多孫，是吧？」

「畢方……」鹿九驚叫的聲音都在打著顫，盡力向座位一角縮去，看他一雙火眼火辣辣地盯著自己，不是想要扒自己的皮吧？

「火兒，他們不會願意爲了讓別人多子多孫而被扒皮的。」周影對畢方說。

「那就是眞的可以讓人多子多孫了，眞想看看他的原形是什麼樣。」火兒這麼說著，但是已經對鹿九失去興趣，站在周影肩上開始繼續打盹。

鹿九悄悄鬆了口氣，心怦怦地跳著，一時還不能從見到畢方的驚嚇中恢復過來。爲什麼這裡會有畢方？周影又爲什麼可以驅使靈獸？難道他是道行圓滿、遊戲人間的仙人？

「對了，畢方！好像叔父曾經提過！」鹿九又在大背包裡一陣尋找，找出了一本記事本。這是叔父特意爲他寫的，記錄在這個城市居住要注意的事項。鹿九打開一看，在特別用紅筆寫的危險事項中第一條就寫著：

「如果在這個城市裡需要乘坐計程車的話，切記不可搭乘一輛車號爲×××005

44的紅色桑塔納計程車，因爲該車由一隻法術高強的影魅駕駛，並有一隻愛吃妖怪的畢方跟隨，妖怪一旦搭乘了該車，可能連骨頭都沒了。」

雖然記不清車牌號碼，可是紅車、影魅、畢方已經一樣不缺了，難道自己一不小心就踏入了這個城市最危險的地點之一——計程車？

「喔，這是誹謗！」鹿九一抬頭，發現不知什麼時候，火兒已經來到自己的椅背上，正伸長了脖子看著自己手裡的記事本，一邊忿忿地說：「我又不是地狼，才沒有那麼貪吃！我吃妖怪時從來不吃骨頭！」

鹿九幾乎要嚇昏過去了——這絕對就是叔父寫的那輛車沒錯，爺爺、父親、娘、大哥、二哥、三哥、四哥、五哥、六哥、七哥、八哥、大姊、二姊、三姊、四姊、五姊，恐怕我再也見不到你們了。

車緩緩停在路邊，周影向他轉過身來。

鹿九把眼一閉：「要被吃了，要被吃了！」

「到了，車費一百一十五元，謝謝。」

「到了……」鹿九不敢相信地重複著周影的話，拉開車門，連滾帶爬地衝了出去。

「喂！站住！」火兒大喝一聲，衝到他面前，「竟然不給錢就走，你想知道在我的

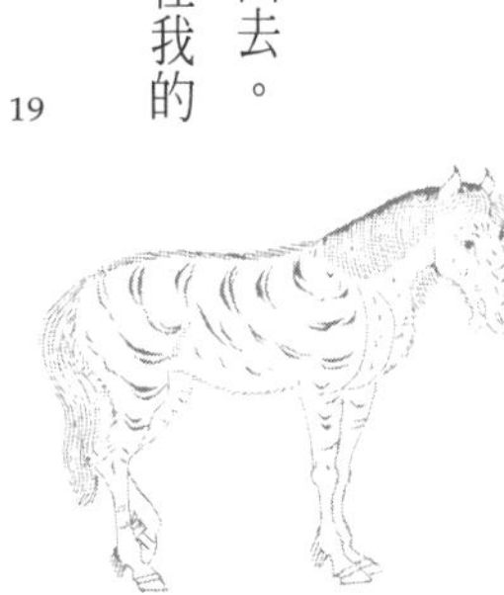

料理下那些坐『霸王車』的人類下場是什麼嗎？」

「錢、錢……我帶了。」鹿九記得父親特意給了自己一些錢，說人類很重視這種東西，他從背包裡把錢全掏出來，統統遞給周影。

周影詫異地看著他雙手裡捧的碎金銀說：「人類早就不用這些了。」

「啊……我只有這些。」他們不會把自己當作晚餐抵車費吧？

周影從錢包裡取出四張千元鈔票遞給鹿九，看他不接便塞在他手裡說：「人類現在使用這種紙幣。這些你拿去吧，在這城市裡沒錢很麻煩的。」他看看臉色蒼白的鹿九，心想這隻鹿蜀膽子也太小了吧，就算看見火兒，也不用就嚇成這樣。

「火兒，走了。」

紅色桑塔納揚長而去，鹿九腿一軟坐到地上，一隻手捏著紙幣，一隻手捧著金銀，冷汗把衣服都濕透了……

□

「山南路一六七號……就是這裡……」終於鼓起勇氣站起來的鹿九開始打量眼前時

又受到了一次驚嚇，這裡前前後後排著二、三十座樓房，每座樓房都是五、六層高。「人類就是住在那些亮著的小窗子後面吧？」鹿九這麼想。

在故鄉，住戶之間往往相隔很遠，像他家就有一個大大的院落，幾十間房屋，一家人開開心心地住在一起。而人類住的地方卻上上下下疊在一起，這樣住一定很辛苦吧？

當鹿九驚訝完了，才又想到，這麼多住處不可能全是叔父的，那麼叔父究竟是住在哪裡呢？

鹿九再看一次這個地方，這裡有一個共同的大門，門上寫著「桃源社區」幾個字，旁邊還有幾個小字的鐵牌「山南路一六七號」。

「這些全都是山南路一六七號……」和在車站一樣，鹿九再次陷入了進退兩難。

□

「救命！救命啊！」女性的呼救聲吸引了鹿九。

聲音是從不遠處的一條窄巷傳來的，但是路過的人類腳步匆匆，竟然沒有一個人向那邊看一眼。

「救命啊……救命啊……」女子的聲音幾乎是聲嘶力竭了。

鹿九壯起膽子，把背包向肩上托一托，邁著小心的步子走向聲音傳來的方向。他向路燈昏暗的窄巷上一探頭，輕輕吐出一口氣：「好在是幾個人類。」如果試圖非禮女性的是幾隻妖怪，還沒從見到畢方的驚嚇中恢復過來的鹿九，多半會轉身逃走；可對方是人類，要是還落荒而逃、見死不救的話，實在太丟妖怪的面子了吧？鹿九這麼想著，又向前走近了一些。

四個人類男子圍住一名女性，一邊說著下流的話語，一邊捂著女子的嘴，按著她的手腳，撕扯她的衣服。

忽然女子的皮包從地上跳起來，狠狠地撞在其中一個男人的臉上，硬皮的背包立刻把他的嘴角碰破，他怒吼一聲，回頭尋找「凶手」，但除了自己的同伴們和受害者之外，什麼都沒看見。

緊接著他身邊的一名同伴慘叫一聲，仰身向後倒去，鼻子也塌了下去，好像被人一拳打飛出去一樣，然後另一個男人捂住下身直跳起來。捂住女子嘴的那個人不解地看著同伴們，自己的脖子卻突然被一雙無形的手掐住，他用力向身後踢去、用手肘撞去，卻什麼也碰不到，那雙手依舊不依不饒，拉著他的頭向牆上撞擊，一下、兩下，血從他的額頭淌下來。

原本傳出女人尖叫聲的小道上傳出了男人的哀嚎聲，隨著殺豬般的聲音，幾個鼻青臉腫的男人衝出來，轉眼跑了個無影無蹤。

鹿九從陰影裡伸出頭來張望，確定他們都跑遠了，才躡手躡腳地走過去察看那個女人。

她還是躺在地上，緊閉著雙眼，咬著嘴唇，一動都不動。

「這位夫人，他們已經走了，妳可以起來了。」鹿九小心地說。

女人還是不動。

「難道死了？」鹿九蹲下來推了推她，女人似乎抽動了一下，但還是不醒。

鹿九爲她把脈——他不擅長治療法術，卻從母親那裡學得了一手好醫術，迅速判斷出女人是因爲驚嚇過度引起的呼吸不順。

他站起來，習慣性地搜尋在深山裡隨處可見的草藥，卻發覺觸目所及全是牆壁和裝飾性的花草後，他才明白在這個城市裡，連找株深山最常見的野草都難，何況是草藥。

他跺跺腳——偏偏聽了大哥的話，把針灸用的銀針放在家裡沒有帶來。對了，大哥是怎麼說來著——「人類住在城市中，他們是用一種叫『醫院』的東西來治病的。」

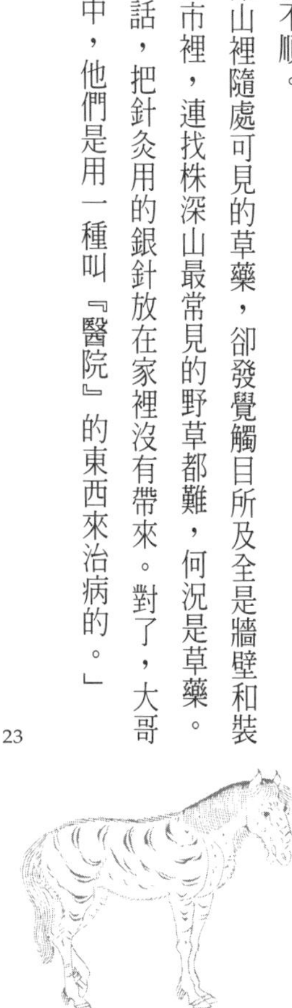

用「醫院」來治病！鹿九想起來了，他知道這個女人再這樣下去會因爲不能呼吸而死掉，所以顧不得多想，把女人抱起來向街上跑去。

「要怎麼去找『醫院』？」鹿九東張西望，「對了，計程車，讓他帶我去有『醫院』的地方。」

鹿九站在街邊看見車就招手，終於有一輛車停了下來，司機卻不開車門，隔著車窗看他抱著的女人，一臉的懷疑。鹿九拍打著車門：「快帶我去找醫院！她快死了！」

「上來吧。」司機總算讓他上了車，「去哪家醫院？」

「只要是可以治病的『醫院』就行！」

「……那去最近的吧。」司機一邊發動車一邊問，「先生，這是你太太嗎？」

「不，當然不是。她被幾個男『人』襲擊，所以……我，我要帶她找『醫院』。」

「喔，你救了她啊！」

鹿九不好意思地低下頭。

「好，看在你這麼勇敢的份，飛車送你去醫院！」司機突然來了精神，連連踩油門，車開得像騰雲駕霧一樣，在行駛中的車縫裡衝來鑽去，忽快忽慢，忽高忽低，鹿九害怕地抓住座椅，張大了嘴，連叫都叫不出來，心裡不住地祈禱著。

好不容易「吱……」的一聲，車滑動了一段後停住了。

「到了！只用了七分鐘，我的技術厲害吧！」司機用力拍著鹿九的背，自得地說。

鹿九咧著嘴、齜著牙，手抖腳軟地下了車，一下子想起坐車是應該付錢的，忙趕在司機發脾氣之前，把周影給他的錢抽出一張遞上去。

司機豪爽地一揮手：「免了！小兄弟你能救她，難道我還不能免費送你一次，快點送她進去吧，進去免不了是要用錢的！」一邊說一邊發動車子，嘴裡還感嘆著：「這年頭啊，這樣的好人不多嘍。」

鹿九看著車馳遠。

「開計程車的不論人和妖怪都很好，不過……也都很可怕。」鹿九這麼想著，抬頭看著眼前的「醫院」，脫口叫出來：「什麼！這根本不是一樣東西！而是……好大好大的大樓啊……『醫院』會在哪一個房間裡啊？」

□

一股怪物的氣味從遠處漸漸靠近，鹿九機警地跳起來四處張望，鹿蜀特有的警覺常

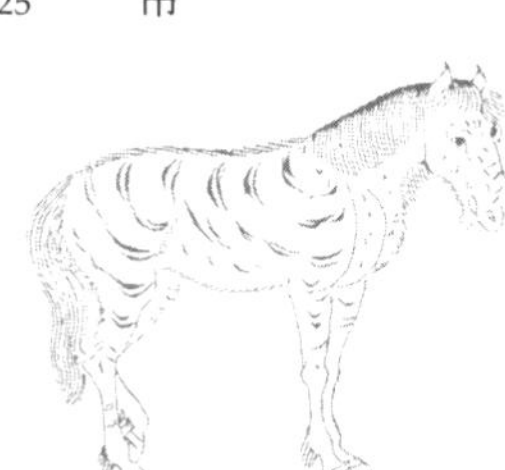

常可以在關鍵時刻救這種相對弱小的妖怪一命，但是這次因爲身處人群之中，各種氣味混雜，等他發覺的時候已經遲了。鹿九眼睜睜地看著一名穿著白衣、化作人類女子的妖怪走到了面前。

「是你送這個女人來的？」她看清楚鹿九後也很吃驚。

「是……是的。」

這名妖怪女子看起來沒有什麼惡意，她點點頭說：「難怪我發覺她身上有妖氣，還以爲是有妖怪對她出手呢。」

「我沒有，我沒有，我只是嚇跑傷害她的人類，把她帶到這裡來……我本來想幫她治療的，可是我不會治療法術，這裡找不到草藥，我的銀針又放在山上……」

妖怪女子伸手制止他說下去，微微一笑說：「我知道了，如果你傷害了她就不會送她來醫院了。對了，你叫什麼名字？我是南羽，在這家醫院作醫生。」

「鹿、鹿九。」南羽溫和的態度使鹿九漸漸放下了一顆心，關切地問：「她……她怎麼樣了？」

「她沒事了，我給她用了鎮靜劑，睡一覺就好了。」

鹿九雖然不知道「鎮靜劑」是什麼，但是聽到那女子沒事了，輕輕鬆了口氣。

「我想，你還是先離開吧，」南羽建議說：「不然待會兒會有很多麻煩。」

「她不是沒事了嗎？」

南羽看看他說：「不是因爲她，而是待會兒警察會來找你問話，要你證明傷害她的不是你，還有她的親屬什麼的，你想面對這一切嗎？」

鹿九用力搖頭。

「那你就走吧，剩下的事交給我處理。」

鹿九點點頭，又想起什麼說：「錢，醫院要用錢吧，我有錢，我先給妳錢。」說著把周影給他的錢全掏出來遞給南羽。

「不用這個，你交給我就好了，快回去吧。」南羽推開他，露出了很溫柔的笑容，「很高興認識你，鹿九，希望以後還可以見面。」

□

鹿九又坐了一輛計程車回到了桃源社區門口，他再次翻看著叔父給他的筆記本，其中用紅筆寫的危險事項中，有一條寫著：

「市立醫院是本市妖怪的禁區，內有一隻修行千年的吸血殭屍，是本市妖怪中道行最高的一隻，化身爲醫院的醫生，並把市立醫院視爲她的勢力範圍，所以進入該醫院的妖怪一律會飽滿著進去（滿血），癟著出來（吸乾了），切記切記！」

「胡說！」鹿九把筆記本用力一合，「全是在嚇唬人！周影、南羽分明都是好人！連那隻畢方也沒有傷害我。」

他把筆記本扔回背包，深吸了口氣，仰望著天空；天上看不見幾顆星星，卻有被霓虹燈映出的紅、青色，有著鹿九沒有領略過的美麗。「城市是個不錯的地方啊，有很多沒有見識過的東西，妖怪們也都很和善，回去後要告訴爹娘，我很喜歡這個城市。」

「哎喲！」

鹿九的肩頭被撞了一下，差點坐到地上。

「喂！小子！」幾名服裝怪異、神情不善的人類男子把他圍在了中間，「你撞到我了！」其中一個黃色頭髮的男子說，一邊把一口煙噴到鹿九臉上。

「對不起！」一定是自己剛才一直仰著頭，所以不小心碰到了人家，鹿九連忙道歉。

「對不起就完了，鄉巴佬！」男人在他肩上推了一把，「對不起值幾個錢啊！」其他幾個男人一擁而上，你一拳我一把地推著鹿九。

鹿九在他們當中被推來推去，跌跌撞撞，結結巴巴地說：「可……可是……」

「可是什麼！把錢交出來，賠償我們！」

「難道……這就是傳說中的『敲詐』！」鹿九恍然大悟。

「小子，快點，老子們可沒什麼耐性！」

鹿九皺起眉頭，心想教訓他們要用什麼法術，「法術……法術……啊……刀子！」一把雪亮的刀子已經抵在他的脖子上，鹿九一感受到那鋼鐵抵住脖子的冰冷感覺，立刻把記憶中所有的法術忘到了九霄雲外。

「把錢交出來！」

鹿九顫抖著手，把身上所有的錢都捧給了對方。

「早點這樣不就沒事了！」他們晃著那幾張鈔票塞進口袋中，把鹿九推倒在地，大聲說笑著一些「晚上哪裡快活」之類的話題，搖擺著身體走了。

鹿九坐在地上，大口地喘著氣，還驚魂未定的時候，頭上突然傳來了一個聲音：「居然會被人類敲詐，你簡直丟盡了妖怪的臉啊！」鹿九抬起頭來，看到了這個聲音略帶稚氣但是又充滿嘲弄的人——一個十歲左右的小男孩。

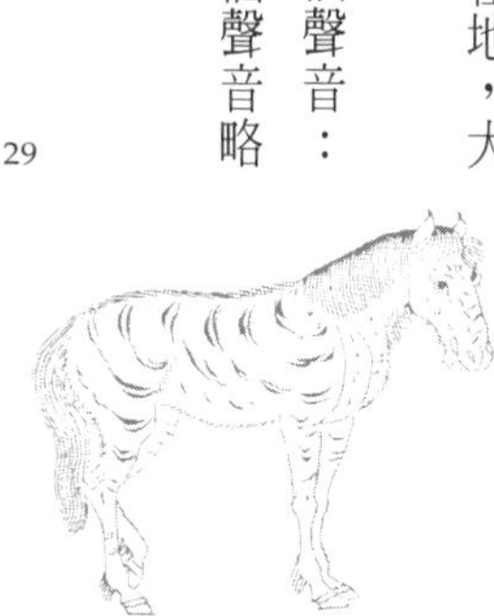

只見男孩伸手虛空一抓，前面那群男子還渾然不覺的情況下，幾個錢包已經落在了他的手裡，他把錢包往鹿九身上一扔，揚著眉毛笑著說：「拿去，別再丟了。」

「小睿，你在幹什麼？」一個人類女性從路邊的超市中走出來，向男孩問道。

「媽媽！」男孩立刻露出天真可愛的笑容跑過去，「這個叔叔好奇怪啊，坐在地上。」

小男孩如此迅速的轉變令鹿九一時接受不過來，只看著他發呆。

他的母親走過來關切地問：「先生，你沒事吧？」從母親的背後，兩道冰冷的目光向鹿九射來，充滿了警告的意味。

「我……我跌倒了，我……我的錢包也掉了，我在撿……」鹿九慌亂地編理由。

「沒事就好了，」她溫柔地笑了，「來，小睿，和叔叔說再見。」

「叔叔再見！」男孩向他揮揮手，牽著母親蹦跳著走了，「媽媽，我作業寫完之後可不可以玩電腦？」

「先寫完作業啊。」

「一定！我今天要和他們大戰三百回合……」

鹿九一直看著他們消失在樓群中：「她很像我媽媽……他有個很好的媽媽呢。」鹿九知道自己遇見的一定是叔父記錄中提到的小九尾狐，這個城市中的危險分子之一，不過他看起來也挺友善，不像是詭計多端、並且會拿自己看見的妖怪款待朋友「吃飯」的樣子。

鹿九拍拍身上的土，心想：「快點找到叔父住的地方吧，不然要這樣遊蕩到什麼時候啊？」

在桃源社區裡轉了半天，所有的樓房在他眼中看來都一模一樣，他完全不知道要怎麼找到叔父住的地方，怎麼辦？難道要一直在街上等到叔父找到自己爲止？又累又餓的鹿九忍著想咬嚼社區裡綠化植物充饑的念頭，頹然地一屁股坐在路沿上。

「啦啦啦……」一個人從最近的樓中出來，一邊走一邊還在唱歌，他從鹿九身邊搖擺著走過去，鹿九在一瞬間聽見他唱的一句歌詞，內容竟然是「……一隻妖怪，一隻妖……啦啦啦……」

「一隻……妖怪？」鹿九腦海中閃過一絲疑惑，他遲疑了片刻，想抬頭看看那個人，卻一下子看到一雙盯著自己的眼睛。

「哇！」鹿九驚叫一聲。

那個人雙手插在褲子口袋裡，正把身體彎成九十度，側著頭看著鹿九，眨著眼問：

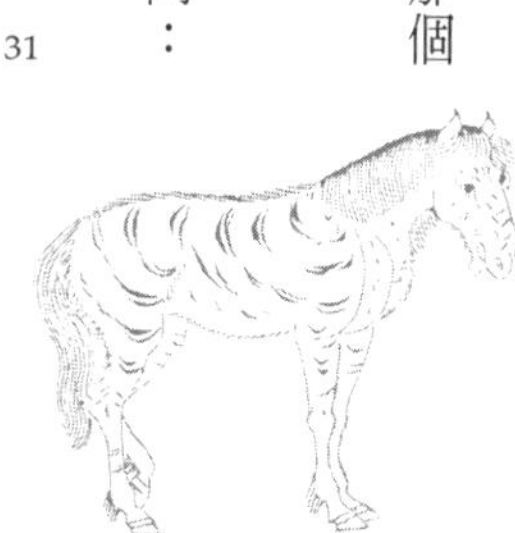

「叫什麼？我又沒把你怎麼樣。」

鹿九不敢直視他的眼睛，低頭看著地面，諾諾地說：「對不起。」

「喂，幹嘛坐在這裡？還揹這麼大的背包——你剛來的？」

鹿九點點頭。

他逕自在鹿九旁邊坐下來，取出一盒菸遞給鹿九，看鹿九搖頭，就自己抽出一根，手指一彈點著了，吞雲吐霧起來，問：「沒找到住的地方？」

「不是，我在找我叔父，他說好會來接我，卻一直沒來。」

「喔，你叔父是誰？說來聽聽，這個城市裡所有的妖怪我都認識。」

他的口氣好大啊，鹿九這麼想著，偷眼看他，他的外表是二十三、四歲的人類男子，英俊高大，一副很神氣的樣子，鹿九不知道自己什麼時候可以像他這樣，有這種充滿了自信的神情。他又低下眼簾回答說：「他叫鹿爲馬，就住在山南路一六七號。」

「鹿．爲．馬？哈哈哈……」他忽然拍著鹿九的背大笑起來，險些把鹿九推到地上，接著又趴在地上，開始捶著馬路大笑，「鹿爲馬，笑死我了，哈哈哈哈……原來那隻老鹿蜀的名字叫鹿爲馬，太有意思了！」

「你眞的認識我叔父！你知道他住哪裡嗎？」

對方好不容易收住了笑，說：「他住在哪裡我是不知道，不過我知道他在河邊公園裡擺了個攤子算卦騙錢，你白天去，他一定在那裡。」

「算卦？我叔父？他的占卜術可是弱項啊。」

「所以才說他在『騙錢』啊。」

「騙……」鹿九沒想到自己極爲敬重的叔父，在城市中過活的家族英雄竟然是以騙財維生，有點受到打擊。

「他白天才會在那裡，你今天晚上怎麼過？」

「我去等他……」鹿九垂頭喪氣地說。

「那怎麼行，你初來乍到，讓你露宿公園也太可憐了，今晚我來照顧你吧！」他摟著鹿九的肩膀站起來，「我會帶你去這個城市最値得一去的地方！今天晚上我們就去吃喝玩樂個痛快！我請客！」

「初次見面，就這麼麻煩你……」好熱心、好善良的妖怪，鹿九都快感動得哭了。

「走吧，走吧，別那麼客氣了，四海之內皆兄弟嘛！我們的第一站是……」他拉著鹿九向前走，扭頭問他，「對了，還沒問你叫什麼名字？我叫劉地。」

「撲通！」鹿九腿一軟坐在了地上……

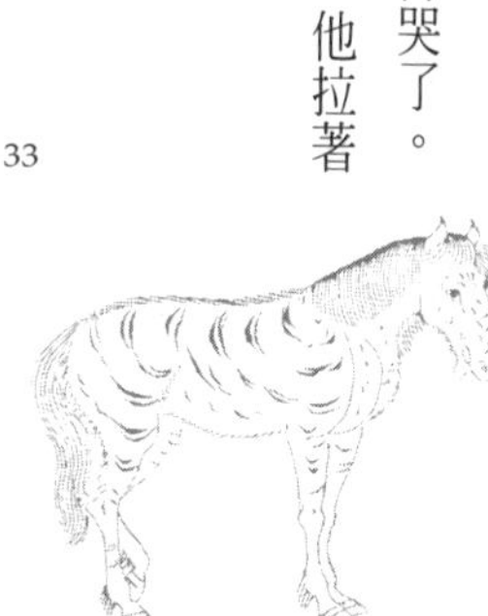

「劉地」這個名字鹿九不用看筆記也知道，因爲叔父只要回鄉探親，就會提到這隻地狼，關於他有多強大、多凶狠、多可怕的故事講也講不完，和他搏鬥會被吃掉，和他吵架會被吃掉，跟他搶食物會被吃掉，和他搶女人會被吃掉，不聽他的話會被吃掉，讓他看不順眼會被吃掉……總之，他是這個城市中妖怪們的噩夢，據說他連不遵守他定的規矩的窫窳也吃過。

鹿蜀在地上瑟瑟發抖，不知道他是要帶自己去哪裡：屠宰場還是廚房？

「你也太沒用了吧？」劉地蹲在他面前，「我有那麼可怕？」

鹿九用待宰羔羊的目光看著他。

「你是不是從鹿爲馬……鹿爲馬，哈哈哈哈哈哈，什麼時候叫都這麼好笑，哈哈哈……從他那裡聽了些什麼有損我光輝形象的話？這個死老頭，下次見到吃了他！」

「啊！」聽到劉地要吃叔父，鹿九慘叫一聲。

「你怎麼一點幽默感都沒有啊！」劉地用力拍了他的頭一掌，「快點站起來，我來教你什麼是生活——別沒出息地跟那個鹿爲馬（哈哈哈哈哈）學！」

□

「來，來，來，看看！這是本市最大的夜總會！這裡的美女也是最多的喔！我來介紹幾個給你認識吧。」劉地親熱地摟著鹿九的肩，向七彩霓虹閃動的大門裡走去。

鹿九一邊喃喃叨唸著：「反抗他會被吃掉！反抗他會被吃掉！」一邊被拖了進去。

坐在兩個衣著暴露的女郎中間，鹿九雙手放在膝上，一動不敢動。劉地坐在他對面，左摟右抱，瞇著眼睛問：「怎麼了，這不是你喜歡的類型？」

鹿九不敢用力地搖頭，怕碰到頭枕在他肩上的女郎，說道：「我們……從來不和外族通婚的。」

劉地的眼睛睜得有鈴鐺大：「結婚？和這裡認識的女人？哈哈哈哈，你眞是……哈哈哈，我第一次看到比周影腦子還木的傢伙！哈哈哈哈……」

原來他認識周影，不知道他們誰比較強大？在山林中，強大的妖怪們總是不斷爭鬥，因爲王只能有一個，想像一下他們彼此爭鬥的情形鹿九都覺得發抖，而且這城市裡還有南羽和九尾狐，這麼多強者在一起，一定經常發生爭鬥吧？

「你身上有周影的氣味？」劉地向他吸著鼻子，「你坐過他的車了？」

「……」

「竟然沒有被火兒吃掉，命眞大！」劉地側著頭說：「看在你是周影顧客的面子上，不捉弄你了。」他彈彈手指，不知用了什麼法術，小房間裡的女郎們都默默地出去了。

不一會兒，服務生端著裝滿了各色水果的盤子進來。「來，吃飯了！你是吃素的吧？別客氣，說過我請客。」

鹿九早就餓腸轆轆了，看著桌子上各色的新鮮水果，甚至還有他叫不出名字的品種，用力吞著口水。

「別客氣啊，」劉地拿起幾顆葡萄扔進嘴裡，「就算要吃了你，也要把你餵肥了再吃啊！……開玩笑、開玩笑，別動不動一副要死的樣子，快吃！」

鹿九終於忍不住了，向蘋果伸出了手，然後是梨子、小番茄、荔枝、獼猴桃、龍眼、甜瓜……桌子上的水果以驚人的速度消失在他的手指和牙齒之間，劉地在一邊叫服務生生添了三次，鹿九才打著飽嗝，看著手裡剩下的西瓜，停了下來。

「吃飽了？」劉地皺著眉說：「這樣暴飲暴食對胃可不好——雖然我也沒什麼資格說你。」

鹿九不好意思地笑著，擰著手裡的毛巾說：「我已經兩天沒吃了——上了火車後就沒東西吃，車上的東西全有油味，我寧願吃草。」

「你可真像周影啊！」劉地感嘆，「該不會連酒也不會喝吧？」

「酒，我很愛喝，我們家常用水果和穀子釀酒，很好喝。」

「那就好，拿酒來！」劉地高興地一揮手，「我們喝個痛快！」

鹿九看著他笑著說：「我來城市之前，叔父一直說這裡很危險，也說你、周影、畢方、南羽和九尾狐是非常危險的。可是我今晚全遇見了，你們一點都不可怕……你們都很好……」

「那當然！」劉地毫不謙虛地說：「雖然其他傢伙都很危險，但我可是數一數二的好人。在這個城市的事有什麼不懂的就問我，包在我身上！」這時，服務生用托盤端來了七、八瓶洋酒，劉地「啵、啵」打開兩瓶，塞到鹿九手裡一瓶，自己抓過一瓶，「來，乾瓶！」說著一仰頭，一瓶白蘭地就這麼下去了。

鹿九咧咧嘴，看著手裡的伏特加，這種酒聞起來就很烈，可是劉地這麼熱情，實在不好拒絕他，咬咬牙，也灌了下去。

「好！看來你酒量不錯，總算找到一個可以和我喝出個高低的對手了！再乾！」

在劉地的催促下，他們左一瓶右一瓶，不一會兒就把桌子上的酒喝了個乾淨。鹿九

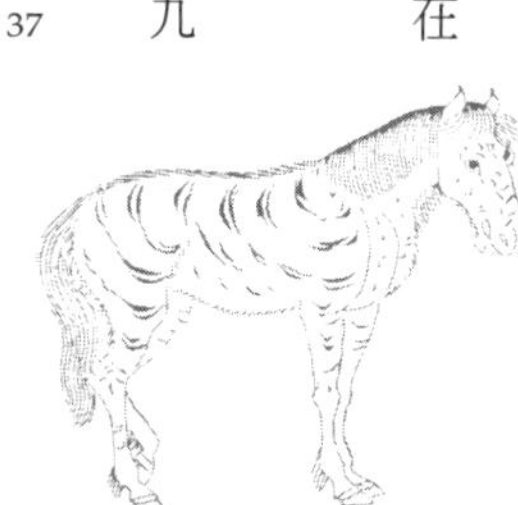

滿臉通紅，不住眨著眼睛讓自己保持清醒，他自幼跟祖父釀酒，酒量還算很不錯，但是這種喝法也太不得了了。看看劉地，雖然臉也紅通通地，但是神情自若、清醒，一點醉意都不露。

「再來十瓶！」劉地大手一揮。

「還……還喝？」鹿九揮手說：「不、不……行了，我現在看你腦袋都有兩個了。」

「等看我腦袋有九個的時候再說——剛好和林睿配起來看。來，乾了！」又是一瓶白酒遞過來。

鹿九又強撐著喝了一瓶，覺得自己確實不行了，說什麼也不肯再喝了。

「你這傢伙怎麼這麼不爽快！」劉地抱怨著，抓住他的脖子，掰開他的嘴，一瓶茅台倒了進去，灌完了他自己也乾一瓶，抹抹嘴說：「好酒！再來一瓶茅台！」

「我眞的喝不下了……」鹿九求饒。

「別客氣，別替我省錢！」劉地「啵、啵」又打開兩瓶。鹿九搖搖晃晃地站起來想逃走，被躺在沙發上的劉地一把抓住了腳踝拖回去，「別走啊，還沒喝夠呢！」又是一個瓶子塞進嘴裡，不由分說往下灌。

「咕嘟……咕嘟……救命……」鹿九掙扎著，眼淚湧上來，「叔父，您是對的，這個劉地眞的……咕嘟……我要被酒淹死了……救命啊……我以後再也不喝酒了……咕嘟……救命……咕嘟……」

□

「啊……」鹿九捂住頭呻吟一聲，掙扎著從床上爬起來，花了數分鐘才回想起昨夜的事：在被劉地連灌了十幾瓶酒後自己完全醉了，後來就昏睡了過去……那麼這裡是什麼地方？劉地家嗎？

他打量著自己所在的房間。房間所處的地勢一定很高，從窗口可以看見遠處高高低低的樓群和一輪快沉下去的夕陽。房間裡只有鹿九睡的這張床和一個衣櫥。鹿九搖晃著拉開房門——宿醉之後頭疼得像要裂開似的，他捂著頭，想要去找點水喝。

從睡房走出來是一間臥室，鹿九第一眼就看見了趴在沙發上，抱著一個大靠墊呼呼大睡的劉地。鹿九一陣感動：他雖然把自己灌醉了，但還是好心地把自己搬回家來，並且把床讓給自己，他卻睡在沙發上。

「唔……」劉地翻了個身，把嘴咂得「叭唧、叭唧」的，咕噥著說：「這個人眞好

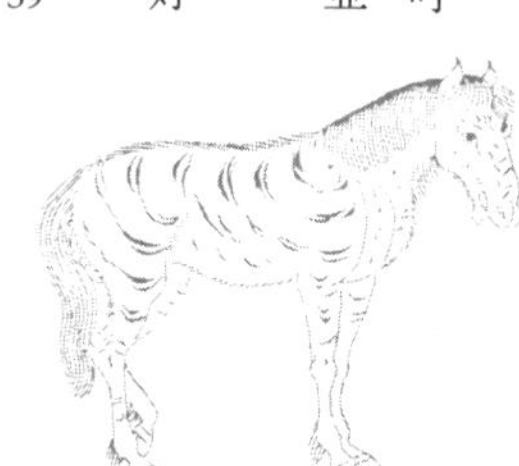

吃，再來兩個我也吃得下，叭唧、叭唧！」光是想像他在做什麼夢就讓鹿九的酒醒了一半，後退了幾步。

「他在說夢話，你不用害怕。」

鹿九被這個突然響起的聲音嚇了一跳，忙轉過頭去，客廳一側是幾面大窗戶，夕陽從中射進來，周影坐在窗下的餘輝中正看著他。

「周影？你怎麼在這裡？」

「這裡是我家。」周影站起來，爲鹿九倒了杯開水，鹿九接過去一飲而盡，「今天早上劉地醉醺醺地把你扛來，說是要拉我一起繼續去喝酒，因爲他太吵了，火兒就把他打昏了。我又不知道你住在哪裡，只好把你放在我家裡。」

「原來是這樣……」鹿九本來就隱約覺得，劉地不像那種會讓別人睡床，自己卻睡沙發的人。在周影的浴室裡用冷水洗了臉，又吃了一棵白菜，鹿九總算感覺好了一點。四周看看，自己的大背包也被劉地弄來了，便揹起來向周影告辭：「我要去找我叔父了，劉地說他白天會在公園裡擺攤，我怕天晚下來就又找不到他了。」

「看到了嗎？河邊那個有一大片綠色的地方就是，你跟計程車司機說去『春波園』就行了。」周影站在窗邊爲他指出公園的方向。

「謝謝您！」鹿九向周影鞠了一躬，走了出去。

雖然時間不長，鹿九已經覺得自己有點習慣這個城市了。他小心地避開那些流氣的青年走，叫了一輛計程車，順利地到了公園。在到處都是建築的城市裡，有這麼一塊充滿植物的地方讓他覺得神清氣爽起來。腳步輕快了，頭也不痛了，心中也充滿了對將要在這座城市裡生活的希望：妖怪們雖然很強大，也有種種可怕的傳說，其實他們都很和善，並不難相處，甚至也不像山林中的大妖怪們那麼嗜殺。人類中有好人也有壞人。可是自己是妖怪，如果連區區人類也畏懼不是太沒用了嗎？自己在城市中要修行的地方，就是先學會不害怕那些邪惡的人類！鹿九這樣下定了決心。

決定了自己的下一步目標，一轉過小徑他就看到了那個算命攤。一張小桌子，一面青布幡上面幾個白字：天師嫡傳。

「天師？那不是我們妖怪的敵人嗎？爲什麼是他的嫡傳？」鹿九顧不得細想這些，歡呼著：「叔父！叔父！」快步跑了過去。

「叔父，你爲什麼一直沒來找我？」鹿九快活地問著，等來到卦攤附近，才發現卦桌後面站起來迎接他的並不是他的叔父鹿爲馬，而是一個他不認識的妖怪化身的男子。

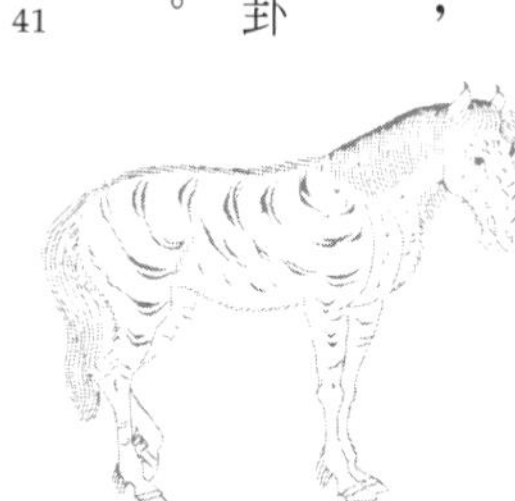

「你是老鹿的親戚吧？」他一見鹿九就笑著迎上來說：「我在這裡整整等了你一天一夜了，你總算來了。」

「您是……」

「喔，我是老鹿的朋友齊仲生，是他要我在這裡等你的。」

「那我叔父呢？」

「老鹿那天高高興興地去車站接你，結果走到路上被車撞了，等我把他送到家裡再去接你，你已經走了，可真讓我擔心壞了，你人生地不熟的，萬一出點什麼事，我可怎麼向老鹿交待啊！」

「我叔父出車禍了？他怎麼樣？怎麼樣？他……」鹿九抓著他問。

「他沒什麼事，只是腿傷了，不方便走動，在我家裡住著呢。」他靠過來壓低聲音說：「人類的汽車別看是鋼鐵做的，也不見得能把我們怎麼樣啊，對吧！」說著吃吃地笑了起來。

鹿九也笑了，這個齊仲生看來也是個挺和氣的妖怪。

坐上了齊仲生的車。卻是開向偏僻的街道，齊仲生一邊開車一邊說：「我和兩個兄弟一起來到這個城市，大家都不喜歡吵鬧，所以找了一棟沒人的舊房子住，老舊點，但比鬧市區安靜。」

「城市裡是很吵。」鹿九贊同說。

□

齊仲生住的地方與其說是棟房子，不如說是一個大倉庫。這裡原本是一家破產企業的廠房，早已經被閒置，齊氏兄弟就逕自住下來。三層樓高的廠房，上面立著幾根大煙囪，兩扇大門其中一扇已經掉了下來，露出裡面布滿灰塵的舊機器，工廠的窗子都很小，一格一格的，大部分玻璃都破了，黑洞洞的窗口張在那裡。

這個地方讓鹿九看得不舒服，下車之後猶豫了一下。齊仲生用手推著他往前走，興沖沖地喊：「季生、季生，我把他帶回來了，快通知伯生不用在桃源社區等了！」隨著他的叫聲，一個和他長得一模一樣的男子從廠房裡走出來，他上上下下打量鹿九一番，滿意地笑了。

齊仲生和齊季生一左一右夾著鹿九往前走，鹿九不安地問：「你們就住在這裡？我叔父呢？」

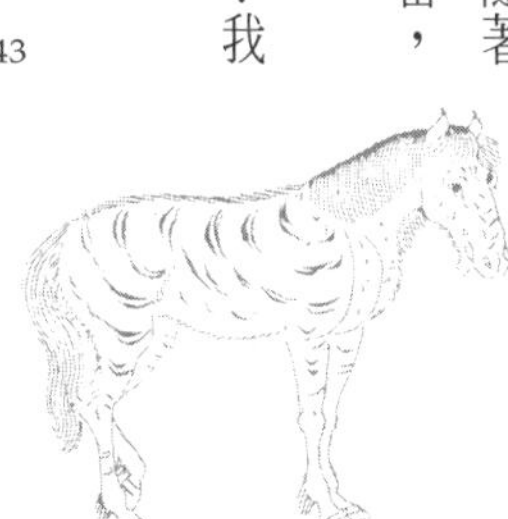

「他就在裡面，進去你就見到了！」

一踏進廠房裡面，陰暗使鹿九一時間看不清東西，腳下踩到了什麼差點摔倒，揉揉眼睛仔細一看，被自己一腳踢出去，還在「咕嚕嚕」轉動的竟然是一顆骷髏頭，上面還沾著一些皮肉，兩個空空的眼洞正對著鹿九。

「啊……」

鹿九的驚叫聲驚動了一個被捆在舊機器上、昏昏沉沉的老人，他努力睜開眼嘶喊：

「小九，快逃，快逃！他們要吃你啊！」

「叔父！」鹿九大喊，向前衝去，卻被齊仲生一把抓住了，他一掃剛才的和氣，陰笑著說：「聽說他有親戚從山裡來，我們才等了這麼久，好不容易把你等來了，你想往哪裡去？」

「吃、吃我……」

「小九，他們是窮奇❷三兄弟，專門抓一些初來這個城市的妖怪吃，以提高他們自己的法力，你快逃啊！」

「放開我！」鹿九用力掙脫齊仲生，向鹿爲馬跑去，手忙腳亂地解開他身上的繩子。齊仲生和齊季生也不阻止他，站在大門口看著他們冷笑。

❷窮奇，《山海經‧西次四經》：「……其狀如牛，蝟毛，名曰窮奇，音如獆狗，是食人。」在古代記載中，窮奇這個名字的妖怪不止一種，就好像饕餮、駮等，都是同名異物的，其中一種甚至傳說是少昊帝的兒子。但在本書中，窮奇只是種普通的妖怪。

「傻孩子，你解開我有什麼用，我們根本不是他們的對手啊。」

鹿九的手抖得厲害，一個繩結半天都沒有解開，哽咽著說：「可是……可是……」終究還是堅持要解開他。

「年輕的那個肉嫩。」

「年老的更有嚼頭啊！」

齊氏兄弟站在門口悠閒地討論著食物的品質問題。

「小九退下！」鹿爲馬被解下來後沉聲說。他一抖衣服，擋在鹿九和齊氏兄弟之間，「那天是他們出手暗算，今天我倒要讓他們知道，鹿蜀也不是好欺負的。」

鹿爲馬的外表六十歲上下，身體修長，面貌端正，一綹白色長鬚，頭上花白的頭髮挽了一個髻，雙眼有神，穿著一件青色的長袍，往那裡一站，也確實有幾分仙風道骨的味道。這也是爲什麼他在公園擺攤，明明算得不準還生意興隆的原因。他這麼一擺架式，連齊氏兄弟一時也被他唬住了，警惕地看著他。

「看招！」鹿爲馬忽然雙手一揚，空蕩的廠房裡突然生起了一片迷霧，他趁機拉起鹿九便跑。兩人還沒跨出門檻，齊仲生便揪住了他們的脖子，陰笑著：「老鹿蜀，這個城市裡的妖怪誰不知道你是個騙子，難道我還會被你唬住！我先咬斷你的脖子，看你還

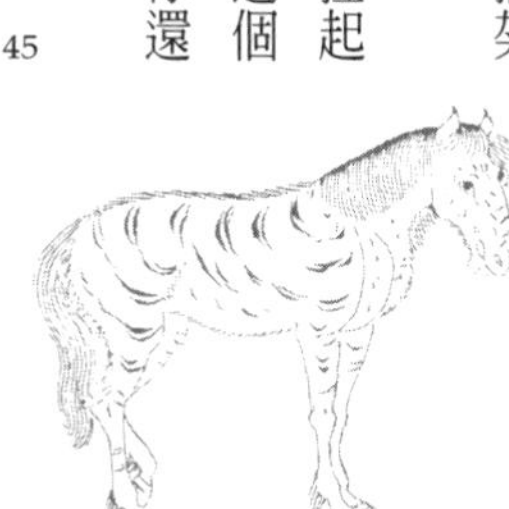

跑不跑！」說著張口向鹿爲馬脖子上咬去。

「不！」鹿九用力一甩他的手，推向齊仲生，只見一道紅光閃過，齊仲生和跟上來的齊季生一起被彈進了廠房，碰倒了好幾台機器，等他們爬起來，兩隻鹿蜀已經不見了蹤影。

「他們跑了！」

「追！到嘴的肉怎麼能讓他跑了！」

□

天色已黑，在只有昏暗路燈的小道上，一隻奇怪的動物風一般地跑過，他形狀像一匹馬，頭部是白色的，身上卻生著老虎一樣的斑紋，尾巴又是紅色的，色彩搭配有點滑稽。背上坐著一位仙風道骨的老者，如果有人看見他們這個組合，不知道是會以爲在拍電影，還是會以爲遇見了神仙下凡。這就是顯出了原形的鹿九和他背上的鹿爲馬了。

「小九，想不到你的法力竟然這麼高，連他們也可以彈開。」

「不是我……」鹿九氣喘吁吁地說：「那是……畢方的羽毛……」

今天他一直睡在周影床上，自己也沒發覺身上沾了一根火兒掉下來的羽毛，當齊仲生向他出手時，這根靈獸的羽毛自動對妖氣產生了反彈，擊倒了齊氏兄弟，也把鹿氏叔侄推出了老遠，使他們因此撿了一條命。

「叔父，我們該往哪裡跑？」

「去桃源社區！去那裡！白天影魅和畢方在家，晚上九尾狐在家，從沒有妖怪敢在那裡亂來！」其實，這就是鹿爲馬選擇住在那裡的原因。

對！鹿九也想到，去向周影求救，他一定會救自己的。這麼想著，他加快了步子。眼看就要到達燈火通明的街道了，沒有妖怪會笨到在大庭廣眾之下鬧事——因爲會被劉地吃掉或者被火兒盯上——到了那裡就可以鬆口氣了，鹿爲馬一邊這麼想，一邊催促鹿九。

只差十步，五步……兩步……

鹿九腳下一絆摔了出去，鹿爲馬從他背上一路翻滾下來，頭「砰」地撞上了電燈柱，昏了過去。

一個和齊仲生長得一樣的男子踩住了鹿九說：「仲生、季生快來，我攔住他們了！」

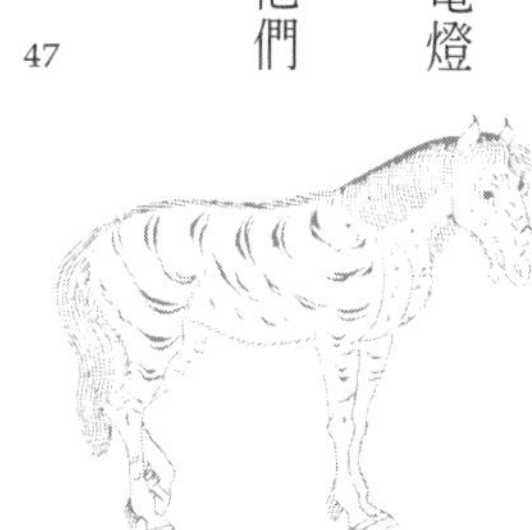

「鹿蜀這東西跑得還真快，幸虧伯生在前面攔著，不然晚上要餓肚子了。」齊仲生和齊季生氣喘喘地趕上來說。

「收拾收拾，準備回去開飯了！」齊伯生吩咐。

「咦，這裡怎麼有個大背包？」忽然有人類的聲音傳來。鹿九的背包滾到了小巷外的繁華大街上，被一個人類看見了，他隨意往小道裡一瞄，驚叫：「一個老頭躺在那裡！」

齊氏兄弟及時拉著鹿九，捂住他的嘴躲到暗處，沒有被跑進來的人類看見。

「他在流血。」

「沒死吧？」

「誰打一下電話報警！」

「先叫救護車吧！」

「……」

人們議論紛紛中，有人開始撥打電話，齊氏兄弟對視一下說：「反正好吃的這個到手了，走吧！」說完捉著鹿九消失在黑暗中。

□

被鐵鏈繫在鐵柱上，鹿九蜷著身體，連眼睛都不敢睜。他周圍的地上到處都是齊氏兄弟吃剩的妖怪殘骸：幾顆骷髏頭，幾條手臂，還有一張皮毛被掛在上方風乾著。

「嗚……嗚嗚……」鹿九低聲抽泣著，好不容易得到了父母的允許，自己也鼓足了勇氣到城市裡來，沒想到下場竟是被吃掉。自己才剛過了五十歲生日，連戀愛都沒有談過就要成為別人的盤中飧了，連皮都會被扒掉成為用來求子的法寶，「爹……娘……我好害怕……嗚嗚嗚……」

一口大鍋裡熱騰騰地滾著，齊仲生紮著圍裙，正把蔥花、薑末什麼的往裡放，一邊大聲說：「水開了，準備宰了他吧！」

齊伯生揮動一下磨得雪亮的殺豬刀，大聲答應：「好！」

「別忘了剝皮時小心點，鹿蜀的皮挺有用，能賣大錢。」

「沒問題，看我的刀功！」

「叭嗒……」忽然一陣輕輕的腳步聲傳來，在寬大空曠的舊廠房裡格外清晰，「叭嗒……」又是一聲。

齊氏兄弟一起回過頭看去，一條人影正慢慢地從外面走進來，站在門口處，很有禮貌地問：「請問，有一位名叫『鹿九』的鹿蜀在這裡嗎？」聽聲音是名女子。

「妳是誰？」齊氏兄弟並肩而立，向她發問。

「南羽。」她已經走到廠房內唯一的一盞燈下，燈光照在她臉上，正是市立醫院的南羽醫生。只是她現在長髮放了下來，披散在腦後，臉色十分蒼白，嘴角微微有一顆尖牙露出來，她對齊氏兄弟點點頭，客氣地說：「我來找鹿九，他在嗎？」

「妳找他做什麼？」

「他的叔父住院，我需要他這個親屬去辦理住院手續。」

「他可是我們的晚餐，妳想這麼輕易就把他弄走，太瞧不起我們了吧！」齊季生身子一抖，無數尖刺從他身上飛出來，射向南羽。

南羽一向安安靜靜地待在市立醫院裡治病救人，只以血庫裡的血維生，所以即使是同樣住在本市的妖怪們也大多數不知道她的存在，不知道已有了千年道行的她才是這個城市裡道行最深的妖怪。

齊季生的攻擊到達南羽站的地方，但她的身影已經不見了。「哪去了？」齊季生四處尋找，發現她已經走到鹿九身邊。

粗大的鐵鏈被殭屍力大無窮的雙手一扯，碎成了一段一段，「你能站起來嗎？」她向鹿九問。

「南羽……」已經嚇得神智不清的鹿九顫抖著叫，「救命……」

「你叔父被送到我的醫院裡來，他求我來救你。」南羽邊把他扶起來邊說：「他說如果我可以從窮奇那裡把你救出來的話，我可以隨便吸乾你的血……」

「吸……我的血？」

「他說能把你的乾屍帶回去，總比讓你連皮帶毛被吃了容易向你父母交待。」

「……叔父……你……」鹿九眼淚掉了下來，「爹、娘，小九不孝，只能讓你們看見我的乾屍了……」

南羽看著他膽顫心驚的樣子，輕輕一笑：「你放心，我已經很久不吸生物的血了。我們走吧，你叔父的傷需要你去照顧。」

「想走，沒那麼容易！」齊氏兄弟氣勢洶洶地擋住他們，「既然妳來了，就留下妳做明天的早餐！」齊季生又是第一個衝過來，鹿九直往南羽身後躲，南羽輕輕一伸手捉住齊季生的脖子，「嘎」一聲就把他的頸骨扭斷了。就在鹿九連眨眼都來不及的情形下，一隻妖怪就這麼丟了性命。

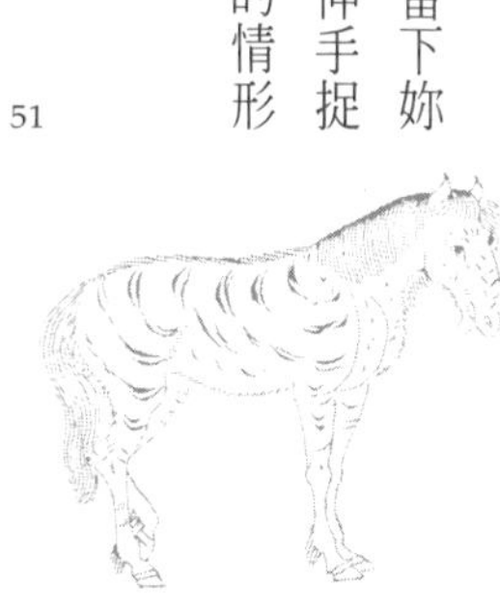

「妳……妳殺了他？」南羽給鹿九的印象是既文靜又和善，而且慈悲爲懷，沒想到她出手時這麼不留餘地，鹿九聲音都直了，不能置信地問。

「殺就殺了，也沒什麼大不了。」南羽泰然自若地說，她的慈悲只針對弱者，經過了漫長的時光，看盡了世事滄桑之後，她和劉地一樣信奉「以殺止殺」的原則。

「妳說過妳不吸生物的血？」

「我只是不吸生物的血，不是不殺生。我不爲自己的食慾殺任何生物，不代表我任何時候都不殺。」南羽一邊回答鹿九的問題，一邊準備應付另外兩隻窮奇。有時候就是這樣，一旦開了殺戒就很難收手，她在心裡這麼嘆息。

「季生！季生！」齊伯生和齊仲生抱著季生的屍體大聲哭喊著，「妳這個女人！我要殺了妳給季生報仇！」齊伯生大喊著，化出了原形：一隻野牛樣的怪物，口中有獠牙，身上像刺蝟一樣長滿了刺。他用腳爪刨著地面，兩支角閃著鋒利的光，向南羽衝去。然而不等他衝到，一個人影突然從地下冒出來，一伸手把他推了個大跟頭。

「劉地……」南羽皺皺眉頭，她一向不喜歡這隻流裡流氣的地狼，雖然他是周影的好朋友。

「嗨，南羽！」劉地可不管人家看到他有沒有皺眉頭，熱絡地迎上來，「眞是有緣，在這裡也能見面，待會兒一起吃個消夜。」

「你來這裡幹什麼？」南羽與他保持距離。

「來幹什麼？」劉地突然一把揪出躲在南羽身後的鹿九，抓著他的脖子用力晃動他，大聲說：「你這個傢伙，竟然敢趁我睡著時溜走！被吃掉也是活該！」

「我不是溜走，我是去找我叔父……」鹿九被他晃得頭昏眼花，慌忙解釋。

「還敢頂嘴！」

「可是……」

「你們也認識？」南羽插口問。她直覺地認爲和劉地沾上邊的，都不會是好事。

「這陣子城裡比較弱小的妖怪和剛來的『鄉下』妖怪大批失蹤，我一直想弄明白是誰幹的，可是那些傢伙一直躲著我。昨天看見這隻鹿蜀，剛從鄉下來，而且妳看……」他托著鹿九的下巴，給南羽看，「怎麼樣，這隻長得也很呆吧？我想那些傢伙一定會選他做食物的，所以一整天都陪著他吃喝玩樂，沒想到獵物還沒出現，這個忘恩負義的傢伙竟然趁我睡著溜了。差點被吃掉吧？這就是從我身邊逃走的下場。」他把鹿九拎在手裡教訓著。

「陪你玩一整夜？如果那樣的話，連周影都會逃走，別說他了。」南羽同情地看著

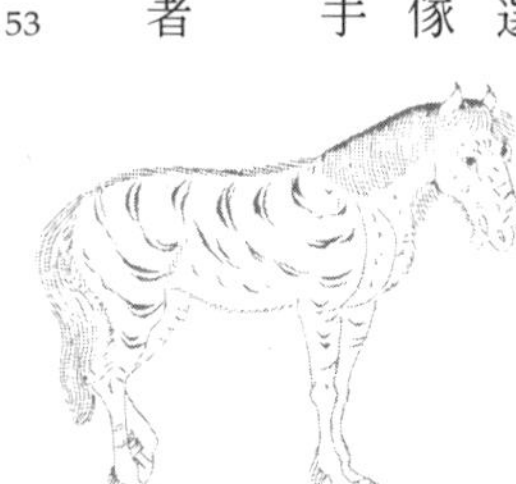

鹿九。

「喂，站住！」劉地向南羽擺出一個受傷的表情後，拉下臉向準備溜走的齊氏兄弟喊，「你們在我的地盤上獵食，也不來跟我打個招呼，現在不交點保護費就走，說得過去嗎？」

如果對手只是南羽的話，齊氏兄弟還想爲齊季生報仇，可是當劉地出現後，他們腦子裡就只有「逃走」一個念頭了。聽劉地這麼一說，忙不迭地回答：「那隻鹿蜀就……就送給您了，我們馬上就走，馬上離開這個城市。」

「那可不行，這隻鹿蜀本來就是我先發現的，我看……」他的目光從齊氏兄弟身上跳來跳去，彷彿在考慮留下哪隻來吃。

齊氏兄弟交換一下眼神，拔足向門外飛奔，不等他們靠近大門，又有一條人影出現在那裡，當看清對方的樣子時，齊氏兄弟不得不停下了腳步。

「周影，你怎麼也來了？」南羽有些驚喜地問。

「我送客人去醫院，想順便看看妳，可是一隻老鹿蜀說妳來了這裡，我就來了。」

周影也不能理解自己爲什麼常常會有想保護南羽的想法，一聽說她來救鹿九，就馬上跟來——她的道行明明比自己高啊。

南羽低下頭，嘴角難以掩飾地露出笑容。

前有影魅，後有地狼和吸血殭屍，齊氏兄弟權衡了一下向前衝去，畢竟沒有畢方跟在他身邊，現在的影魅比地狼危險性要小得多。

「嘩啦！」上方突然傳來爲數不多的幾塊玻璃破碎聲，火兒從窗口直衝進來，原本陰暗的廠房因爲他的出現一下子明亮起來。他的背上站著一隻雪白色、九條尾巴的小狐狸，九尾狐從火兒背上跳下來，落在地上變成了男孩林睿。

林睿笑嘻嘻地說：「我跟火兒來看看熱鬧。」

火兒則飛到周影肩上問：「影，我跟林睿正在玩電動啊，你著急地叫我來幹嘛？」

「他竟然連火兒也叫來了。」南羽心中充滿了感動。

「你們……」齊氏兄弟驚恐地看著他們：地狼、殭屍、影魅、畢方、九尾狐……還有鹿蜀（這個可以忽略不計），「弱肉強食本來就是我們妖怪的法則，你們何必擺出一副正義之士的架式來苦苦相逼！」

劉地笑嘻嘻地說：「我們就是在實行這個法則啊，你有什麼意見嗎？」

「弱肉強食，我喜歡這條法則。」火兒稱讚說：「特別是眼前有『食物』的時候，我覺得也可以說是『弱肉我食』。」他得意洋洋地咬文嚼字，很爲自己的文字能力自

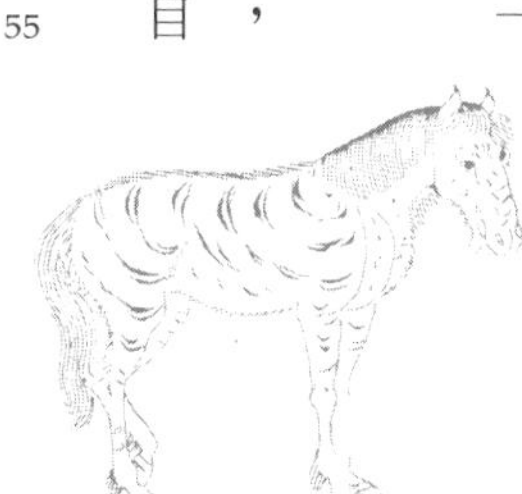

豪，一邊說一邊盯著劉地，把他視爲重要的晚餐爭奪者。

「你們要吃了我們……」

「看看你們把這裡弄的，打掃起來多費勁啊，就當是我們爲你們打掃不讓人類發現的報酬好了，不要再囉囉嗦嗦的了。」劉地說著，準備動手清理這個地方。

「我來幫忙！」林睿興沖沖地舉手，「我常常幫媽媽打掃，很能幹的！」

地上、磚縫裡、機器底下，到處都有骨頭、毛髮，牆上、機器上、地上也到處都有血跡，劉地皺皺眉頭：「這要怎麼打掃啊？」

「可見你從來不打掃。」林睿指點說：「這樣不就行了！」他伸手掰斷了一根柱子，天花板上的灰土紛紛落下來，「把這裡拆了，火兒再放上一把火……」

「喔！」劉地一腳踹倒一面牆，「你都是這樣幫你媽媽打掃的啊！她眞可憐……」

□

鹿九連滾帶爬地從搖搖欲墜的廠房裡逃出去，躲過了一塊險些砸中他的水泥板，被飛揚的塵土嗆得不住咳嗽，一屁股坐在地上，眼睜睜地看著一棟三層樓高的建築在他面前飛快地變成瓦礫。

南羽空著手走出來，施施然地站在鹿九身邊評論說：「他們動作倒是挺快的。」

鹿九可不這麼想。

撲通！火兒把一隻化出原形的窮奇從天上丟下來，鹿九分辨不出他是齊氏兄弟中的哪一個，因爲他已經是一團焦黑了，「外焦裡嫩，熟度剛剛好。」火兒解釋著，接著又飛了回去，從逐漸倒塌的廠房裡搶救剩下的食物。

眼前的「工程」還在繼續，劉地拍著手上的土走過來——身後的牆壁、鋼筋、水泥、地板、橫樑自動瓦解，彷彿這隻地狼還有一隻無形的手在拆屋子一樣，他踢了鹿九一腳，說：「幹嘛坐在這裡偷懶，也不過來幫忙！」

「他受了這一夜的驚嚇，別再嚇他了。」南羽責備道。她張口輕輕吹出一口氣，一陣炎熱的狂風捲過，廠房裡的機器相互碰撞，乒乒乓乓，成了一大團鐵塊。

火兒從快倒塌的廠房裡拖著另外兩隻窮奇出來：一隻是被南羽擰斷脖子的，另一隻被周影刺穿了心臟。火兒把他們堆在一起，對大家問：「怎麼樣，大家平分？」

南羽搖搖頭：「我不吃肉，你們分吧。」

林睿垂涎地看著窮奇，不甘心地說：「我倒是想吃，可是答應過媽媽不亂吃外面的

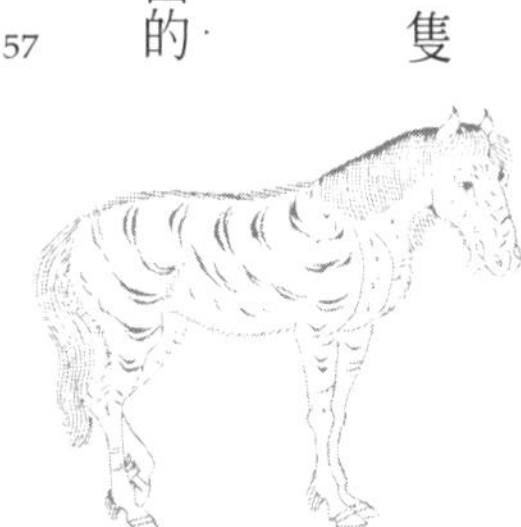

東西，她說有細菌不乾淨，吃了對身體不好。」他舔著嘴唇，在做好孩子和滿足食慾之間矛盾掙扎著。

「要聽媽媽的話！」火兒立刻把「食物」往自己這邊堆了堆，「那我和劉地『平分』吧。」他虎視眈眈地看著劉地，目光中可沒有一點要和對方平分的意思。

「吃、吃、吃……」鹿九忙閉上眼睛，逃避接下來可能發生的血肉橫飛情形。

「你也要吃？」火兒不快地皺眉，「你們鹿蜀不是吃草的嗎？」

「不，我死也不吃！」鹿九忙不迭地搖頭。

「死也不吃？你說要吃才會死呢！」劉地嘟囔著。他和火兒對視了一會，乖乖放棄了對窮奇的「食用權」，轉頭對倒得七零八落的廠房上喊：「周影，已經十多分鐘了，怕人類快要發覺了！你好了沒有！」

周影從原本是三樓高的地方跳下來，樓的殘影跟著他的動作反轉過去，把整個廢墟拍成了平地。這時，原本的建築已經連一塊完整的磚頭也沒有剩下了。就算人類出動各種機械和炸藥，恐怕沒有幾天時間也弄不成這個樣子。

「結束了，走了走了！」劉地揮著手，一邊伸手去搭南羽的肩，「大家一起喝一杯去吧？」

南羽用兩根手指把他的手推下去，說：「我要帶鹿九去醫院。」

「我送你們。」周影伸手一指，他的紅色桑塔納自己開過來。

「那我呢？送不送？你不是重色輕友的妖怪吧？」劉地不懷好意地摟住周影的肩。

「你們別爭了，先送我回去！」林睿注意到時間以後扯著頭髮叫起來，「我媽媽快下夜班了！如果被她發現我半夜裡出來；我可就變成壞孩子了！」

「半夜裡出來打架、殺『人』、拆房子，這還不算壞孩子啊！請問你對壞孩子的定義是什麼？」

「我媽不知道這些，我就不算壞孩子！」林睿斬釘截鐵地說。

周影打開車門，大家一起擠了進去，劉地拎著腿軟走不動的鹿九，火兒拖著三隻窮奇。

「已經夠擠了，別把那種東西帶進來！」劉地堅決反對和吃不到的食物一起坐車。

火兒根本不睬他，一起堆進來喜孜孜地說：「放在冰箱裡可以吃上好幾天呢。」

「你們家的冰箱還專門用來放這些東西啊……」

鹿九一陣反胃，他想起周影曾經從那個冰箱裡拿了一棵白菜給自己吃。

一邊是劉地，一邊是林睿，腳邊堆著三隻窮奇，火兒站在前座南羽坐的椅背上監視，不讓劉地偷吃。雖然施加了法術使車廂坐起來很寬敞，可是鹿九還是坐得心驚膽顫，不住地淌冷汗。

好不容易到了桃源社區，火兒和林睿搬著窮奇的屍體下了車，劉地卻還不走，親密地拍著鹿九說：「我跟你一起去醫院，看看鹿爲馬（哈哈哈哈哈哈——習慣性發笑），再一起去喝一杯。你的酒量不錯，可以做我的對手。」

鹿九覺得自己快昏過去了。

到了醫院，劉地果然也下了車，催促鹿九說：「快去，快去，我等著你。」

南羽帶鹿九走進了一間單人病房，鹿爲馬躺在床上，身上纏滿繃帶，一見他就坐起來：「小九，你活著回來了……南前輩果然去救你了。」

南羽走出去，關上門，讓這對劫後重逢的叔侄獨處。

「小九，你果眞得救了，不然我怎麼跟大哥大嫂交待……」鹿爲馬老淚縱橫，「幸虧南前輩法力高強，能從窮奇手中把你救出來。」

「不止她，」鹿九神情有些呆滯，說：「還有劉地、周影、畢方和九尾狐。」

「他們一起去救你？」鹿爲馬驚喜地抓住他的手，「你竟然能和他們混得這麼熟

——只要有了他們作靠山，你就可以在這個城市爲所欲爲了！我們以後的日子就好過了！小九，你果然是青出於藍啊！」

「叔父……」鹿九顫抖一下嘴唇，終於趴在他身上號啕大哭起來，「您說得對，他們太危險了……嗚嗚嗚……太危險了……嗚……我想回家……嗚嗚嗚……劉地還在外面等著我……嗚嗚……怎麼辦……嗚嗚……」

病房裡傳出如此淒慘的哭聲，路過的病人和醫護人員都不禁嘆息，低下頭匆匆走過，有人還輕聲念了一句：「人死不能復生啊……」

□

不久之後，在立新市的車站、機場，剛剛來到這個城市的妖怪們會遇到一隻年輕的鹿蜀，他在兜售一本名叫《給妖怪們的安全手冊》的生活指南，這本薄薄數頁的小冊子爲初來乍到的妖怪們提供不少幫助，據說也給這隻鹿蜀帶來了不菲的收入……

我是貓

環狗

「環狗，其為人獸首人身。一曰蝟狀如狗，黃色。」

——《山海經・海內北經》

「……就是這樣，法師，」一名女子心有餘悸地說著，「從那天晚上開始，每天睡覺都會這樣，這一定是有妖魔在作祟，法師，您要救救我啊！」她愈說愈害怕，情不自禁地發起抖來，「法師，我已經好幾天沒睡著覺了，您一定要救救我……」

法師伸出手，制止她再說下去，自己挪動步子，慢慢轉悠著，打量著這個房間。

這是一間一房一廳，裝潢考究的房子，位於各種現代設施集於一身的高級住宅區，女主人是名校畢業、就職於知名企業的現代女性，但是當她身邊發生了難以解釋的事情時，她還是選擇請來了一位法師。

這位法師六十歲上下，身穿一襲月白色唐裝，仙風道骨，氣宇不凡，確像一位世外高人。

這位高人一向以卜卦爲生，偶爾也應人之邀爲人驅妖鎮宅。但是他至今爲止受理過的驅妖事件中，十件倒有十一件是當事人自己捕風捉影、胡思亂想的結果。

他心裡在嘆著氣：明明是人類自己生出疑鬼，卻每次都扣到妖怪身上。不過做完這次買賣，這個月的酒錢又有了，挺合算的。他一邊這麼想，一邊裝作認眞地四處檢查，掐著手指在房子裡轉了一圈。

這個屋子的主人是一名二十三、四歲的女子，秀美的面容上滿是慘澹和驚愕，雙眼

充滿期望地跟隨著法師，她懷裡緊抱著一隻貓，彷彿想從那隻寵物那裡得到一些勇氣。不過她的貓顯然不能體會主人的不安，正「喵嗚」、「喵嗚」地撒著嬌。

「法師？」看著法師在屋子裡走了幾遭，她鼓起了勇氣問。

「放心，一切有我！」法師給了她一個令人心安的回答。他的心裡正在盤算該怎麼編一個故事，讓這件事結束。

「這是……」他突然警覺地回過頭，一股淡淡的氣味從他鼻子底下飄過，「有妖氣！難道這次眞的遇見了……」他不由得打了個冷戰。

女子趕忙問：「法師？」

「別做聲！」法師抽出桃木劍，邁步做法，把幾張符咒穿在劍上，只見他將劍一揮，符咒熊熊燃燒起來，法師用燃燒著的符咒虛點四方，接著又抽出幾張符咒，「啪啪！」貼在了牆上，口中含了一口清水猛地噴上去，符咒上便顯現出了幾個朱砂寫成、彎彎扭扭，誰也不認得的字來。法師輕抹著汗，出口氣說：「好了。」

女子驚喜地問：「法師是說，這裡的妖怪已經清除了？」

法師正色說：「這裡的孤魂野鬼已經被我除去，這幾張符有鎮宅之效，貼在這裡，小姐從此就可以高枕無憂。」

「啊……」女子長出了一口氣，把手伸向錢包，「那麼法師您的酬勞是……」

法師伸手制止說：「等小姐眞的家宅安定了再談酬勞不遲，貧道先告辭了。」說著拱手爲禮，出門揚長而去。

「果然是高人啊！」女子讚嘆著，她一下子倒在沙發上，開心地把手裡的貓咪高舉起來說：「太好了，咖啡，咖啡！我們今天晚上可以睡個好覺了。」

「喵嗚，喵嗚。」咖啡叫著。對她而言，只要在主人的床上，什麼時候都可以睡得很好。

□

鹿九站在周影門前，幾次伸手想要敲門，又一次次縮回來。

最初來到這個城市屢受驚嚇之後，他自己都不明白爲什麼沒有馬上揹起行李逃回山裡，而是繼續留了下來。不過，他也沒有待在城市裡跟隨叔父幹職業騙子的工作，現在的他用販賣《給妖怪們的安全手冊》賺來的錢，在郊區開了一個綜合養殖場，飼養豬、羊、雞等動物，也種植些蘑菇什麼的。因爲鹿蜀一族有使生物大量繁殖的能力，所以養

殖場狀況挺不錯的——只是由於劉地、火兒把他那裡當作了「食堂」，所以他的收入一直高不上去。

鹿九不太喜歡到市區裡來，但是他這一次確實有事情要求周影幫助。「砰砰！」他終於鼓起了勇氣，開始敲門，「砰砰！」

在敲門聲響了四下之後，門猛地打開了，火兒氣勢洶洶地伸出頭吼：「誰啊！大白天敲門，不想活了！」

鹿九嚇得後退了好幾步，結結巴巴地問：「周、周、周、周影在家嗎？」

「不在，他跟殭屍出去了——他在的話還用我親自來開門！」火兒打了個大大的哈欠問，「你有什麼事？」

「沒、沒事了！」周影不在，單獨和畢方相處太危險了，鹿九轉身想走。

「站住！」火兒摸著肚子說：「睡覺睡得好餓啊，你來的剛好，給我進來！」

「……」

「快點進來給我做飯，不然吃了你！」火兒下著命令，「肉在冰箱裡，水在自來水管裡，鍋在爐子上……你最好動作快點！」

鹿九從冰箱裡把肉取出來，忍著血腥氣引起的嘔吐感，也儘量不去想這些到底是什麼東西的肉——火兒要吃的不是他，他已經很慶幸了，自然不敢說明自己根本不會煮肉。當他提心吊膽地把煮好的肉端上來後，火兒嘗了一口，竟然說：「味道不錯，比影做的還好吃。」鹿九偷偷吁了口氣。

火兒吃得心滿意足，咂著嘴問：「好了，說吧，你到底有什麼事？看在你爲我做飯的份上，我聽聽看。」

「我的叔父有時候也幫人類收妖……」鹿九看著火兒的臉色，小心翼翼地說。

「他自己就是妖怪啊。」

「他是……騙人的……」

「喔，對啊，你叔父就是那隻騙子鹿蜀。」火兒點著頭說。

「他昨天晚上被請去一戶人家收妖，結果那裡『眞的』有妖怪，所以他就胡亂在牆上貼了一張符，然後逃走了……」

「逃走了？逃走了？」火兒不能置信地說：「可能是很好吃的妖怪啊，他怎麼逃走了？」

鹿九不知如何回答。

「後來呢？」火兒對於聽故事是不會厭倦的。

「後來他逃走了。」

「我問他逃走以後？」

「……他來找我，因為那個請他驅妖的女人出的酬勞很高，他很捨不得，所以他讓我去看看那是什麼。」

「你去？你的法力比他高嗎？」火兒問。

其實當時鹿爲馬的話是：「小九啊，你跟劉地不是好朋友嗎？請他去看看是什麼妖怪吧。」——我和劉地是朋友？鹿九可不這麼想，自己只是劉地欺負的對象而已吧？只是想到劉地每次強迫自己陪他喝酒後自己的下場，他就不敢主動去靠近劉地。可是他又不能拒絕叔父的要求，所以想來想去，他還是來求好脾氣的周影幫忙。

「你去了嗎？是什麼妖怪？好不好吃？」火兒還在追問著。

「……我……我也不敢去……」

「眞可惜啊，」火兒咂著嘴嘆息，「浪費了這麼好的機會。」

「……」

「那麼你來找影幹什麼？」火兒瞇著眼看著鹿九，「該不會是……」

「不、不，沒事，我要回去了。」鹿九想要逃走。

「哈哈，不用這麼見外，我常常吃你的豬，今天影不在，我幫你一個忙也是應該的。」火兒用翅膀拍著鹿九的肩膀說：「不過我們先說好，不論發現了多麼好吃的妖怪都要歸我吃，另外你還要再付給我十頭豬。」

「……」

「走吧，走吧，那隻妖怪在哪裡？」

鹿九來找周影就是希望事情能和平解決，如果去的只有火兒，那麼事情的結果只能有一個——那個妖怪被火兒不論青紅皀白地一口吞下去。這樣的事鹿九只是想像就覺得毛骨悚然，可是他也不敢反抗火兒的要求。

被火兒催促著出了門，走到五樓時卻看到林睿拍著一個籃球，「砰砰」地跑上來，他一眼看到站在鹿九頭上的火兒，問：「火兒，你要去哪裡？今天我媽媽值夜班不回來，你來我家玩遊戲吧？」

「我要去捉妖怪啊！」火兒得意地宣布。

鹿九靈機一動：如果周影不在，在火兒胡鬧起來的時候能夠勸阻他的，也只有林睿而已，連忙叫：「林睿，你要不要一起去？」

「捉妖怪？」林睿側著頭，眼珠子轉動著，不知道在盤算什麼。

鹿九把事情大概向他簡略地說了一遍。

「眞是沒用，」林睿撇撇嘴，「你們叔侄倆眞是妖怪的恥辱啊！」

「林睿一起去吧，他會付二十頭豬作爲酬勞的。」火兒自動把酬勞增加了一倍。

「我可不喜歡吃生肉，」林睿說：「都給你好了。可是今天媽媽不在家，我要自己做飯吃啊，沒有辦法跟你們走。」說完了看鹿九沒有反應，看著他的臉又說：「好可惜啊，我今天晚上要自己做飯！」他又看看火兒，壓低了聲音伏在鹿九耳邊說：「你想讓我跟火兒去？是吧？」

火兒伸長了脖子想聽他在說什麼。

「你……你想吃什麼？」鹿九總算弄明白他的意思。

「肯德基！」林睿大聲說，狐狸的本性在這種時候表露無疑。

□

晚上九點，林睿和火兒一直吃到肯德基關門，也吃光了鹿九口袋裡的所有錢，這才雙雙滿意地抹著嘴，跟著鹿九來到了鬧妖怪的女子家裡。

女子這幾天來因爲惶惶不安而一直沒有睡好過，今天一旦放下心來早早便睡了。林睿一揮手，施了個法術讓她睡得更熟，然後三隻妖怪出現在房間裡。熟睡中女子身邊的一隻貓一下子跳起來，弓著身子向他們發出了「嗚嗚」的叫聲。

「哪裡有妖怪？」火兒咂著嘴東張西望。

「據說妖怪每天都會在她睡著後出現，弄亂她的東西……」鹿九也是東張西望，只是出發點和火兒截然不同。

「那你找他出來！在哪裡？在哪裡？」

「……我不知道啊……我叔父說他確實感覺到有妖氣。」

「那隻老騙子的話可以信嗎？如果你騙了我的話，我可是要把你……哼哼！」火兒的威脅是很有迫力的。

林睿四處觀察了一會說：「確實沒有妖氣，但是也很難說。如果是妖氣很弱的妖怪，我們三個一起出現在這裡，很容易就把他的妖氣掩飾過去了。我們等吧，既然他之前幾天都來搗亂，今天應該也會來才對——鹿爲馬的那張符可不會有什麼效用。」

「妖氣很弱的妖怪？那可不好吃。」火兒失望地打個哈欠，「不過看在鹿九那五十頭豬的份上，我也陪你們在這裡等吧。」

鹿九：「……」

那隻名叫咖啡的貓一直瞪著那雙琥珀色的眼睛緊盯著他們，聽他們說話，聽到這裡才長嘆了口氣說：「原來你們是來捉妖怪的，喵嗚，快點把他捉出來吧，喵嗚，我主人這幾天很害怕呢，喵嗚，雖然我什麼也沒看到，喵嗚。」她從床上跳下來，用兩隻後爪站著，揮揮前爪說：「你們快點捉吧，喵嗚，我還有事要爲主人做，不陪你們了，喵嗚。」然後逕自走到衣櫥邊，打開櫥門拖了一個盒子出來。

火兒、林睿、鹿九面面相覷，一起盯著她。

咖啡打開盒子，取了一大團毛線編織的東西出來，一抬頭看他們在看自己，不高興地說：「幹什麼啊？喵嗚，沒看過貓啊！喵嗚！」

「妳是貓？」林睿一把把她提起來，拎到自己眼前看著，「怎麼看也是隻『貓妖』啊。」

「放開我！喵嗚，你這隻臭妖怪，喵嗚！」咖啡四爪亂舞，試圖抓林睿一爪。林睿把她扔到地上，她立刻擺出攻擊的架勢，呼嗚呼嗚地叫著：「就是你們這些臭妖怪在嚇唬我的主人吧？喵嗚，我咖啡絕不放過你們！喵嗚！」

「……不是妳在嚇唬她，和她搗亂嗎？」

「你沒聽她說是妖怪嗎?喵嗚!是你們這樣的妖怪,喵嗚!我咖啡可是世界上最聽話乖巧的貓,喵嗚,這是我主人說的,喵嗚,不會錯的,喵嗚!」

「妳覺得妳自己不是妖怪是什麼?」

「我?喵嗚,我當然是一隻貓,喵嗚……」咖啡很有些得意地說:「我是最漂亮、最高貴的貓,喵嗚,這是主人說的,不會錯的,喵嗚。難道你們看不出來,喵嗚。」她白了林睿一眼,「連貓都不認識的笨蛋,喵嗚,不理你們了,我還要幫主人很多忙呢!喵嗚。」說完她把那一大團毛線物品展開,又拿出幾個毛線球,坐在沙發上用兩隻前爪捧著,有模有樣地編織起來。

咖啡手裡的毛線物品不長不短的,說是圍巾又是個圓桶形,說是毛衣又沒有肩、領、臂的區分,說是手套太大,說是毛褲又沒有腰胯……上面到處都有斷出來的線頭,有的地方織得太緊,擰成了疙瘩,有的地方又織得太鬆,成了一個一個的窟窿。林睿、火兒和鹿九看了半天,誰也不知道這是什麼。

只見咖啡雖然是用兩隻爪子,但是織得飛快,不一會兒就織了很大的一段。一不小心把毛線球落到了地上,滴溜溜地滾了出去,她馬上歡呼一聲撲上去,又蹬又咬地和線球「玩」起來,忙了好半天才一下子想起了什麼,又拖著亂成一團的毛線球回來,繼續

編織。

「請問……」鹿九終於忍不住問：「妳這是在幹什麼啊？」

「喵嗚，在織東西。」咖啡連頭都不抬。

「可是這是什麼東西啊？」

「毛衣啊！喵嗚。」咖啡白了這隻不但不認識貓，連毛衣都不認識的蠢妖怪一眼。

「這是毛衣。」鹿九、林睿和火兒恍然大悟：原來這不是魚網，而是一件毛衣啊。

鹿九諾諾地說：「那個女人找我叔叔除妖的原因就是因爲一件毛衣，據她說那是爲她男朋友織的，可是每天晚上都會變得和她臨睡前不一樣，連毛線都變得亂七八糟的。」鹿九看著還在努力編織的咖啡說：「她又找不到外人進來過的痕跡，所以才認爲家裡有妖怪，每天都不敢睡覺。」

「那麼就是這隻妖怪幹的了。」林睿又一把把咖啡提起來。

「你才是妖怪呢，喵嗚！」咖啡氣憤地叫，「我咖啡是一隻貓！喵嗚！」

「我當然妳是一隻妖怪！」林睿說：「不過妳也是，貓妖！我想妳大概是前些日子吃了『帝流漿』變成妖怪的吧？現在妳的主人僱人要除掉妳，爲了火兒的五十頭豬，妳認命吧！」

「主人……要除妖是說……喵嗚……要除掉我？」咖啡難以置信地睜大了眼睛，「主人……要除掉我……喵嗚……」她的聲音發著顫：「主人……不要我了……喵嗚。」

「因爲妳每天晚上都把她精心編織的毛衣弄亂，所以她快被嚇死了，現在……」林睿看著這隻貓，心裡盤算著怎麼處置她。

「哇……」咖啡猛地發出了驚天動地的哭聲，「主人不要我了……喵嗚……我不想活了……喵嗚……我要去死……哇……主人不要我了……喵嗚……」

「誰教妳每天晚上嚇唬她，活該！」火兒毫無惻隱之心地說。

「我沒有嚇唬主人……喵嗚……咖啡最喜歡主人了……喵嗚……」

「明明是妳在弄這件『毛衣』，還想否認！」

「嗚嗚……我只是看主人每天晚上都熬夜，喵嗚，生怕趕不上那個男人的生日，喵嗚，所以我才偷偷幫主人的忙，喵嗚……主人把我從垃圾箱裡撿回來，喵嗚，每天給我吃魚乾和牛奶，喵嗚，讓我睡在她身邊，喵嗚，說我是世界上最可愛的貓，喵嗚，我最喜歡主人了，喵嗚，爲了主人我什麼都願意做，我一定要讓主人和她喜歡的男人結婚！喵嗚，爲什麼主人突然不要咖啡了……明明剛剛她還說她最愛我的，喵嗚……」說著說著又哭了起來。

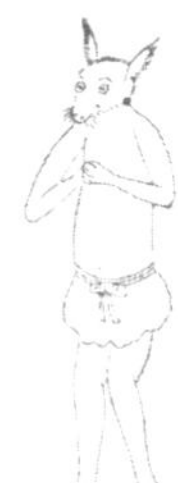

林睿有點弄明白是怎麼回事了，拎著那件毛衣說：「可是妳把毛衣織成這樣，她會認爲是惡意的破壞也很正常啊。」

「喵嗚，我哪裡織得不好！喵嗚，我明明和主人織的一模一樣！喵嗚！」

當看到咖啡指出這件毛衣哪些部分是她主人織的，哪些部分是她織的後，大家一起點頭——確實一模一樣。

「這女人的男朋友眞可憐啊！」林睿聳聳肩說。

「主人不要我了啊……喵嗚……」咖啡還在哽咽著，抱著那團「毛衣」又大哭起來，「主人不要我了……喵嗚……」

「現在怎麼辦？」鹿九手足無措地問。

「怎麼辦？反正妖怪我已經找出來了——能被這種妖怪嚇成這樣的，也只有你們叔侄了！簡直是妖怪的恥辱啊！」林睿感嘆說：「現在鹿爲馬可以放心地去收錢了，至於這隻貓……火兒，你要不要吃她？」

「不吃！她根本沒有什麼法力，貓有什麼好吃的！」火兒對這隻貓妖不屑一顧，「還有五十頭豬在等我吃呢！吃不完的話就先存在那裡，一隻生兩隻，兩隻生四隻，四隻生八隻……愈來愈多，愈來愈多……最後就有吃不完的豬了……」火兒精打細算著。

「那麼她怎麼辦？」鹿九看咖啡哭得很可憐，不由動了惻隱之心，完全沒有留意在火兒的計算下，自己的養豬場就要歸他所有了。

林睿看著咖啡，抓著頭髮說：「是啊，也不能不管她。喂，貓妖！」

「我不是貓妖！喵嗚！我是貓！喵嗚！」本來還哭得稀裡嘩啦的咖啡立刻抬起頭來反駁。

「如果妳不想妳的主人不要妳，我倒是有個辦法。」

「什麼辦法？喵嗚。」咖啡跳起來，跑到林睿的腳下蹭來蹭去，「咪咪」地叫著，嬌媚得不得了地問：「什麼啊？喵嗚。告訴我啊，告訴我嘛！喵嗚。」

「首先，妳以後永遠不能讓妳的主人知道妳是妖怪。」

「我本來就不是妖怪，喵嗚！」

「另外，妳得把這些件『毛衣』和這間屋子恢復成原來的樣子，好讓她覺得什麼也沒發生過。」

「這個容易，喵嗚。」咖啡馬上開始行動，就見她飛快地把毛衣中她織的部分拆掉，把地上散亂的毛線滾成團，把它們全放回盒子裡，再把盒子放進櫥子，然後用尾巴掃掃地上的線絨，果然一切恢復原狀，一共用了不到十分鐘。

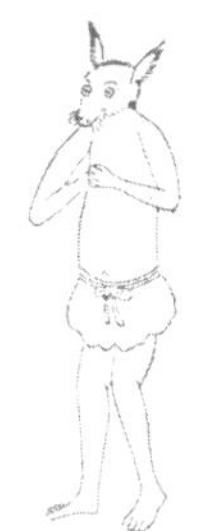

「還有什麼？喵嗚。」咖啡滿懷希望地看著林睿。

「這樣就行了，」林睿說：「只要妳以後不再給妳主人找麻煩，不讓她覺察到家裡有妖怪，她就會以爲鹿爲馬那張符管用了，再也不會找人除妖了。」

「你是說主人會像以前那樣那麼愛我，喵嗚，每天說我是最漂亮、最可愛、最高貴、最溫柔、最聰明的咖啡嗎？喵嗚。」咖啡興高采烈地問。

「如果有人每天這樣對我說，我一定盡快吃了他！」火兒作了個噁心的表情，對鹿九聲明。鹿九也覺得如果每天聽這種話，簡直比讓火兒盯著還難受。

「不過咖啡，我告訴妳喔，用妳的爪子是織不好毛衣的。」林睿教訓說。

「爲什麼？喵嗚，我用爪子可以和主人織的一樣好，喵嗚。」

「……她織的不能用來作標準吧……」

「喂，咖啡，妳眞的想學織毛衣的話，我到是可以幫妳找個好老師。」林睿很是得意地說。

□

第二天，林睿的母親林青萍爲兒子織毛衣時，發現兒子帶回來一起玩的那隻貓眼都不眨地盯著自己，「小睿，看好你的小朋友啊，牠撲上來的話會把毛線弄亂的。」

「不會，她是想跟媽媽學織毛衣吧。」林睿拍著貓說。

「貓學織毛衣？你這個孩子就是想像力太豐富了。」

林睿開心地笑起來，也跑過去，托著腮看著母親爲自己織的毛衣：淺綠色的毛衣上襯著淡黃色的花紋，胸口的地方用藝術的字體織了「LR」兩個字母。現在這件毛衣只剩下最後兩隻袖子沒有完成。

林睿喜孜孜地看著，忽然說：「媽媽，我覺得自己可以穿這麼好的毛衣，好幸福啊。」

「你這孩子……」林青萍眼眶一紅，「媽媽不能像人家的媽媽一樣買名牌的羊毛衫給你，只能讓你穿我織的毛衣。等到把你爸爸欠下的債還完了，我一定買最漂亮的羊毛衫給你，免得你在學校裡比不過你的同學。」

「不是啊，我覺得媽媽織的毛衣比『魚網』……不是，比他們買來的羊毛衫漂亮多了！而且全班的同學都穿著買回來的羊毛衫，只有我才有媽媽親手織的毛衣，他們羨慕我還來不及呢！（哼哼，誰敢看不起我，就吃了他！）」林睿撲到媽媽懷裡撒著嬌，他

眞心珍惜現在的幸福。

□

三天後，林睿穿上了新毛衣，自認爲學了一身本領的咖啡躊躇滿志地回到家裡，坐在沙發上舔著爪子，等著要在主人睡著後大顯身手——織一件眞正的毛衣給她看看，她就不會以爲家裡有妖怪，而會認爲家裡有神仙了吧？

「咖啡！」主人一回來就把她高舉起來轉了個圈，又緊緊摟在懷裡，說：「我今天終於鼓足勇氣把織好的毛衣交給他了，他沒有拒絕啊！我太高興了，咖啡妳也爲我高興是吧！」主人用力吻了咖啡幾下才把她放下來，「我來做頓大餐慶祝吧！咖啡，妳想吃什麼？牛奶燉蝦仁還是魚片粥？」

咖啡呆在沙發上，看著主人在廚房裡忙著，腦子裡分析著她剛才的話：毛衣送給他了等於已經織完了，等於不用自己幫忙了，等於自己學的東西沒用了……

「哇！」她抱住一個靠墊大哭起來，「討厭！主人！喵嗚，我還沒有顯露身手呢，喵嗚，我明明學得那麼認眞，喵嗚……」

她的主人在廚房裡，只聽到貓在亂叫著，一邊回憶著把禮物交給他的情形，一邊想：「他會感到驚喜吧？連咖啡也在爲我高興呢……」主人抱著鍋鏟，沉浸在甜蜜的思緒裡，渾然聽不見客廳裡貓的哭聲……

眞心英雄

狢即

「有獸焉，其狀如膜犬，赤喙、赤目、白尾，見則其邑有火，名曰狢即。」

——《山海經・中山經》

夜晚的都市燈火通明，彷彿一個陳列在天地間、裝滿了五彩琉璃的玻璃盒子，裡面流動著繁華、喧鬧、各種針對精神或物質的誘惑及滿足。

這個城市把她所有的陰暗面用炫目的燈光掩飾起來，搶劫、殺人、偷竊、背叛、出賣、陷害……當這一切都只能作為明天報紙上的一個個小方塊出現時，就可以確定這個城市已經適應了這些毒瘤的存在，而這個城市只能默許著、沉默著……

幾聲槍響驀地在熱鬧市區響起，正在享受著夜生活的男男女女立刻躲向兩邊的建築中去。數分鐘後，當幾輛警車鳴著警笛衝過去、槍聲也沒有下文之後，這條街道又恢復了原先的嘈雜，好像什麼都沒發生一樣。

周影坐在紅色桑塔納計程車的駕駛座上，毫無表情地看著窗外的燈紅酒綠，劉地剛才下了車，已經和街邊站的一個女子你一句我一句地搭訕起來，看來這城市的麻木不仁，連妖怪們都快被傳染了。

周影嘆了口氣。

*不管被傳染得麻木成了什麼樣子，自己的太陽穴上被抵上了一支手槍的話，也會忍不住嘆氣吧？*周影這麼想著，又嘆了口氣。

這名在劉地下車之後逕自打開車門坐上來的中年男子，一上車就用一把手槍戳著周

影的頭，凶惡地命令他：「開車！」

這個城市有很多種罪犯，可是其中一些總是會比另一些更倒楣一點，周影依言開車時看到劉地正站在路邊做出「二一添作五」的手勢，而站在那個男子肩膀上，已經確定過對方屬於「好吃」的火兒則回給了劉地一個「休想」的堅決果斷眼神。

「開快點！」男人東張西望，凶狠而慌張地命令周影。

「開快點！開快點！找個沒人的地方！」火兒在車廂裡跳來跳去，對周影下達一模一樣的「命令」，不過他的目的和男子絕不相同❶。

「老實告訴你，我已經殺了三個人了！如果你不老實的話，可別怪我讓你做第四個！」男人雖然早已打算好下車的時候就把周影幹掉，但是嘴裡還是這麼威脅著。

「我已經吃了三百個人了，我要吃第三百零一個！」——火兒的算數顯然不太好。

「影，我可以開始吃宵夜了吧？」火兒又聞了一下食物，口水都淌出來了。

「後面有警察，待會兒再說。」周影已經看見後面追上來的警車。

持槍的男子也發現了後面的兩輛警車，一邊憤怒地咆哮著，一邊用槍使勁頂著周影，逼迫他加速。

於是一場車輛追逐在公路上展開，路邊出現了無數等待看一場精彩演出的眼睛，過

❶一般狀況下，人類是看不見火兒的。

了幾分鐘，有著電視台標誌的直升機也已趕到，加入了這場亂上加亂的表演。

「快開！快！」男子嘶吼著。

「加油、加油，快把警車甩掉我好吃飯！」火兒站在周影頭上，揮著翅膀為他打氣。

這種情況下總不能使用「縮地術」讓車從大家眼中憑空消失吧？周影這麼想著，駕車逆向從兩輛車之間鑽了過去——也許是因為他遇事的反應總比人類司機慢半拍，也許因為火兒的運氣特別好，總之他常常會遭到倒楣的歹徒劫持，次數多了，他的駕駛技術變得越來越好了。

計程車在歹徒的挾持下衝過單行車道，駛上了環城高速橋，警車、消防車、救護車、電視台的直升機緊隨其後，事件漸漸向著人們熟悉並期待的電視、電影情節發展了。

只是這時身為人質、並「被迫」駕車與警察追逐的計程車司機卻在想著對不起廣大觀眾的事情：「今天這一趟『生意』大概收不到車錢了吧?開車狂飆的油費，明天會被叫到警察局的誤工費，這個人的話……」他開始計算這個男子相當於火兒的幾頓飯，而節省下的伙食費夠不夠彌補損失。只是不管怎麼算也還是吃虧，周影忍不住又嘆了口氣。

自從認識了劉地，瑰兒也回到城裡之後，周影忽然發覺自己一個月原本綽綽有餘的收入變得不夠用了。錢都到哪裡去了？周影怎麼也想不明白。再這麼下去，火兒以後只好以人爲主食了，周影爲這個念頭煩惱不已，他只希望自己能盡力爲火兒提供好一點的生活，至少不能讓還在發育期間的他只吃單一食品吧。

竟然開始爲錢而煩惱，是不是表示自己有了一些進步，更接近人類一點了？事情總算也有好的一面。

胡思亂想中，男子狠狠地用槍托敲向他的頭：「叫你快開！聽見了沒有？」

如果是人類司機，在這麼快的車速下腦袋上被人用槍托敲上幾下的話，很可能已經車毀人亡了，由此可見，這個男子的神智已經有些不正常了。

「後面的警車怎麼甩不掉呢？」火兒跑到後面，趴在後窗上看著問，他拍拍翅膀：「我去收拾掉這些打擾我吃飯的傢伙！」說完穿窗而出，向後面的警車撲去。

警車損壞的話，會由政府來付錢吧？周影既然已經按人類的方式繳過稅了，所以放任火兒去毀壞警車也就問心無愧。只聽後面「啪嚓」、「嘩啦」、「匡噹」幾聲，兩輛警車都因爲引擎停轉相繼癱在路邊。

「太好了！」男子明顯鬆了口氣，「快給我開車！開到郊外去！」

「快開！快開！到郊外去！」火兒回到車上興高采烈地說。

周影有些明白火兒爲什麼會覺得這個人一定好吃了。

□

計程車在七轉八拐之後，不但甩掉了後面的警車、消防車等車輛，連天上的直升機在稍後也找不到他的蹤影了。現在他駛進了一條小巷子中，速度當然也放慢了下來，混在巷子裡少少幾輛車中，裝作正在正常行進的普通車輛一樣——這也確實是一輛普通的車而已，不普通的是車上的司機和乘客。

「哈哈哈，我今天的運氣不錯！」男子用槍點著周影說：「可惜，你這傢伙運氣不太好。」

我的運氣是不好，可你也沒好到哪裡去吧？周影看著正在擦嘴，準備開始大快朵頤的火兒，心裡這麼想。

一輛摩托車從後面駛來，雖然速度不是很快，可是因爲周影已經放慢了車速，摩托

車還是很快就追上了計程車，當它和計程車並肩前進並要超車時，狹窄的巷子對面駛來了一輛車，雖然巷子還不至於狹窄到無法讓兩輛車和一輛摩托車並行，但是會車的一瞬間，摩托車的騎士不知爲什麼身子一晃，連人帶車倒向了計程車這邊。他三晃兩搖，摩托車和計程車擦撞了一下發出「嘎吱嘎吱」的刺耳聲響。

周影忙向右側打方向燈在路邊停下，摩托車才勉強沒有摔倒，斜斜歪歪地衝出了幾公尺停住。對面那輛車自然也看到了這種情況，卻反而加速駛走了。周影本來也想開走，可那個摩托車騎士卻把車一扔，氣勢洶洶地衝了過來。

「你會不會開車啊！眼瞎了？」他先在車頭上踹了幾腳，然後拉開車門，一把把周影的衣領揪住，用力地拽了出去，「王八蛋，你碰到我了，看到了沒！想死啊！你說要怎麼賠償！」他用力搖著周影。

「是你碰了我。」周影平靜地指出事實。

「還敢頂嘴！」摩托車騎士推著周影在車門上重重一撞，「喂，你！」他衝著車上的男子吼，「下車自己走，我和這位司機大哥要談一談！」

這樣的發展實在出乎持槍男子的預料，但是周影已經看見他的長相了，非除掉不可，至於這個騎摩托車的，就當他倒楣吧！

「殺一個也是殺，殺五個也是殺。」他心裡這麼咕噥著，對著正在揪扯的摩托車騎士和周影舉起了槍。

「讓開！」摩托車騎士突然一拉周影。

「碰、碰！」

兩聲槍聲劃過寂靜的小巷。

持槍的男子慘叫著跪倒在地上，手腕和左腿鮮血淋漓，槍也拋出了老遠，摩托車騎士一個箭步衝過去，從腰間抽出一副手銬，乾淨俐落地把那個男子銬在了一旁的欄杆上，「我是警察，你被捕了！」這時他才摘下安全帽，並且掏出證件，在大家面前晃了一下。

這位警察看起來和周影歲數相仿——外表的年齡，不是實際的年齡——中等身材，膚色黝黑，五官稱不上英俊，對周影眯起雙眼微笑著——其實是眼睛小，一笑就眯起來了——說：「讓你受驚嚇了，現在沒事了。不管怎麼說，撞一下車總比丟了命強，是吧？」說完聳聳肩，掏出菸點了一支。

很明顯，他嘴裡雖在說著「讓你受驚嚇了」這樣的話，心裡可不這麼想，反而是以周影的救命恩人自居，在等著周影感謝。

「救援成功了，人質安然無恙。」年輕的警員正用對講機講著，「對，是我開了兩槍……什麼？不准開？不開人質早死了！」他這麼嚷嚷著，警車的聲音已經由遠而近，漸漸駛來了。

「你的運氣算不錯了。」因爲同事們還沒趕到，年輕警員顯得很無聊，他也不去管那個傷口流著血在呻吟的犯人，反而向正在查看車子損傷情況的周影搭起話來，「這個傢伙一連殺了三個人，其中兩個根本和他不認識，只因爲和他打個照面就平白無故挨了槍，你只是車擦了一下，多走運啊。」

車資、修車費、油錢和火兒的晚餐，周影覺得自己的損失眞不少。

至於火兒，在這名警察成功地「解救」了周影之後，身上和眼中的火更是熊熊燃燒，「如果他長得好吃一點的話，我一定用他來代替晚餐！」火兒自言自語地說著。但是他還沒氣到完全失去理智，會去吃一個一看就不好吃的「東西」，他只是繞著這個警員打轉，準備給他點苦頭嘗嘗。

「現在不行。」周影對他使眼色，因爲其他的警察已經陸續趕來了。

「你應該先給他止血！」一名警察向那個年輕警員吼，同時指著還在流血的犯人。

「我又不是醫生。」

錄。」

「那也應該通知救護車！」

「我通知警車了還不行嗎？」

「小孫，你這種個性什麼時候才能改改！」那名警官明顯地放棄了教育他的努力。

「喂，你還不能走，」一名警員叫住了準備開車走的周影，「我們還要請你做個筆錄。」

周影停止正在拉車門的手——雖然他心裡覺得自己現在離開對大家都好，因爲火兒身上的火焰越來越熾烈，接近爆發的地步了。

「行了、行了，人家受了這麼一番折騰已經夠嗆了，就別再難爲人家了，筆錄明天再做也行啊！」那位「解救」了周影的警員這麼說著走過來，掏出筆記本和筆，記下周影的車牌號碼，又問了姓名和地址，最後說：「明天早上來刑警分隊做筆錄，就找我吧，找『孫劍』，記住了嗎？」

周影點點頭後便駕車離開，他知道就算自己忘掉，火兒也會牢牢記住的。

「我記住他了，孫劍！」火兒惡狠狠地說：「搶我食物的傢伙！」

「他本意是想救我吧。」周影這麼說。

「哼！人類，誰要他們救，他們連自己都顧不好了。」火兒會做出這樣的評價是因

爲看到了街邊的一幕：兩個年輕小夥子正圍著一個中年男子撕扯踢打。

「或許是吧。」周影邊開車邊看著這個繁華、喧鬧的城市，覺得自己對人類的瞭解太少了。

□

「人類？」劉地獨自霸佔了最大的沙發，口沫橫飛地發表著意見，「人類是一種高級的哺乳動物啊。」

瑰兒托著腮，眼睛眨啊眨地說：「我覺得人類就是人類，反正和別的生物不一樣就是了。」

「有的人類很好吃，有的很難吃。」火兒也搶著發表意見。

——顯然，妖怪們正在進行以「人類是什麼」爲主題的討論會。

討論會的發起者周影認眞地聽取大家的發言，但是這都不是他想要的答案，「人類啊，弄懂了他們是什麼的時候，修成正果也就不遠了吧？所以現在爲這個問題煩惱還嫌早了些。」

一陣急促的敲門聲打斷了妖怪們的討論，周影站起來去開門。會來這個家拜訪的客人少得一隻手數得出來——林睿，他不會敲門，直接就進來了；南羽則禮數周全，敲門聲也總是輕輕的，另外還會有誰呢？周影想著：「不會又是……」

打開門一看，果然是他預想到的那個人。

「周哥，」這個年輕人帶著哭腔，抓住周影的胳膊猛搖頭，「周哥，我對不起你，車……車不見了！」

「唉！」周影禁不住嘆了口氣。

「我只是停在路邊去上個廁所……只十分鐘工夫，就、就不見了。」年輕人焦急地訴說著。

「先進來再說。」周影讓他進屋來，免得在走廊中吵嚷，驚動了別人。

看到周影不急不驚的樣子，這個名叫朱兵的年輕人有點不解，他知道周影一向冷靜，可是車被偷了還是這副樣子，太說不過去了。

他追著周影問：「周哥，我們怎麼辦，報警吧！找保險公司！實在不行……車是我弄丟的，我、我會負責的……」說到這裡，他的頭不由得垂了下去。

「你沒有報警吧？」

「還沒有，我想先和你商量。」

「沒有就好。」周影這麼說著，伸手在朱兵額頭一按，一道紅光閃過，朱兵的身體癱軟了下來。周影把他扶到沙發上放下，對劉地說：「幫我送他回家，讓他以爲今天我要用車，所以他沒有出門。」一邊說一邊抓起外套。

「扔個男人給我！」劉地撇撇嘴，「那你去哪兒啊？」

「去把我的車開回來。」

□

在現代化的大都市中，汽車的數量飛速增長著，車輛失竊的數量也大幅增加。在這些數之不盡的竊車案件中，大部分的失車是那種半新半舊的轎車，因爲這種車比較容易改裝，也比較容易賣出去，比如說周影的那輛紅色的桑塔納。

「不管怎麼說，一個月丟了三次也太過分了吧！」火兒在周影的肩頭上吵鬧，「你僱的那個司機太笨了，不如我幫你吃了算了。」

「幸虧他不在車上。」周影倒慶幸車是被「偷」走的，他聽說過有幾次車主在對方竊車的時候恰巧遇上了，盜賊不但沒有收斂，反而把車主刺傷，搶了車揚長而去。車丟了再去開回來就行了，周影可不希望朱兵因此而受傷。

「影，我吃了他們吧？」火兒咂著嘴問。他並不特別喜歡吃人，但是因爲昨晚經歷了一番「煮熟的人類又飛走了」的失望，吃人的欲望便被刺激了起來，三句話不離吃人。

「嗯。」周影對於火兒的挑食縱容慣了，從來不干涉他要吃什麼。

□

周影熟練地順著街道拐進了一家修車廠，逕自走進後院，這個院子裡停放了五、六輛半新不舊的轎車，周影那輛紅色的桑塔納也在其中，周影向車子招招手，車便自己開了過來——這輛車被妖怪開久了，或多或少也沾染了些妖氣，至少已經認得自己的主人了。他檢查了一下，除了後車箱被用鐵器撬開之外，車身幾乎沒有受什麼損傷，證件都還在，油也滿著，周影點點頭，這次的損失總算小一些。

「火兒，走吧。」周影手一拂，修好了車上的損傷，招呼正四處亂飛的火兒。

「不是說好了我可以吃掉他們嗎？」火兒不肯回來，正在對修車廠裡的工人們挑挑揀揀，尋思對誰下口。

「不是他們偷的車。」周影恩怨分明。

「那也是同黨、銷贓、協助犯案！」火兒看多了電視劇，學了不少詞。

「這裡人多，吃人太顯眼了，有機會再說。」周影不希望在人多的地方鬧事。

「晚上再來吃？」火兒不得到確切的答案就不走。

乾脆讓他隨便吃一個好早點回去，周影看看錶，等著火兒做決定。

「這個太瘦，這個全是肥油，這個……呸呸，什麼怪味道，這個就是個頭小了點，吃不過癮。」這個修車廠裡的工人不少，火兒盡情地挑揀著。

「火兒！」

「幹什麼？」火兒正在做最後二選一的抉擇，不耐煩地回答，他下定決心：「乾脆兩個一起吃掉，大不了待會兒不吃午飯。」

「有外人來了。」

「不管他，我正要吃呢！」

「是那個警察。」

「啊？」火兒闔攏已經張大了的嘴，「哪個警察？」

周影往外面指指，只見一個男子推著摩托車站在外面，正和修車廠裡的人吵鬧著，火兒馬上認出是昨天從他嘴裡奪走了宵夜的孫劍。

「我去吃他。」新仇舊恨一起算，不管他看起來好不好吃了。

「火兒，今天算了。」不管怎麼說，孫劍也算是救過周影，不論周影需不需要救助，他都對這個人類有一份感謝。

「不！」

「火兒，瑰兒做好飯了，不回去吃的話，她會生氣的。」

「那回去吧。」火兒馬上改口。如果說他還對什麼事有一點畏懼的話，那就是辛苦做好了飯卻沒有人來吃時的瑰兒，那種情況下她的怒火足以使天地變色、日月無光，連火兒也怕她三分。周影也狡猾地學會了用這個辦法嚇唬他。

周影開著車逕自出了門，恐怕修車廠的人和偷車賊永遠也不會發現，他們偷來的車少了一輛。

周影極有耐性，或者說他根本不懂著急是什麼，要是換了其他任何妖怪，一次次經歷了這種事後，即使不暴跳如雷地去把偷車的人撕碎、把修車廠踩平，至少也會用點什

麼法術讓車子不會再被偷了，可是周影就這樣放任一切發生，最多在車丟了之後咕噥幾句，再去開回來了事。

大概對他來說，這種事也算是人類生活應有的一部分吧。所以當他開著車從那家改裝贓車的修車廠出來時，一點也看不出生氣的樣子，反而是火兒在他頭上連蹦帶跳地十分不高興。

「影，我現在越來越想吃人了……」火兒耍著小性子，「你隨便找個人來給我吃。」

這個城市裡就是人多。

周影看著路上來往不絕的人問：「你想吃哪個？」

「我吃……」

火兒剛要開始選擇，周影就看見一輛摩托車快速地向自己追了上來，他把車向旁邊讓讓，誰知對方並沒有超車，反而拿出證件在周影車窗邊一晃：「下車，我是警察。」

周影把車往路邊一停，滿臉疑惑地下了車：「你爲什麼拿著通訊錄說自己是警察？」

「你看出來了，哈哈哈。」對方尷尬地乾笑幾聲，「我還以爲它和證件很像呢。」

他摘下安全帽看著周影，「原來是你啊，難怪我覺得很眼熟。」

「喔，孫劍。」周影向他點點頭。

「怎麼又是這個傢伙！」火兒叫起來，「怎麼每次我一張嘴他就冒出來！專門打攪我吃飯！」

「我問你，你是不是從那家修車廠出來？」孫劍問。

「對。」

「去幹什麼？」

「修車。」周影總不能說自己是去拿回被偷的車吧。

「常去那裡修？」

「第三次。」這輛車被偷了三次沒錯。

「可以問問你對那家修車廠的看法嗎？」孫劍掏菸遞給周影，見他不接便自己點上了。

「沒有看法。」周影對大部分事物都沒有什麼看法，即使是偷了自己車的人。

「有沒有覺得他們哪裡不對勁？」

「沒有。」——除了替贓車改裝之外，確實和大部分修車廠一樣，技術平平，收費

很貴，沒有不對勁的地方。

孫劍很失望地看著周影：「你說話還眞簡潔。沒有一點兒能讓你注意的地方？比如員工的對話呀，進出的人呀什麼的，有沒有什麼留給你特別印象的？」

「沒有。」

「確實沒有？」

周影看著他不再說話了。

「算了、算了，你走吧。」孫劍像所有警察問完別人問題一樣，揮著手讓周影走。周影也希望快點離開，因爲燃燒的火兒已經快把空氣點著了。然而他剛剛坐進車裡，發動了幾下摩托車的孫劍又衝了過來拍著車門：「眞倒楣，我的摩托車壞了，你能不能送我去警局？」

「啊……怎麼這麼快就壞了，」火兒發出了一聲怪叫，「我本來是想讓他騎到一半掉到橋下面去的！」他在車廂裡跳了幾下，看到孫劍大刺刺地坐了上來，便下定決心：「現在吃！不管他好不好吃了。」

「咦，你有這片CD啊？」孫劍俯身拿起一片CD，撲過來的火兒一頭撞在了擋風玻璃上。「給我聽聽行不行？」孫劍晃著CD問。

周影擔心地看著自己的擋風玻璃，連連點頭，反正車上有什麼CD也是朱兵的，他壓根兒就不知道，也沒有聽過。

「我一定要吃！」火兒身上的火焰一下暴漲起來，轉成了戰備攻擊的金黃色。他大聲宣布自己的決心，「我想吃的東西還沒有一樣沒吃到嘴的呢。」

他正在盤算把這個看起來不可口的人類烤成幾分熟才會可口時，一道紙符卻飛進了車窗，平展在他面前，紙符一接觸火兒立刻燃燒起來，傳出了南羽的聲音：「火兒，我剛剛殺掉一個來醫院搗亂的妖怪，你吃不吃？」

「吃！」火兒馬上叫了起來。看看不可口的孫劍，想想南羽提供的妖怪，兩者實在天差地遠——而且去晚了，被南羽放進了冰櫃可就沒有那麼新鮮好吃了。

「幫我把他弄回家放進冰箱裡。」他這麼指著孫劍吩咐周影後，逕自飛走了。

孫劍閉著眼，跟著音樂的節奏搖動身子，根本不知道身邊發生了什麼事。

周影看著他，覺得這個人類的運氣還眞是好得可怕——能三次從火兒口中逃脫的獵物，他是周影三百年來記憶中的第一個。周影除了縱容火兒吃吃人以外，怎麼說也算得上是一個比大多數人類都守法的公民，他絕對不會親自動手在自己家裡的冰箱中放進一個警察的——如果火兒和劉地動手，他當然也不會阻攔——所以還是把車開到了刑警隊

門口。

「謝了。」孫劍跳下車，一邊還不忘拿走那片CD，一邊從口袋裡掏出五百元放在儀錶板上。「幹嘛，沒見過警察坐車給錢啊？我可連CD錢也給了，別去投訴我啊，對我的投訴夠多的了。」他看到周影看著自己又這麼說，然後揮揮手走進門去了。

周影拿起那張五百元，搖了搖頭。

□

「周影，我一直想問你，你和人類交往……不，這麼問吧，你和哪一個人類來往比較密切？」劉地半躺在沙發上問周影。他聽完了周影說起孫劍的事後，不但沒回答周影的問題，反而開始發問。

「朱兵。」周影一點都不猶豫地說。

劉地翻翻白眼：「每天爲了交接車見兩面，說五、六句話，這就是你最熟的人類了？」

周影點頭，他還沒有弄清楚劉地的意思，瑰兒卻突然從廚房裡伸出頭來：「他連妖怪都只和你、我、南羽、火兒和狐狸熟，別說人類了！他認識的人類加在一起也不超過十個——不算明星和新聞人物哦。」她想了想又加上一句。

「我猜也是這樣。」劉地點著頭並且拍著周影的肩，表示他對自己朋友的瞭解程度。

周影靜靜地等著他繼續說下去。劉地嘆口氣，在這個朋友面前，他眞是很難體會到賣關子的快感啊，他清清喉嚨說：「是這樣的，周影，你的目的是學會做人吧？」

「對。」

「所以才到這個大都市裡來吧？」

周影還是點頭。

「可是你覺得只是站在旁邊觀察，就能完全弄明白人類嗎？這麼打比方吧，你養了一隻寵物——不是指火兒啊。（周影說：『火兒不是寵物啊。』）——你是把牠解剖了，看看這裡是心、那裡是肺、那裡是腦子……得到的瞭解多呢？還是和牠一起玩一陣子，和牠說話，和牠一起生活，對牠的瞭解多呢？」

「我不知道，我沒養過、也沒解剖過寵物。」周影據實回答。

瑰兒在廚房裡把盤子掉到了地上，劉地的適應能力比較強，深呼吸之後終於坐穩

了，沒有從沙發上滾下去，可是他知道順著這個比喻讓周影考慮下去的結果，很可能是周影會去弄兩隻一樣的寵物來，解剖一隻、養一隻，試驗看看哪一種辦法更能瞭解這種寵物。當然，爲了避免火兒因爲家裡有了寵物而可能有的反應，劉地迅速把話題拉向了別的地方：「你覺得你對人類瞭解嗎？」

周影想了一會兒，開始搖搖頭，然後一直搖頭。

「我至少比你瞭解得多一些，」劉地說：「教給你一個辦法，去和人類交流一下吧，對你有幫助。」

「和人類交流？」周影認爲自己天天在做這些——他不是在開計程車嗎？

「你認爲你開車，然後收錢，然後交管理費、交稅、交房租，買東西……這就是交流？這是生活，是你在過人類的生活。交流是……」劉地搜索著可以形容的辭彙，「是，就是像你跟我相處一樣。你試試這樣和一個人類相處。」

「不可能！」周影一下子笑了，「像跟你一樣？不可能！」把人類看作和劉地一樣？這太可笑也太奇怪了。

「這就是你的毛病。」劉地諄諄教導，「一定要對人類和妖怪一視同仁，所謂人就是妖怪，妖怪也是妖怪，你不能因爲自己是妖怪就瞧不起人類，也不能因爲想做人就瞧不起妖怪……」

周影開始覺得劉地以前一定做過和尚，他嘆了口氣，問：「那你究竟想讓我做什麼呢？」

「不是我讓你去做，是你應該去做。」劉地說：「我是說你是不是應該試著和人類有更多的往來？」

「以後我白天也自己出車？」周影馬上交出提案。

「啊！」劉地怪叫著撲上去掐緊周影的脖子，「我這麼苦口婆心地說，你怎麼就是聽不懂！我是叫你去和人類交朋友，在人類中按人類的方式找朋友、情人、敵人、亂七八糟的人……不、不，情人就算了，情人就算了。」他看到瑰兒端著剛剛做好、泛著熱油的湯出來，一副要不小心失手倒到自己頭上的姿態，連忙改口。

「原來是這樣。」周影點著頭，「可以告訴人類我是妖怪嗎？」

「當然不行！」劉地和瑰兒一起叫起來，「人類會以爲你是瘋子！」

「可是有所隱瞞的話，怎麼能成爲朋友呢？」周影憂慮地問。

「周影，我們是朋友吧？」

周影肯定地點頭。

「我們之間就沒有任何隱瞞了嗎？」

「沒有。」絕對肯定的回答。

「怎麼會沒有呢，你看，我昨天和女人約會時發生了什麼沒有告訴你吧？而你心裡喜歡南羽和瑰兒哪個更多一點也沒有告訴我啊。所以朋友之間也不是什麼都要告訴對方的啊。」

如果劉地想知道這個的話……周影皺著眉頭開始尋思，劉地一臉陰險地等著答案，而瑰兒則略帶嬌羞地跑回了廚房裡。

時間一點點流逝，二十分鐘後，周影攤攤手說：「我沒法告訴你，因為我自己也不知道。」

劉地深感無語問蒼天。

「總之，去和人類交往吧！能做朋友，對方又懷疑你身分問起來的話，告訴他你是妖怪也無妨；如果成不了朋友，就算多個熟人，熟人當然沒有必要相互坦誠；再不然成了敵人的話，也算一種做人的體驗；如果連敵人也做不成，只是一個勁兒厭惡他的話，索性叫火兒吃了他也好，請我去吃也可以，讓他消失就完了。」劉地慫恿著周影，「這可是學會做人的必經之路啊，你趕快進行吧。」

周影百分之百相信劉地的建議，可是突然讓他去和人類交朋友，他還眞說不上找誰好，想來想去也只有朱兵了。

「孫劍，」劉地趴在他肩上說：「這個人怎麼樣？好像很有意思。」

「他？」周影皺眉說：「火兒很不喜歡他。」

「作爲父母，絕不能把孩子教養成小皇帝，一定要讓他明白小孩子不應該干涉大人的交際，明白嗎？」劉地義正辭嚴。

周影沒有覺得自己過於嬌慣火兒，他反而覺得和親生父母相比，自己給火兒的關愛照顧太少了，「可是只是和人類交往而已，也沒有什麼關係吧？」

□

「火兒，我和那個叫孫劍的人類來往的話，你會不會生氣？」周影趁火兒回來之後問他。

火兒吃得肚子都凸出來了，正躺在沙發上看電視，頭也不抬地問：「誰？」他生性豁達，吃飽了後就把白天的事忘得乾乾淨淨。

「那我出去了，你來不來？」周影抓起外衣準備上工。

「別煩我，正演到關鍵時刻呢！」火兒看得全神貫注，「這個故事挺好看的。」——螢幕上一對男女正在糾纏不清、哭哭鬧鬧，也不知道火兒看懂了多少，反正他是吃飽了就不願意出門了。

「我陪你去。」劉地追上周影，他今天晚上犧牲了約會時間就是爲了去看周影的熱鬧。

他平時不是很討厭陪自己工作嗎？周影對劉地的行爲感到不解，但是他的個性也不會去反對什麼，任由劉地跟著他走。

看著他們出去，瑰兒想了一陣子，伸手捅捅火兒說：「火兒，我怎麼覺得劉地有點不懷好意呢？」

「他什麼時候有過好意？」

「也是。」瑰兒隨手拿起遙控器轉台，找她喜歡的流行歌曲節目或偶像劇。

「我還在看呢，還給我！」火兒生氣了。

「小孩子看什麼愛情片，走開！」瑰兒出於教育目的也不能讓給他。

「還給我！」火兒動用武力。

「明天不給你飯吃！」瑰兒動用權威。

一場轟轟烈烈地搶台大戰展開，周影就這麼被他們拋到腦後去了。

□

「走，我去看看那個孫劍長什麼樣。」劉地一上車就興沖沖地說。

「我在工作。」

「我是客人。」劉地大聲吩咐，「司機，去刑警隊。」

周影沒有理他，在路邊招手的人面前停下了車。

□

孫劍從牆上跳下來，一邊用一支小手電筒照著一輛輛車的車牌，一邊在本子上記下來，「可惡，一看就知道是假車牌！」在地上匍匐爬行著看完了最後一輛車之後，他低聲咒罵一句，站起來拍拍身上的塵土。

他調查了整整兩個月，幾乎可以確定這家修車廠就是最近半年來立新市大量被竊車輛的去處，如果能有一紙搜索令、幾個同事協助，憑那些掛假車牌的車就可以抓人。問題在於，孫劍調查這件事並沒有上級的允許，他是憑著自己的任性到這裡來調查的，一旦被發現了，不是在他那已經夠多的處分上再加一個處分，就是在他那已經夠多的投訴上再加一個投訴。

「眞無聊！」

「半夜三更還要巡邏，也不顧我的死活。」

「行了，你們別抱怨了，誰教我們拿人家薪水呢。」

三個員工模樣的人一邊說著話一邊舉著明晃晃的手電筒來回巡視，慢慢走了過來。孫劍縮身鑽進了一輛車底下。

那些人搜查得也不怎麼仔細，來回晃了幾圈，根本沒有往車下面看，還一面在聊天，一個人說：「老闆有這麼大的靠山，應該沒什麼好怕的，幹嘛弄得這麼小心。」

另一個卻說：「小心駛得萬年船！」

最後一人沉默了一陣子才說：「我總覺得我們老闆幹的這事太缺德，總有一天……」

他住了口，沒說下去。

「我們只是跑腿幹活的，有什麼事也輪不到我們頭上，你窮擔心什麼！」
「就是，我們爲的不就是掙錢，你去哪裡找薪水這麼好的工作。再做個一年半載，你家裡蓋房子、娶媳婦的錢不就都夠了。」
「能做滿一年半載的話……」開始那個人又說了一句，聲音低下去，三個人都走遠了。
孫劍從車底下鑽出來，拍拍身上的灰土，朝三個人走過的方向撇撇嘴，又沿著進來的路——順著牆頭，小心地翻過鐵絲網爬了出去，從牆頭縱身跳下去後，回頭看看嘆了口氣。

□

周影開車在街上轉了幾圈，做了幾趟生意後，劉地終於厭倦繼續捉弄他，打著哈欠下車去了，周影不由鬆了口氣。車一經過路口，路邊就有人在招手叫車了。
「呀！眞巧！」孫劍一拉開門就叫起來，「又是你啊……什麼什麼……你叫什麼來著？」

「周影。」

「對、對，我說名字就在嘴邊上嘛！周老弟，去中原街。」他其實根本不記得周影姓何名誰，但馬上熟稔地這麼說。

「你受傷了。」周影看著他一身狼狽的樣子提醒他，看他去不去醫院。

孫劍一隻手破了皮，他自己用手帕胡亂纏住，血還在往外滲，嘴角腫了起來、眼圈發青，頭髮亂蓬蓬的像被人扯過，總之是一副挨了揍的樣子。他自己卻不怎麼在乎，往座位上一靠說：「我回家，家裡什麼藥都有。」

家裡什麼藥都有就代表他常常受傷吧？周影有點奇怪地問：「有人敢打警察？」

「有啊，警察想打的人就想打警察啊。」孫劍理所當然地說：「你心裡現在一定在想，警察想打人是不對的吧？可是『警察』這個詞理所當然是和『罪犯』相對應的，如果罪犯打人是大家所認可了的，警察卻不能打的話，對於警察來說不就太不公平了嗎？總要給予警察相同的權利，才能讓警察去維護正義啊！你說對不對？」

「我不知道。」

「你當然不知道，因爲警察本來就應該是維護治安的，不是維護正義的啊！」孫劍哈哈大笑起來。周影忍不住也一笑，孫劍又接著說：「像我這樣一心維護正義、不計得失、鞠躬盡瘁的警察，是萬中無一的啊。」

周影忍不住轉過頭來仔細看他，想確定他是不是劉地變的，不然爲什麼說話的口氣這麼像。

「喂。」到了目的地，孫劍下車後向周影揮揮手，「難得有我這樣的正義使者坐你的車，今天車錢就免了吧……其實剛才錢包被他們一起搶了，沒有錢給你了，就這樣了啊。」他逕自向大樓群裡走去，周影卻看出他走路的時候拖著一條腿，很明顯的，他受的傷比外表看起來還要嚴重。

周影想了一會，搖搖頭，還是開車走了。跟人類來往？這也許只是劉地跟他開的玩笑吧。

□

朱兵連續三次車子被偷，周影沒想到有一天自己也會親身遇上這種事。

今天他開車到南羽家門外，發現裡面亮著燈，知道南羽今天晚上沒有在醫院裡值班，火兒便吵著要去找南羽，因爲根據他的經驗，去找她的話即使沒有妖怪可吃也會有

故事可聽，所以火兒就帶著周影敲了南羽的門，南羽當然很歡迎他們。他們聊了一會，南羽給火兒講了一個故事，過了大半個鐘頭才從她家裡出來。

南羽把他們送到門口，忽然抬頭看著前面「咦」了一聲。

「偷車！」火兒也叫起來。

有兩個人影正站在周影的車邊，就在南羽和火兒說話的當口，其中一個已經拉開車門坐進了駕駛座。

「偷車了、偷車了！」火兒興奮地大叫著，周影花了一分鐘才弄明白，有人正在偷自己的車。

先上了車的人發動引擎，另一個人繞到另一側的車門，也想上車。

「你們在幹什麼？」

驀然出現的人影讓兩名竊車賊嚇了一跳，他們「工作」時一向眼觀四面、耳聽八方，竟然有個人能無聲無息地走到了眼前。仔細看著周影，一個普普通通的青年男子，衣著樸素，手中拎著一串車鑰匙，看來是這輛車的主人。

這裡是一條僻靜的小巷，巷子一側是一所學校高大的後院圍牆，另一側全是一幢幢獨立的小樓院落。這些小樓都已經頗爲老舊，一些現代化的生活設施也不完備，甚至早已經列入了拆除的範圍，恐怕是南羽不知用了什麼辦法才使它們保留了下來，但是十餘棟房子中，一共也只有三、兩戶人家居住，整條巷子看起來荒涼冷清。南羽喜歡安靜，才特異選擇了這樣的住處。

兩名偷車賊看看周圍的環境，相互點點頭，下了車就走向周影。

周影見他們下了車，逕自去拉車門，想檢查一下車子有沒有受到損傷。

「老兄，你膽子挺大的，也太不把我們放在眼裡了！」其中一個人一搭周影的肩膀，把周影扳回身來，也不等周影說話，抽出一把匕首便刺進周影的小腹。

「唔。」周影吃了一驚，他實在沒有想到這個偷車賊竟然會出手這麼狠毒，公然傷人搶車。

那人捅了周影一刀沒有遇到任何抵抗，正以爲已經得手，想推開周影開車離去，卻驚訝地發現自己的手被周影抓住抽不回來。

周影被捅了一刀，臉上一點痛苦的表情都沒有，反而把對方的手腕握得生疼，問：「你爲什麼偷我的車？」

另一個偷車賊不知道同伴的處境，看他和周影僵持著，舉起一根鐵棒向周影後腦便猛砸下來。他滿心以爲棒落人倒，這一下必然可以收拾周影，誰知道周影卻搖搖頭，回

過頭來若無其事地看著他說：「如果我是人類，已經被你打死了。」

「你、你……」兩個人結結巴巴，難以置信地看著周影。

「我來吃吧。」火兒飛過來在其中一個人身上擦擦嘴。

「這、這、這是什麼……」渾身閃著火焰的火兒更是讓兩名偷車賊驚恐，不明白這是什麼怪物。

「這幾天很想吃個人，吃哪一個好呢？」火兒在兩個人身上來回跳動，猶豫不決，「這個看起來肉嫩一點，這個就比較有油水……嗯嗯……剛剛吃了晚飯，吃點清淡的吧。」他選定了「肉嫩」的那個，嘿嘿笑著說：「我烤著吃。」

兩名偷車賊這時才聽明白，這隻怪鳥說的意思竟然是要吃了自己。

「妖怪！」手中拿著鐵棒的那個人一棒向火兒掄過去。

火兒用翅膀一揮，鐵棒頓時熔化成爲液體，一直淌到那個人手上，那個人怪叫著把鐵棒甩開，一隻手已經燙得不成樣子了。

「我是靈獸，他們才是妖怪。」朝聞道，夕可死。雖然馬上要被自己吃了，可是火兒還是指著周影和南羽耐心地教導對方。

周影和南羽的樣子一個平凡無奇、一個斯斯文文，怎麼看也和平時人們心目中妖怪的形象相差太遠，只有這隻火鳥不但口吐人言，而且口口聲聲要吃人，十分詭異可怖。兩個偷車賊一個手掌燙傷，正在呼叫呻吟，另一個卻比他聰明，甩開了周影的手便跌跌撞撞地向巷子口跑去。

「那個才是我想吃的！」火兒叫起來，「你怎麼不抓住他。」

「火兒。」周影手一指擊倒那個逃跑的人，卻對火兒說：「別吃他了。」

「爲什麼？爲什麼？」

周影看看南羽，又說了一句：「別吃了，算了。」他知道南羽對人類有很特殊的感情，所以不願意火兒在她面前吃人。

火兒很不高興地問著：「爲什麼？爲什麼？爲什麼？我不管，我要吃！」火兒堅持要吃掉那個人。

「火兒。」南羽輕輕叫他。

「幹嘛？」火兒很喜歡南羽，覺得她一定站在自己這邊，「妳也覺得我應該吃對不對？」

「火兒，我想起了一個關於靈獸的故事，你想不想聽？」

「故事。」火兒立刻睜大了眼。

在他的嗜好中聽故事排在第一位，吃妖怪排在第二位，玩耍排在第三位，欺負弱小排在第四位，睡覺排第五；說到吃人，在他的愛好中勉強可以排入前十，不過實在無法和聽故事相提並論。

「要聽、要聽！」他認識的妖怪中劉地和南羽故事最多，劉地二百個不情願講故事，必須要動用強迫手段；南羽倒是很樂意講故事，但是她平時很忙，難得有講故事的時間，現在她主動要講故事，火兒馬上就動心了。

手受傷的那名偷車賊還在抱著手哀號，他的聲音把周圍的住戶都驚動了，有幾家的窗戶後出現了窺視的目光。

「周影，這裡交給你了。」南羽對周影一笑，向火兒說：「那是五百年前，我當時帶著我的兩個弟子，正要渡過黃河去北方……」她邊說邊往屋裡走，火兒伸長了脖子聽，不知不覺便跟著她走進了屋裡，把要吃人的打算忘了個乾乾淨淨。

果然還是南羽有辦法，既讓火兒放棄了吃人的打算，又沒讓他氣急敗壞地吵鬧。周影望著南羽的背影看了一會，便開始動手爲那個偷車賊治傷，又把他和另一個偷車賊的記憶改了，再開車把他們丟到市區去，一邊忙碌一邊感嘆，半個晚上過去了，自己卻都沒好好工作，看來今天損失不小。他開著車不由想到，這些小偷的行爲顯然越來越囂張了，今天這樣公然傷人搶車，幸虧他們選上的是自己，若是人類司機，這一下不死在他們手裡了嗎？

「唉……」周影嘆口氣，打開車窗，隨手把偷車賊用來刺他的匕首丟了出去。

□

孫劍來到葉分隊長的辦公室前，敲了敲門，不等裡面有聲音便逕自推門進去，一屁股坐在葉分隊長對面。他自己知道這次一定免不了要挨一頓好罵，也就不管三七二十一了。

「哼！」葉分隊長是個四十多歲的黑瘦男子，如果不穿警服，看起來更像務農維生的鄉下人，只是一雙眼睛炯炯有神，狠狠地盯著孫劍，讓人心裡發毛。好半天才問：「說吧，這幾天又幹什麼好事了？」

「查案子。」

「查案子？」葉分隊長一拍桌子，「明明不是你管的案子，查個什麼勁！」

「那我不查了就是。」孫劍一點兒也不頂嘴。

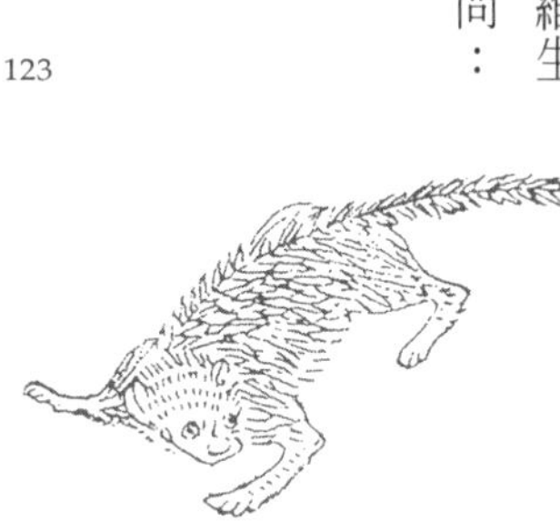

「你自請處分吧。」

「好。」

「明天交報告！」

「好。」

「好好反省！」

「好。」

反正不管葉分隊長說什麼，孫劍只回答一個字，葉分隊長抓起杯子來喝了一口，平平心頭的氣又說：「小孫，你肯下工夫去破案是好事，可這次你闖的禍太大了，知不知道？」

「知道，我得罪的是高官。」

「我不是指這個。」葉分隊長嘆了口氣，「小孫，你的才幹本事確實高人一等，可是你的脾氣太……」他說到這裡又嘆口氣，沒有說下去孫劍是「太」怎麼樣。

「太拗、太任性、太不知死活。」孫劍替他說。

「你自己也知道。」

「葉分隊長，我被騙到刑警隊的時候，你對我說的第一句話是什麼？」孫劍看著他說：「當時你沒有說什麼『爲人民服務』呀、『執法』呀這樣的官話，你說我們要『維護正義』我才留下的，你忘了嗎？」

「正義、正義，你也不用一天到晚掛在嘴邊上吧！」

「不掛在嘴邊上放哪？放心裡？那鬼才知道你在維護正義，現在世界上的事不就這樣嗎，說是就是，不是也是……」他索性哼起了歌來，向葉分隊長敬個禮，「我回去寫報告。」

「站住！」孫劍剛走到門口，葉分隊長吼住了他，孫劍轉過頭來和他對視了一陣子，葉分隊長嘆口氣說：「你以爲我不想破這個案子？」

孫劍不說話。

「我不想？」葉分隊長猛地伸手一揮，把桌面上的東西全唏哩嘩啦掃到了地上，「七個月車輛失竊二百三十六輛，十五個司機被打成重傷！我不想破案!?」他一發起火來眉目張揚，再也不是莊稼漢的模樣。

「那……那……」孫劍索性說出來，「爲什麼安排陳副隊長去查，誰不知道他是『他』的人！讓他查下去，這個案子一百年也破不了！」

「你以爲我怕那些高官的壓力？」

「我不知道。」

「你不用和我賭氣，我告訴你，我要是肯去向他們拍馬屁，五年前就當副市長了，還會窩在這裡受你小子的氣！跟你實說了吧，我派王副隊長一直在暗中查這個案子。」

孫劍眼睛一亮。

「行了，你別管那麼多了，總之案子要查，但絕對不是你那種查法，你這樣做只會打草驚蛇。」葉分隊長像趕蒼蠅一樣揮著手。

「我也能幫忙的，需要我做點什麼？」

「你要做的是回去寫報告！立刻去！」葉分隊長拍桌子，孫劍馬上一陣煙似地不見了。

□

孫劍畢業於知名的法律大學，本來是夢想成爲一名法官或檢察官，最少也要做個律師，他的人生本來應該是和刑警這個職業搭不上邊的。每次葉分隊長爲了他捅漏子指責他：「你是個警察！用腦子想想你是爲什麼才當警察的！」時，他一定會想都不想回一句：「我是被騙來的！」

他確實是被騙來的。

孫劍大學畢業那一年正值立新市的政府機關招考公務員，他二話不說便報名參加司法考試。以他的成績，他很有自信可以在一百六十七個報名者中躋身前六名——當時的招收名額有六人，但是放榜的時候卻沒有他的名字，這給他的打擊不小，正在沮喪嘆氣的時候，卻無意中在同時進行的警察特考的榜上發現了自己的名字，而且還是高居榜首。等他反覆確定了二十次考生號碼、姓名、性別、年齡、身分證號碼全都無誤之後，下巴都快掉下來了，這究竟是怎麼回事？

從放榜之日起二十天內，孫劍上至市政府，下至刑警隊、人事局、組織部、教育局、公證處……等等單位全部找了一遍，拿出上窮碧落下黃泉的精神，才終於弄明白了事情的原因：弄錯了——當時負責輸入考生資料的工作人員不知為什麼出了差錯，把十幾個報名參加司法考試的人輸入到報考警察的人員名單中去了。

其他人都好辦，雖然弄錯了，但是他們的成績距離錄取標準差太多，不用加以考慮，唯獨孫劍讓招考單位頭疼起來，他的成績優秀，讓他這樣去警察機關他自己肯定不願意；讓他去法院吧，法院已經錄取的六個人就有一個必須被淘汰掉，本來淘汰掉最後

一名是最公平的辦法——如果考取法院的第六名不是某高官親屬的話……於是經由上級的壓力，被逼著來向孫劍解釋的法官便向孫劍說：「去警察那邊吧，那裡也不錯……至少補助比我們好。」

「那是警隊，我一個文弱的書生去不是等著被罪犯收拾嗎？不但自己的安全沒有保障，也給國家添麻煩啊。」

「我們看過你的資料，你不是從小學武術，還得過全省冠軍嗎？」

「現在的罪犯裝備多先進，誰還怕武術！」

「去了會配槍的——你不是在遊樂場打靶每次都能把遊樂場老闆贏哭嗎，放心，手槍和氣槍差不多。」

「這也知道，你們是法院還是偵探社啊！我不管，我是學法律的，報考的是法官，你們不能讓我改行。」

「警察是執法的第一線，多麼適合你這樣的法律系高材生啊。」

「我不管，出錯的是你們，不能讓我來承擔後果。」

「唉，跟你說實話吧……」這名法官索性把隱藏在背後的眞相說了出來，「……你明白了，上面是絕不會讓你把他頂下來的——對方因爲孩子考上了法官，都請客好幾次了，他們也丟不起這個臉。退一步說，你就算硬進來了，以後也……」

那時還涉世不深的孫劍聽了這番話，想也不想便甩手走了。現在回想起來，那位法官當時用那種方式告訴自己，爲的就是想要他那樣憤然離去吧。

放棄了成爲法官的打算，孫劍想乾脆去私人律師事務所找份工作，以後考律師執照當律師算了。這時，分隊的葉分隊長卻找上了他。

記得當時電視上在播放的一部偶像劇主題就是「維護正義」，孫劍當時正沉迷於那部片子，結果葉分隊長一對他說：「爲了正義來做警察吧。」熱血純眞的大好青年便踏上了「賊船」；也許當時葉分隊長本人也在看那部偶像劇也說不定，反正他就用這麼簡單的辦法，把一肚子不情願的孫劍釣到了警界。

□

「我上當了！」孫劍在心裡大吼著，「當警察根本和電視上不一樣，舉起證件說：『你被捕了，你有權保持緘默……』什麼的就行，也不是在維護什麼正義……還要被人打！我受夠了！葉建華你這隻狐狸！」

他一邊抵擋著一群彪形大漢的攻擊，一邊抓住一個人當武器的鐵鏈，用力一帶，順勢抬腿踹在對方小腹上，就當作踹的是葉分隊長，然後回手一拳打青了另一個大漢的眼圈，也當作在打葉建華。

七、八個人圍著孫劍，而他們手中全都有武器，孫劍雖然身手不錯也難以應付，他發洩了一陣子怒火就開始四處亂瞄，準備脫身了。一輛車突然從巷子另一頭衝過來，那輛車一點也沒有在糾纏的人群前減速的打算，那群大漢只好四散躲避，那車逕自在孫劍身邊停下來。

「上車。」周影伸出頭來說。

其實不等他叫，孫劍已經飛快地鑽進了車裡，那些大漢眼看著車飛馳而去，氣得在原地跺腳。

「應該再有點追擊的槍聲才像警匪片……」孫劍回頭看去，不無遺憾地說。

「感謝您乘坐本車，本車車號：〇〇五四四，現在是白天，收費……」孫劍話還沒有說完，煞風景的聲音就響起來了。他伸手把計價器按停，周影看看他，又按了下去。

「你這個人還不是一般的小氣，都這麼熟了，你還要收我的錢！」孫劍指責他。

「熟？」周影不覺得自己和他有多熟。火兒一看見他就吵著要把他烤熟倒是眞的。

孫劍就著後照鏡打量自己青一塊紫一塊的臉，「這些傢伙眞狠啊！」

「你常常跟別人打架？」周影認識他不久，卻已經是第二次看見他這樣了。

「不常打架，倒是常被人揍。」孫劍坦白說。

「你不是警察嗎？」

「警察才該揍啊，你敢說你從來沒想過要揍警察？」

「沒有。」

「哈哈哈哈，別怕，我不會介意的，我不是那種以權欺人的敗類。」孫劍誤會了周影的意思，一個勁地表示自己多麼正直無私、秉公守法。

「他們在追。」

「什麼？」孫劍不解。

「後面。」周影言簡意賅，向後一指。

五輛摩托車載著那些大漢，正向周影的車追來。在繁忙的馬路上，車輛很難提高速度，摩托車卻可以在車與車之間穿梭，向前疾駛。

「打警察也就罷了，還敢追到公路上來打，我太佩服他們了。」火兒趴在車窗上向後看，興奮地說：「一向是我們載著犯人跑，警察在後面追，現在變成了我們載著警察

跑，犯人在後面追，太有意思了。影，你再開快點啊。」

其實那些人也不敢眞的在市區幹什麼，但就是或近或遠地跟著周影的車。

「開到刑警隊，看他們敢不敢追來。」孫劍氣呼呼地說：「竟然這麼囂張。」

周影按照他的話調轉車頭往刑警隊的方向開，開了一段，孫劍看看後面的人還跟著，又說：「不行，到了隊上，我下了車你就麻煩了，被他們盯上，你的日子就難過了，還是找個地方把我放下，你自己開車快走。」他停了停，看周影沒聽見似地在繼續開車，一下子趴到他耳邊大聲吼：「我叫你停車！這是爲你好，聽見了嗎？」

「刑警隊馬上就到了。」

「你到底有沒有聽懂我說話？我是說……」

「他們走了。」周影看著後視鏡說。果然，那些追來的人看刑警隊就在眼前，紛紛掉頭離去了。

「你有麻煩了，你！」孫劍重重一拍周影問：「車子保險了沒有了？」

「沒有。」

「沒有就趕快保，等丟了以後找保險公司賠新的，別指望找到了。」

「好。」

孫劍用難以置信的目光看著他：「你是不是神經特別大條啊，這樣都心如止水。告訴你吧，那些人是竊車集團的。」

周影在心裡說：「我當然知道，他們已經偷過我四次了。」

「這些本來不該對你說，可是顧不了那麼多了——他們不是一般的犯罪集團，是有大後台的，所以警方一時也難奈何他們，經過剛才的事，他們一定記住你的車號了，你等著他們報復你吧！」

「喔。」周影點點頭。

「你別不當回事！看看我，我是個警察都讓他們打得跟豬頭似的！那些人的報復手段毒得很呢！」

「報復。」周影對這個詞既熟悉又陌生。

他有生的三百年裡，好像有不少妖怪對他說過這個詞，在他生活在人類當中務農時，好像也有幾個人類對他說過這樣的詞，可是那些人和妖怪究竟是怎麼來實踐報復的，他卻不清楚了。問火兒吧，答案往往是「好吃」、「還行」和「呸呸呸，什麼東西」，可他想問的是報復的具體操作問題，不是食物的品質問題。所以直到現在，周影對於報復這件事還是一知半解。

「總之，把你的聯絡方法、電話、住址全給我……」孫劍開始記周影的聯繫地址，「……沒有手機？你是不是現代人啊……也沒E-mail……算了，我們反正不是網友……」

他嘟囔了半天，總算記下了周影的聯繫辦法，又把自己的名片塞給周影，再囑咐一遍：「如果有什麼事馬上聯繫我，知道嗎！」才下了車。

周影看看手裡的名片。

他抬頭問火兒：「我覺得他有點奇怪。」

火兒側著頭說：「我就覺得他很討厭，我總有一天吃了他。」

□

劉地懶洋洋地睜開眼，極度不情願地被從車廂裡揪出來，他打個哈欠，看著眼前的這些人。其中一個拍拍他的肩：「老兄，和你沒關係，走你的吧。」其他人正用鐵鏈、棍棒什麼的敲打著車門、車頭，要周影「滾」下來。

周影沒動，火兒倒是迅速衝下了車。

「一共八個，一人四個。」劉地從昨天上午一直鬼混到現在，所以眼睛半睜半閉地

孫劍

職業：警察正義使者（假的）
電話：×××××
手機：×××××
E-mail：×××××

向火兒說。

「我七個，你一個。」

「三個半。」

「一個半。」

「三個。」

「最多給你兩個！」火兒拍板定案了。

「啊……」劉地又打了一個大大的哈欠，「兩個就兩個吧，我要趕快去找地方睡覺了……」他順手拎住了離他最近的兩個人的衣領，拖著他們就走。

「等一下，這兩個是看起來最好吃的，你不能獨吞！」

「你自己霸佔了四分之三，還說我獨吞。」

「給我留下一個。」

「不行。」

「留不留？」

火兒和劉地瞪著眼相互怒視，開始搶奪食物。

「呼——」一根鐵棍向劉地當頭砸下來——他們看不見火兒，所以只對著這個神經

兮兮、還敢抓他們衣領的男人下了手。

劉地正好向火兒發出一爪，被這個人擋在中間，只聽一聲慘叫，一隻耳朵飛了出去。這夥人愣了一下，馬上一起擁向了劉地，一條鋼鏈砸向劉地的臉，剛好火兒還擊劉地的一翅拍下來，劉地向旁邊一跳，踩到了一個衝過來的人腳上，這個人哇哇大叫的同時，那條鋼鏈砸到火兒的翅膀上，化成了鋼水，隨著火兒揮動的力氣四下飛濺，無數的慘叫聲又響了起來。

劉地和火兒你一拳、他一爪，腿來翅往，那群人被他們夾在中間推來推去，慘叫不斷。

周影著急地張著手直喊：「別打了、別打了，人類要看見了。」

劉地和火兒之間相互看不順眼已久，現在動上了手哪裡還聽他的，只見劉地爪一揚，半邊公路的柏油層飛起來向火兒砸去。火兒翅一揮，一根電線杆向劉地掃去，斷掉的電線閃著藍白的火花。接著「轟」地一聲，不知哪裡的地下水管被弄破了，十幾公尺高的水柱衝上了天空。

「我不管了……」周影撇撇嘴，開著車逃離了現場，來個眼不見心不煩，從後視鏡裡可以看見現場火光衝天，不知火兒又把什麼點著了。

「唉……」車停在路邊，周影嘆了口氣。對於偷車集團，他本來一直是抱著順其自然的態度，對方偷他的車，他就去開回來，對方要搶他的車，他弄昏對方了事……可是現在，他們對周影的生活影響越來越大了。

火兒和劉地這一鬧還不知要鬧上多久，他們兩個一旦打起來從來不分時間、地點，周影開始計算家裡可能將要損毀的家具，頭都疼了，這些都要錢啊，他的目光不由自主落到了路邊的一家銀行上。最近生意不好，加上三不五時丟車，瑰兒又剛剛買了一套豪華家庭劇院組……進去拿點周轉？

眞是難以決定啊。周影又嘆了口氣，望著眼前川流不息的車流，那些偷車賊都給自己造成了那麼大的麻煩，更別說對這些人類了，就算有保險公司賠償，保險公司也很可憐啊，希望警察能早點破案才好。

□

孫劍狠狠地一拳砸在醫院的牆上。不遠處哀傷的哭聲一直刺激著他的神經，他用力甩甩頭，大步走了出去。「終於還是死人了！如果早點破案的話，這個人就不會死！」

他跑出醫院，腦袋被晚風一吹清醒了一點，深吸一口氣看著黑漆漆的夜空。

今天又發生一起竊車事件，那些人行竊時被車主當場發現，於是他們用鐵棒攻擊車主，然後駕車揚長而去。車主送醫之後搶救無效，剛才已經死了。

孫劍實在無法壓抑心中的怒火，尤其當他聽到了旁邊的一位同事咕噥一句：「死了人也許就該認眞查了！」他更氣得全身發抖。他知道那位同事只是說氣話，但是實在無法不氣憤。爲什麼一定要到弄出了人命才會重視原本早就該重視的事，只是因爲這些犯人有高官庇護？還是……

南羽正送周影出來，走到醫院門口，周影突然停住了步子，他看看前面台階上的孫劍，向南羽說：「眞奇怪，我這幾天老是遇見這個人類。」

南羽淡然一笑，說：「是啊，你也該交個人類朋友了呢。」

「眞奇怪，妳也和劉地說一樣的話。」

「他也這麼說過？」南羽知道劉地對周影的意義，也知道劉地對人類世界的瞭解程度，於是鼓勵道：「爲什麼不照他說的試試呢？」

「試過了。」

「喔，和他成為朋友了嗎？」

「沒有，但他給我名片。」這是周影除了各類推銷員之外收到的第一張名片。

「也是進步。」南羽溫柔地說。她知道對於周影來說，根本不可能主動去交朋友，如果他真的一而再、再而三遇見這個人類，也許就是他們有緣呢。「你不去跟他打個招呼嗎？」南羽向周影建議，她把手插在口袋裡，轉身回醫院了。

周影看看南羽的背影，再看看孫劍，逕自走到他身後，採用劉地常用的招呼方式，用力一拍對方的肩說：「你在這裡啊。」

孫劍身子一晃，一路從醫院高高的台階上滾了下去，最後呈「大」字形趴在平地上。他爬起來拍拍塵土，檢查一下自己身上的狀況，然後向台階上大吼：「誰暗算我！」

周影張大了嘴，不知如何應對。

孫劍陷入深思、看著天空發呆時，身後忽然有人拍了他一下，毫無防範的孫劍腦海中浮現出「來對付我了！」這幾個字的同時，一頭從高高的台階上栽了下去。也幸虧他身手不錯，往下滾的同時護住了要害，幾十級台階滾完，只是手擦破了一點兒皮而已。他跳起來尋找敢在大庭廣眾之下暗算他的人，卻只看見傻住了的周影。

「那個周什麼……」——他還是沒記住周影的名字，「你幹嘛推我！」他氣勢洶洶、一瘸一拐地衝上去責問周影。

周影如實回答：「我只是拍了你一下。」

「我要是死了要你償命！」孫劍渾身都痛，齜牙咧嘴地說。

「我認識個醫生，帶你去看看吧？」周影滿懷歉意，想找南羽用法術給他治療一下。

「免了，你認識的醫生……」孫劍有恐針症，這一點可不能讓別人知道，所以他看病都是去找熟識的醫生朋友，從不讓別人插手。

「那我送你回家休息？」

「回家？」孫劍皺皺眉頭，不過周影這麼一說，他倒想起一個要去的地方。「你送我去這裡……」他說出一個地址，然後再一次聲明：「我可不給車錢的啊。」

「啊，不用錢，我應該送你的。」周影的意思是，自己弄傷了孫劍，理所當然由自己送他回去。

孫劍馬上順水推舟地說：「對、對，我們都是這麼熟的朋友了，還提什麼錢，傷感情啊，那我以後就都不給你車錢了，哈哈哈哈哈……」

「朋友……」周影實在想不到「朋友」這個詞這樣就被他用上了，也許人類和妖怪對「朋友」的看法不同吧。他知道對很多人類來說，朋友和「熟人」甚至「黨羽」之間是畫等號的，所以對於孫劍口中的「朋友」這個字眼，自己也可以不用太在意吧。

□

孫劍跳下車，拍拍車窗對周影說聲「謝了」便逕自走去。他知道自己這次要去闖的禍有多大，所以一邊走一邊嘴裡在咕噥著：「大不了不幹了！」

「就算是爲了正義吧。」他停下來望著眼前燈影幢幢的目標，自言自語起來：「也沒別的理由了啊。」雖然「正義」這種東西，對他來說只是平時掛在口頭上裝模作樣、擺擺酷的，但是這時他還是不由自主地說出這個詞。

爲了法律？他又沒做成法官，定不了任何人的罪；爲了責任？這個案子根本不歸他管；爲了良心？這年頭誰還長這個器官，送到醫院去解剖都找不出來。只有抬出「正義」這個不輕不重的詞來自我安慰一下吧。

面前這家公司鐵門緊鎖，但從院子裡停放的車輛和樓中的燈光來看，裡面應該還有

不少人。孫劍一路溜到西側的牆下，俯身聽了一陣子，確定裡面沒動靜後，剛要有所行動，「你在幹什麼？」一隻手拍上了他的肩頭。

孫劍立刻反手抓住對方的手腕向前一帶，伸左手去扣對方的喉嚨，想來個先發制人。沒想到對方手腕一擰就把他的力量卸掉了，仍站在他背後，把手放在他肩上問：「你在這裡幹什麼？」

聲音挺熟。

孫劍回頭看，是周影站在他身後。

「嚇死我了，原來是你，怎麼沒走？」孫劍鬆了口氣，但不由得對周影刮目相看起來：這個計程車司機不言不語、呆愣遲鈍的樣子，竟然有著一副好身手。「看不出來啊，你也練過？」孫劍由衷地稱讚，「厲害！」

「練過？武術嗎？嗯，是學過。你在這裡幹什麼啊？」周影看看眼前的高牆，再看著孫劍。

「調查案子。我是警察，在查案。」

即使是周影也不十分相信這個答案，怎麼看孫劍也是一副要作賊的樣子。「就是那案子嗎？竊車集團那個？」

「對，你反應挺快的！那個案子缺少證據。我可以肯定車被偷回來之後由萬龍修車廠改裝，然後由這家公司用不法管道賣出去，可是沒有證據。只抓住一、兩個偷車賊根本沒用，他們的後台太大了。」

「後台？官員嗎？」周影問。

官員。周影過去花了很長一段時間才弄明白這個詞，書上的解釋可以理解爲肩負某些責任的人，而現實生活中，周影看到的多是一些有某種特權的人。

周影搖著頭說：「我眞想不明白。」究竟是某些人類在做和身分不同的行爲？還是有某些人類得到了與他們行爲不符的身分？這個問題足以讓老實的妖怪想得頭疼。

「現在官匪一家的事多了，說了你也不明白，我也不懂，都當上那麼大的官了，還不夠享受，爲什麼爲了錢去做那些傷天害理的事！」孫劍一邊說一邊嘆息。

周影是不明白某些人類的行爲，比如說眼前孫劍的行爲——他正在挽袖子準備爬樹。「你要幹什麼？」

「不是說了嗎，進去找證據。」

「進去……偷東西……」周影根據他對人類的理解，對孫劍的行爲做出定義。

「是找，不是偷！記住，警察的一切行爲都是有法律依據的，違法的行爲也一樣。」

不等周影弄明白爲什麼「違法」的行爲也有法律依據，他又說：「今天因爲他們的罪行出了人命，不管他們多無法無天也一定會討論對策的，」他給周影看他拿著的小型錄音機，充滿自信地對周影說：「你最好快走吧，萬一我被逮到了，你說不定也會被當成同黨。」

周影看著他爬上樹，翻過牆不見了，不解地晃晃頭。

「影！」火兒大叫著飛來，「影，我贏了！我吃到了七個，味道不錯。」他顯然吃得不少，肚子都凸出來了，劉地果然又一次成爲他的手下敗將。他落在周影頭上咂著嘴回味，「果然難以到口的東西比較好吃。對了，你在這裡幹什麼？」

「那個警察進去了，說要找什麼竊車集團的證據，」周影一直皺著眉頭，「我覺得他一定會出事。」

「竊車集團？」火兒眯起了眼睛，「也就是說和那些『飯』是一夥的吧，也就是說……可能味道也不錯呢……」他開始打起了小算盤，最近瑰兒因爲買高級音響花了太多錢，結果爲了節省開支，家裡的伙食品質大幅度下降；這裡有一個集團的話，也就是說有很多人，物以類聚，也許個個都好吃也不一定，那麼一天吃一個半個的，剛好彌補在家裡吃不飽的缺憾。

「我去看看有多少個。」火兒馬上準備去清點數目。

「我也去。」

□

「你們到底有沒有腦子？竟然殺了人！花了多少錢、多少力氣才把事情一直壓著的？你們這麼一弄，人死了，你教警方怎麼不查！」他教訓著手下，口氣越來越煩躁，抓起桌子上的燈飾便摔向眼前的人。

「可被他看見了，那裡又是鬧區……萬一他一叫……」其中一個一邊看臉色一邊小心地說。

「叫又怎麼樣？抓起來又怎麼樣？早說了我有法子保你們沒事！耳朵也聾了！」他還要繼續罵，電話卻響了起來，他接起電話，憤怒的神色一下子變得惶恐，連連向電話那一頭認錯，再三做著保證，發誓以後不再發生這樣的事。

孫劍伏在門外，舉著錄音機，露出了笑容。

「警察有動作了，還不快去準備——叫萬龍那邊把剩下的車清理乾淨。」他放下電

話說。

「是！」眾囉嘍一起大聲答應。

孫劍怕他們出來撞見自己，忙向後退去。他找到這個房間時，大概是因爲老大正在訓話，門外走廊上一個人都沒有，所以他才能這麼容易竊聽。他迅速向外退去。

剛剛轉過拐角，就聽到樓上有人下來，如果向後退就會被剛才房間裡出來的人看見，他果斷地向前跑去。前面是走廊盡頭的窗戶，即使被樓上下來的人看見了自己，應該也來得及在被他們抓住之前跳窗。雖然這裡是四樓，但如果剛才對院子裡的記憶沒錯，這扇窗口下方停有一輛車，跳在車頂上的話應該不會受傷，到時候再想怎樣從院子裡逃脫就行了。他這麼計劃著，並且開始執行。

奔跑的腳步馬上驚動了下樓的人，他們喝問一聲：「誰？」加快了下樓的腳步，走廊拐角另一邊的人也聽見了，同時跑了過來。

孫劍頭也不回，加快動作，一步、兩步……眼看要到窗戶時，忽然有一隻手伸出來拉住他，不容他反抗就把他扯了過去。

□

「有人！」

「有人在樓上，抓住他！」

「快！」

當樓上的人喊叫著衝過來時，走廊上空蕩蕩的，跑在前面的人衝到窗邊向外望，院裡也毫無異樣，而且窗子也沒有打開。

「我好像看見有人開門進了一個房間。」跑在最前面的人遲疑著說。但是他指的地方只有牆，哪裡有房間。走廊上的房間都有安全鐵門，他們走上去一一試試，間間都鎖得很牢。

「見鬼了。」一群人嘟囔著。

接著老大下命令：「不要大意，全部找一遍。」大家答應著散開。

□

「周影？」孫劍在黑暗中極力瞇著眼，才看出把自己拉進這個房間裡的人的輪廓，

試探著問。

「嗯。」對方答應一聲。

「你怎麼進來了？多危險啊。」孫劍壓低聲音向他說。

「嗯。」

「別『嗯』呀『嗯』的，先想辦法出去……走啊。」孫劍見周影不動，拉他一把。

「啊，好，走吧。」周影本來正留意在院裡忙著清點數目的火兒，忙收回目光。

「這些人什麼事都做得出來，我們小心點。」孫劍囑咐周影。

「有很多警察在外面。」周影說著全不相干的話。

「什麼？」

「外面來了很多警察。」

「警察？」孫劍趴在窗戶上看外面，黑漆漆的什麼也看不清楚，不由皺起眉頭問：

「你看見了？哪兒呢？」

周影隨手一指，孫劍使勁瞇著眼看，似乎眞的看見幾個隱隱約約的人影在外面。

「你怎麼知道他們是警察？還有，你怎麼進來的？你……」孫劍一口氣問個不停。

「我數了，一共二十一個。」火兒興高采烈地飛來，「可以吃好多天呢。咦，這個人怎麼也在這裡？」他一眼看見孫劍，好心情立刻受到了打擊，「他怎麼又在這裡？我討厭他！」

「我們走吧。」周影向孫劍和火兒同時說。

兩張嘴一起向他問問題，他可沒有辦法同時回答，乾脆誰也不回答算了。

孫劍搶著走在前面，他可不能讓周影遇上什麼危險，可是出去的路上一個人都沒有遇見，好像整座樓空了一樣。

「還是犯罪集團呢，保全措施怎麼這麼差！」孫劍心裡嘆息著，大搖大擺地來到了後牆下，向周影招招手：「快，我先把你托上去。」

要我爬牆!?周影一下子愣住了。

「快點，快。」孫劍擺好了架勢催促。

周影在一瞬間體會到了人類說的「爲難」這兩個字的含意。他抬頭看看一縱身就可以躍過去的牆，再看看眼前甘當人梯的孫劍，諾諾地說：「我、我，你先爬吧。」

「這個時候推讓什麼，快點！」孫劍壓著嗓子催促。

周影一咬牙，反正學做人遲早總要學爬牆的（眞的嗎，周影？），爬！他做好準備，毅然地向孫劍走去。

「你、你，你要幹什麼？」孫劍見周影毫不客氣地按著自己的頭準備把自己當成墊腳石來踩，忍不住叫起來。

「是你要我爬上去。」

「……」孫劍氣得說不出話來了。

「哈哈哈哈……」火兒在周影頭上狂笑起來，「他是要你踩他的手，然後他把你用力抬起來……哈哈哈哈……」火兒整天看電視，這種見識比周影要多很多。

周影歉意地抓抓頭，按照火兒教的辦法去做：第一次踹到了孫劍的臉，第二次踹中了他的胸口，第三次把他撞倒在地上，第四次才好不容易藉著孫劍一托的力量，雙手攀住了牆頭。

孫劍用衣袖擦著自己臉上的半個鞋印，咧著嘴看著周影用無比笨拙的動作翻過牆頭，不由再次懷疑——他到底是怎麼進來的啊？

「在那裡！」

「有人進來了！」

「抓住他！」

「……」

一陣嘈雜聲傳來，腳步聲向著孫劍所在的地方奔跑的同時還夾著「叮叮噹噹」的鐵器碰撞聲，孫劍慌忙抓住旁邊的樹，手腳並用往上爬，然後一縱身躍上牆頭，跳了出來。他腳剛一著地，手臂一下被擰住了，不等他抬頭，另兩隻手就一隻按住了他的頭，一隻捂住了他的嘴，接著腿上被踢了一腳不由跪倒下去。對方至少有五個人，用熟練的動作把孫劍按得死死的。

這動作怎麼這麼熟悉呢？孫劍在心裡這麼想著的時候，一副冰冷的手銬銬在了他手腕上。

「抓住一個了。」

「別聲張，先帶下去。」

「堵住他的嘴，堵住他的嘴。」

幾個比那些動作還令孫劍感到熟悉的聲音在上方響起來，被他們把嘴堵上可就完了，孫劍心裡著急，忙叫起來：「我、是我，孫劍。」

「冒充我們同事。」一腳踢在孫劍屁股上。

「先別急，聲音挺像的。」一個警察說著，托起孫劍的臉，用手電筒照著，「嗨，大夥兒看看，這傢伙長得挺像孫劍的。你看這對小眼睛，這副尖嘴猴腮，還有這麼黑的

皮膚……」

一群警察圍上來，這個扯扯他的頭髮，那個拉拉他的臉皮，紛紛說：「這不是假髮。」

「這臉皮是眞的，一捏還會紅呢。」

「他那麼黑，紅你看得出來啊？」

「這口牙也像小孫啊。」

終於最後大家一起下結論：「這就是孫劍啊。」

「你們等著，我不會放過你們的。」孫劍惡狠狠地嘟囔著，一個一個地看著那些同事，把他們的樣子記住。

「孫劍！」一個嚴厲的聲音從後面響起來。

「葉分隊長。」孫劍立正敬禮。

「你來幹什麼？」

「查……」孫劍舔舔嘴唇，沒敢再往下說，掏出錄音機遞過去。

葉分隊長黑著臉接過來，順手遞給身邊的一個警員，目光凌厲地盯著孫劍，直到他低下頭去才說：「歸隊！」

「是！」孫劍又敬了一個禮，快步走到了埋伏中的同事身邊。他四下一看，大約有十幾個同事埋伏各處，看來葉分隊長是早有準備了，但是周影不是比自己早一步跳牆出來嗎，怎麼看不見他？難道被銬上車了？

孫劍知道這不是去找周影的時候，只好在心裡對周影抱歉：「對不起了，我待會兒再去救你，你委屈點吧……當犯人也是很難得的體驗啊。」

□

「影，那些警察要幹什麼？」火兒有了不好的預感。

「大概要抓人。」

「抓我的儲備食物！」火兒一下子跳起來，「我去救他們。」

「火兒，我們住在人類中間，應該遵守他們的法律。」這是周影給自己制定的最起碼準則。

「可是我都數過了，也排好食用順序和每天的份量了！」

「對不起，火兒，是我害你吃不成了。」周影自己想學做人，結果拖著火兒也要遵

守人類的生活法則，對此十分抱歉。

「算了、算了，我心胸寬廣。」火兒快快地說，真後悔自己下手晚了一步啊。「走吧，去別處轉轉看有沒有什麼可吃的。」

□

葉分隊長一手拿著對講機，一手看著錶，隨即下令：「行動！」

埋伏在各處的警員們一擁而上，向這家公司衝去。幾名警員翻過鐵門，不一會兒門就從裡面被打開了。在警員們將要衝進去的一瞬間，一輛車加足了馬力衝了出來，衝在最前面的孫劍被車一帶，在地上打了個轉才站穩。

「追！」葉分隊長下令的同時，剛好有一輛計程車從巷子裡開出來，孫劍不等同事們跑到警車邊，就一個箭步衝上了計程車，指著前面的黑色轎車大叫：「追前面的車！」他看向司機時卻微微一愣：「周影，這麼巧，你怎麼沒被抓住！啊，別聊天了，快追、快追！別讓他跑了！」

周影先按下計價器，才發動車子加速追了上去。

「你這種時候都忘不了要計價？」孫劍實在佩服他這點。
「你是公事，應該可以報帳吧？」周影絕對公事公辦。
「不管了，追啊、追啊！」孫劍大叫。
黑色轎車的性能比周影的車要好得多，但是拐上環城路後，周影不但沒有被甩開，反而追得更近了些，路上的車輛不少，行駛速度也都很快，但是周影總是有辦法穿過一個個車縫衝到前邊去。
孫劍忍不住向他豎起大拇指：「技術不錯。」
「每天在這個城市裡開車，技術自然就會變得很好。」周影實話實說。
黑色轎車猛地向旁邊一轉，在周影的車身上撞了一下，又轉回去，然後又撞過來。周影措手不及，心疼地聽見「嘩啦」一聲，好像是一個車燈破了。
「你們會賠償我吧？」周影忍不住這樣問孫劍。
「別擔心，保險公司會賠的，撞他、撞他。」孫劍大聲慫恿。
「撞啊！快撞！」火兒也興奮得不得了，上竄下跳地叫著。
周影心疼自己的車，雖然按照他們的話去做了，但只是輕輕碰了對方一下，意思意思而已。

「叫你撞他呀！」當周影的車被對方撞了第三下之後，孫劍撲上去搶奪方向盤，「要這樣撞！」他奮力向旁邊一打方向盤，剛好對方的車也向他們撞過來，「碰」地一聲巨響，兩輛車結結實實地撞在了一起。

周影急踩煞車，車擦著路邊的護欄發出刺耳的聲音和點點火星，滑出了五十多公尺才停下來。而對方的車卻沒有這麼幸運，在被周影的車撞到後又被火兒用頭頂了一下，就地翻滾，最後車頂朝下在地上滑行，直直撞上了另一輛無辜的車才停住，車身變形，車裡的人也不知道怎麼樣了。

孫劍下車走到那輛車邊，伸腳踢踢正從車廂裡鑽出來的人，說：「喂，你被捕了，你可以保持沉默，以下省略……我幫你叫救護車吧？還是你願意坐警車去醫院？」

後面，警車鳴笛飛駛而來。

□

「車費、修車費、精神賠償……」孫劍嘮叨著，把錢一張一張放在周影手中，「不欠你了啊，我全替你報公帳了——我就可憐了，換來一個大過。」

「你活該。」火兒站在周影頭上說。

周影把錢點好收起來後問：「案子不是破了嗎？爲什麼還記你過。」

「案子破了和給我記過之間有什麼關係？」孫劍睜大眼問。

周影也不知道。

孫劍伸伸懶腰：「總之案子破了，你們以後可以安心開車了，對我這樣買不起車的人也沒什麼好處……對了，今天法院審判，去不去看？」

周影搖搖頭，他對那一類事沒興趣，而且還想回家修煉呢。

「不去也好，反正眞正的老大判不了刑，見了也是生氣。」

「你們不是破了案嗎？」

「偷車的抓住了，改造的抓住了，賣贓車的也抓住了……」孫劍數著手指頭說：「大魚可沒抓住。」

「喔……」周影恍然大悟，「你是說那個高官。」

「人家是高官。」

周影沒有再說話，對於人類的行爲他不理解的太多了。

「唉，我不是不想去聽審判——心理眞不平衡，本來我應該坐在法庭上當法官才對

啊，現在不但要挨打受氣，還被記過……」孫劍不由又想起了他的傷心事。「你車在哪兒？送我去。」他想讓周影白送他才是真的。

「我白天不開車。」周影如實告訴他。

「那算了，我自己去。」孫劍失望地說：「下次一起喝一杯。」他向周影揮揮手，自己騎摩托車走了。

「全被抓住了……」火兒失望地嘆氣，「一個也沒給我剩下……」

「我也覺得那些人挺好吃的。」劉地不知從哪裡冒了出來，把手搭在周影身上說。

「我們去監獄裡把他們救出來怎麼樣？」火兒尋找共犯。

「我是遵紀守法的好公民。」劉地對火兒翻白眼，接著對周影說：「是他，對吧？」他看著孫劍的背影。

「嗯。」

「還不錯。」

「嗯。」周影相信劉地的眼光。

□

孫劍坐在旁聽席上，聽著法官對一個又一個犯人宣判，幕後的那位高官當然不會在這裡，甚至從某種角度而言，他和這個案子毫無關聯。這個轟動全市的竊車集團到了最後被判重刑的只有幾個人，估計也是某人在其中出了力的結果。

「無聊……」孫劍打著哈欠隨人群走出法庭。

周影正倚在車邊看著他。

「你白天不是不開車嗎？」

「走吧，我不收你錢。」

「眞的？」孫劍馬上上車。

「案子審完了？」周影難得主動開口說話。

「完了……和預料的一樣，某人一點事也沒有。」孫劍雙手托著後腦勺向椅背一靠，「有空嗎？去喝一杯？」

「我不喝酒。」

「那去吃點東西，我請客。」

周影和孫劍一對一答地說話時，原本站在周影頭上的火兒不知什麼時候不見了。

□

「知道了，」官員放下電話，他看看眼前站著的親信們，「好不容易壓下去，你們最近都給我收斂點！」

親信們見他心情不好，都諾諾地答應著，然後各自散去了。

「唉……」官員忿忿地一坐，還是不甘心，心裡盤算著怎麼對付那些和他做對的人。

「哈哈哈哈……我就說嘛，怎麼可能抓得那麼乾淨，果然還是給我留了一個……」一陣狂笑在屋裡響起來。

官員四處張望，在半空中看見了一隻古怪的鳥。他的身上著著火，正在自言自語地說著人類的語言：「趕快弄走，別讓死地狼也發現了，又來跟我搶。」

「這是什麼東西！」官員驚訝地伸手去抓電話，卻被火兒一翅膀打暈了過去。「少是少點，那也比沒有強……」火兒抓著這人類的衣領，搖搖晃晃地從窗口飛了出去。

□

沒多久，立新市就傳遍了某高官捲款潛逃到國外去了的消息。成爲人們茶餘飯後閒聊的話題。

只是高官也好，竊車集團也好，其他的事件也好，在這座城市裡不用多久就會被遺忘了。

燈火通明，霓虹閃爍的街道上又傳來了槍聲、車輛追逐聲，這座城市依舊像什麼事也沒有發生過……

人類們、妖怪們，一切住在這裡的生物們，依舊按照各自的生活度過這樣一個又一個日日夜夜……

幻遊記

巴蛇

「巴蛇食象，三歲而出其骨，君子服之，無心腹之疾。其為蛇青黃赤黑。一曰黑蛇青首，在犀牛西。」

——《山海經．海內南經》

楔子

「我再聲明一次，我非常討厭醫院這種地方，妳最好快點說找我來幹什麼？」火兒來到醫院，大搖大擺地站在燈管上，用跩得不得了的口氣說著。

南羽一邊檢查跟前的病人，一邊慢慢地對他說：「小心不要被人類看見聽見啊，再等一下就好了。」

「哼！」火兒開始生氣了。

今天早上，南羽突然「請」他來醫院一趟，火兒因爲曾經深受醫院裡的伙食「毒害」，所以對「醫院」這種地方十分討厭，想也不想就要拒絕。可是周影卻對他說：「你就去看看吧，又不是要去吃飯。」既然周影都這麼說了，心胸寬大的火兒當然不好再拒絕，可是當他懷著一肚子埋怨來到醫院之後，南羽竟然在替人看病，沒有馬上招呼他。

「哼，從來沒有妖怪敢讓我等這麼久（已經等七分鐘了），妳最好別讓我眞的生氣！」火兒嘀嘀咕咕地自言自語。

南羽一直到送病人出了門，才轉過身來說：「讓你久等了，火兒。」

「知道就好！快說！找我幹什麼！」火兒口氣自然氣沖沖地。

「我有點東西，想問問你要不要？」南羽領著火兒走出門去，邊說：「昨天有一隻朱厭❶到這家醫院覓食。他傷了一個住院的孩子，所以我就把他殺了。我是不吃這些的，想起周影說過你喜歡吃，所以找你來看看。」說著打開一個醫院裡放死者的櫃子，露出一隻猿猴似的妖物來。

火兒眼睛一下子睜大了：「朱厭！眞的是朱厭，我在山裡吃過，來到這裡後還沒有見過呢。這個很好吃啊，妳眞的要給我!?」說著就吞了吞口水。

「當然是眞的，我留著又沒有用。」

「南羽，我太喜歡妳了！」火兒立刻把剛才所有的不滿丟到了九霄雲外，用力擁抱了南羽一下，再確認一次地問：「全部都給我是吧？不是吸了血以後？」

南羽微笑說：「全部。」

「哇！」火兒歡呼一聲，撲到朱厭的屍體上大吃了起來。

「如果你想吃煮過的，我可以幫你弄一下。」南羽問。

「不用了……叭唧，叭唧……」火兒一邊開懷大嚼，一邊說：「太好吃了……叭

❶朱厭屬猿猴獸類，白首赤足，被古人視為兵燹之兆。《山海經・西山經》記載：「……其狀如猿，而白首赤足，名曰朱厭，見則大兵。」

唧，叭唧，我好幾個月沒吃過妖怪了……」

南羽看著吃得興高采烈的火兒，頗爲感嘆地說：「火兒……我覺得你眞的很了不起——不是因爲你的強大，而是因爲你明明擁有如此強大的力量，卻可以約束自己的欲望。如果你眞的任著性子去幹喜歡的事，去吃妖怪和人類的話，這裡根本沒有誰可以阻止你，這城市裡的妖怪很快就會被你吃光了吧？可是你卻不這麼做。所有的生靈都一樣，一旦擁有了特別強大的力量，就會自然而然地想要更多的權力和自由，只有其中最理智、最聰明的才會懂得自律。火兒，你就是這樣，我十分佩服你。」

「哈哈哈哈，那當然了！」火兒毫不客氣地接受了南羽的表揚——雖然他不是很明白南羽的意思，「我本來就是最了不起的！」

南羽替吃得連嘴都顧不得擦的火兒倒了杯水。

火兒一個勁兒猛吃，不一會就吃下了半隻朱厭，也吃了八分飽，才騰出時間來問了一句：「妳爲什麼不吃呢？這麼好吃的東西，如果妳要吃，我可以分給妳半隻的一半。」

「我不吃肉。」

「那讓妳吸幾口血吧。」火兒大方得很。

「我不吸自己殺的生靈的血。」

「那妳為什麼殺他們？」

「我……不是為了食用。」

「不為了食用而殺他們？也太浪費了！」火兒惋惜地說：「妳一定浪費過很多好東西吧。」

「所以說我比不上火兒你啊……」南羽若有所思地說。

「那當然了！」火兒馬上贊同了她的觀點，「不過妳為什麼要做這麼浪費的事呢？妳應該也是要吃血肉來維持生命的吧？」

「是血！用其他生靈的血來維持生命，而吃肉只是愛好……吸乾血之後再把肉吃掉……我曾經就是這樣生活的……」南羽微微閉上眼說。

「喔，」火兒感興趣地問，「可是現在不吃了？為什麼？」

「那是很久以前的事了……」

火兒興奮地說：「快，講給我聽聽！我最喜歡聽故事了！」

南羽看他全神貫注的樣子，輕輕一笑。她不太願意向別人講起自己的往事，可是火兒的好奇不是出於想打探別人的隱私，而是真想知道一件他不知道的故事，讓南羽也忍

❷南羽的故事收錄於《都市妖．四》〈霧飛花〉中。

不住把自己的事講給他聽聽。

「那時還是人類所說的宋朝，我剛剛從一具人類的屍體變成殭屍……」❷

直到黃昏，火兒才慢悠悠地拖著剩下的半隻朱厭從醫院飛出來，他吃得飽飽的，南羽又一直稱讚他，並且答應把以後除掉的妖怪全留給他吃，還爲他講了好幾個發生在遙遠時光中的精彩故事。這個下午眞是愜意極了，火兒現在已經對「醫院」完全改觀，暗暗決定以後要常常來。

他一邊飛一邊想：「趕快回家把食物放進冰箱裡，然後講南羽的故事給影聽，他一定會感興趣的。」

火兒對周影沒有和他一樣愛聽故事的嗜好深感遺憾。如果周影也喜歡聽故事，以後一定會主動去買故事書和ＶＣＤ什麼的，而不用火兒催他去了吧？而且火兒知道周影一定會對南羽的事感興趣，這正是培養他聽故事嗜好的好機會……

第一話

「是嗎？他昨天傍晚就離開了。嗯，我知道了，我去看看他是不是和林睿在一起玩，好，再見。」

周影放下打給南羽的電話，嘆了口氣。

火兒已經一天一夜沒有回來，本來他還以爲火兒一直在南羽那裡呢。平時火兒如果這麼久不回來，都會告訴他去幹什麼了，而且南羽說他走的時候還帶著半隻朱厭，平常這種時候他會急著把剩下的食物放進冰箱才對。

難道去了林睿那裡和他分著吃了？周影去找林睿時這麼想。

「火兒？沒有來啊！我好幾天沒看見他了！」正在寫作業的林睿吃驚地抬起頭來，「他怎麼了？沒回家嗎？」

「嗯，一天一夜沒回來了。」周影現在的樣子和爲子女擔心的人類父母差不多。

林睿用手指一拂，作業本上就出現了和他的字跡一樣的答案。他把本子一丟，站起來說：「我也去找他！我們還約好了一起去遊樂場呢，他怎麼可能不回家等我？」

這時外面傳來了開門聲和女子的聲音：「小睿，幫媽媽拿一下東西，媽媽買了你喜歡吃的炸雞。」

「媽媽回來了。」林睿吐吐舌頭，一臉抱歉地向周影說：「那我不能和你去了。」

「不用，我自己去就行。我去問問劉地，他說不定知道什麼。」

「找到他要告訴我啊！別讓我擔心！」林睿跟在後面叮囑一聲。等周影走了以後，他又拍著頭想一下：「不對啊，火兒那麼厲害，只有他欺負別人，不可能會出什麼事啊！眞是的，都怪周影那副緊張的樣子，把我也弄糊塗了。還是媽媽買的炸雞比較重要！」他打開房門去迎接母親，把這件事拋到了腦後。

「啊！」劉地捂著頭跳起來，把周影嚇了一跳。他盯著周影說：「你知不知道，今天晚上我要去四間酒吧，和三個女人約會，還要去吃一個早就選好了的人？」

「不知道。」周影老老實實地說：「我只是問你知不知道火兒在哪裡？我沒不讓你去約會啊。」

「這麼美好的晚上！這麼多美好的事在等著我！你卻提起那個瘟神！你是不是故意跟我作對啊！我上次看中要吃的人就是被他搶去吃了！再上次抓到的妖怪也是！還有一

次本來要和一個漂亮的白蛇精約會，也因爲他逼著我講故事結果吹了，對方事後還甩了我一耳光。再上一次和人類的約會因爲他說想吃掉那個人類，害我連手都沒摸到。再一次（以下省略五千字）……」劉地訴說著自己認識火兒之後的悲慘遭遇，「……現在我已經安排好了今晚的節目了，你又要我幫你去找他！」

「我只問你有沒有見過他，沒要你幫我找他啊。」周影委屈地說。

「我可能不幫你找嗎？」劉地把頭伸過來問，「火兒竟然不見了，他這種傢伙竟然也會不見！你說這樣的事我可能不幫你找嗎？」

「是嗎，這麼說你也沒見過他。」

「走吧，我們去找他吧……我的約會啊……我的宵夜啊……」劉地一邊哀嘆一邊拉著周影一起走。

周影雖然爲火兒擔心，但是還是忍不住一笑。劉地就是這個樣子，雖然心裡十二萬分願意幫忙，嘴上還是要說出一大堆怨言才甘心。

□

桌子擺上幾碟小菜，再燙上一壺老酒，鹿爲馬把椅子搬到窗前，準備對月小酌一番。最近他卦攤的生意不錯，雖然侄子鹿九一直不肯幫他做生意——所謂生意就是騙人——但是有幾隻妖怪偶爾會幫他打個工，所以這附近的人對他十分信服，還給他封了個「神機妙算」的頭銜。時近春節，想卜算自己明年運勢的人愈來愈多，於是鹿爲馬的收入和可以帶回家鄉的禮物也愈來愈多。

「眞是不錯的酒！」鹿爲馬端起杯子一飲而盡，咂著嘴說。

「是嗎？我嘗嘗。」

「哇！」鹿爲馬一跳而起，把椅桌全碰倒了，劉地及時抓住了酒壺。鹿爲馬指著平空冒出來的劉地和周影，結結巴巴地說：「你、你們……你們……」

「別怕，不吃你。」劉地就著酒壺喝了口酒，「找你問一件事。」

「請，請講，知無不言，知無不言。」

「知不知道火兒在哪裡？」

「火、火兒？」

「就是那隻畢方！」

「畢……方……」鹿爲馬念起這兩個字都心驚膽顫的，「沒……沒……」

「想想看！」劉地「鼓勵」地拍拍他的肩。

鹿爲馬被他拍一下就矮幾寸，拍一下就矮幾寸，最後都快坐在地上了，哭喪著臉說：「您老明鑒，我見到畢方逃跑都來不及，怎麼還敢打聽他去了哪裡啊！」

「說得也是，」周影對劉地說：「他不太可能和火兒有什麼牽扯吧？」

「你不懂，」劉地又喝了一口酒，「這傢伙耳朵可長了，這個城市裡有什麼風吹草動他比我還快聽到風聲！火兒不見了，這麼重大的事件，他一定知道蛛絲馬跡的。」

「哪裡，哪裡，爲了保命而已。」鹿爲馬聽了劉地的「稱讚」，不禁面有得色。

「不是在誇你！」劉地打了他頭一下，「快說，有沒有什麼線索？」

「沒……」他看著劉地的笑容和周影緊張的神情，吞了吞口水，說：「我想想，我想想。」

「快想！」劉地裝模作樣地一拍手掌。

「靈獸！」鹿爲馬慌忙說：「這個城裡有靈獸！」

「我知道啊，就是火兒嘛。」

「不，不是畢方。畢方是火精，而我看見的那個靈獸是在湖水裡。」

周影看著劉地說：「火兒雖然不怕水，但是很討厭水，他不會下水的。」

劉地扳著鹿爲馬的肩說：「說清楚點。」

鹿爲馬說：「今天早上，我剛剛在公園裡擺出卦攤，忽然聽見一陣奇怪的響聲。我悄悄過去一看，人工湖裡正掀起老大的波浪，從湖底一圈圈地旋轉上來，就像開出了一個大漩渦一樣，一股凌厲的氣息從湖中的漩渦裡泛上來。我以前見過畢方，我知道那種味道是屬於靈獸的，所以頭也不敢回地拔腿就跑，一直跑到公園的另一頭才藏到樹叢裡，直到那股靈獸的氣味不見了才敢出來。」

「那是什麼靈獸？」周影喝問。

「不知道啊……我怎麼敢看！不過……」

「什麼？」

「不過……那是一隻大靈獸。」

「什麼意思？」

「比那隻畢方大的靈獸，他發出的氣味至少有那隻畢方的一倍！」

「大靈獸……」周影和劉地對視。

火兒還是個小孩子，可是他們曾經看見過成年畢方的「影子」，那只是幾隻畢方幾千年前留下的身影而已，就險些把他們逼到絕境。事後他們常常在心裡想，成年靈獸究竟多麼強大？火兒長大之後也會變成那樣嗎？現在鹿爲馬一說到大靈獸，他們不約而同地想到了那「畢方的影子」。

「太可怕了……」周影喃喃地說。如果這城市裡來了那樣的東西，眞的要天下大亂了，「火兒他不會是遇見那個靈獸了吧？」

「也許……」一向天不怕地不怕的劉地身上也有點冷，「憑火兒的脾氣，他不會向別的靈獸低頭的……」

「大靈獸……」

「大靈獸……」

他們再次對視著。

畢方在靈獸中是數一數二強大的，這次來這裡的靈獸估計不會強過一隻成年畢方，可是總能比得上「成年畢方的影子」吧？那樣的話，對付年幼的火兒恐怕綽綽有餘，這麼一來，火兒不就……

「哇！天啊！我怎麼早沒有想到！」鹿爲馬在一邊狂叫起來，「兩隻靈獸在這裡打起來的話，人類的城市一眨眼就變成平地了！不行，我要快點逃才行！」他手忙腳亂地翻著東西，口中嘟囔著，「明天一早……不，現在，現在就逃！天啊！天啊！又一隻靈

獸，這個城市不能待了！」

他的動作果然快如閃電，不一會兒就扛起一個巨大的包裹，現出馬形的原形，把包裹背在身上，邁開四蹄一溜煙地向城市郊外奔去，大概去找他侄子鹿九了。

劉地和周影誰也沒有阻止他。

「我要去找火兒！」周影決然地說，不管是什麼，別說是靈獸，就算神、魔、仙也別想傷害火兒，「除非我死了！否則……」他握緊了拳。

劉地在他手上握了一下，深吸了口氣。

□

「找到火兒了嗎？」南羽飛得急匆匆地，險些和剛剛起飛的劉地、周影撞在一起。她一看清對方就急著問。

「沒有……」

劉地把事情向她說了一遍。

「大靈獸……」南羽一瞬間也流下汗來。她本來以爲火兒只是像人類的小孩一樣，

❶《淮南子・本經訓》中記載，后羿曾為民除害殺了幾種妖怪，大風就是其中之一。大風是種巨鳥，僅是揮動羽翼就能引起暴風，吹垮屋舍。

跑到什麼地方玩耍忘了時間，只是他畢竟是從自己那裡出來後不見的，所以想來一起找找他，沒想到會聽到這麼驚人的事。

她活了一千年，也只見過一次靈獸，那是隻名叫大風❶的成年靈獸。當時在妖怪們的包圍下，大風僅是舉翅一揮，數千隻妖怪就那樣灰飛煙滅了。幸虧當時他知道南羽不是和那些妖怪一起的，才放過了她，只留下了一句：「好自爲之。」便展翅飛去。他的英姿一直留在南羽腦海中，他的強大也常常令南羽發抖。還好那隻大風是個理智、正直、處事公平的靈獸，南羽這樣的妖怪才能在他的手下逃過一劫；但其他的靈獸如果和他不一樣呢？萬一……

「萬一他和那隻靈獸……」南羽看著周影堅定的神情，知道他已經作了最壞的打算，便咬著嘴唇說：「我和你一起去。」

「南羽……」周影不知所措地看著她，「妳何必……」

「停！停！停！」劉地一下子插到他們中間，「什麼『我陪你去』（捏著嗓子學南羽的聲音）、『妳何必……』（學周影的面無表情），你們當我不存在啊！」

「……」周影和南羽一起把目光移向別的地方。

「眞受不了啊，雞皮疙瘩都出來了！」劉地一邊說一邊故意站在周影和南羽之間，

揮著手說：「走吧，我們一起去。」

「去那個公園看看嗎？」

「不、不、不，」劉地搖著手指，「想想火兒的脾氣，他身上帶著食物，一定急著回家放進冰箱裡，他不會拐彎跑到公園裡去的。所以我們應該沿著他從醫院回家的最近路線再走一次，看看有沒有什麼線索。」

周影和南羽一起點頭。

第二話

劉地呻吟一聲，用手支著身體從地上坐起來，他捂著自己的頭用力晃晃，腦子裡一片空白。

「叭嗒……」

「叭嗒……」

劉地努力睜大眼睛看向聲音的來處。

前面有一片樹叢，聲音就是從樹叢後面傳過來的。

劉地忍著頭疼爬起來，撥開樹叢走了過去，叫著：「周影、南羽……你們在嗎？」

樹叢後面有一個青年男子正在捆束木柴，那個聲音正是他發出來的。他穿著一身古代人的藍布衣服，頭上挽著髮髻，手邊還放著一把斧頭，正忙得滿頭大汗。

「幹嘛？在拍戲呀。」劉地咕噥。

青年男子聽到聲音抬起頭來，看見了劉地，眼睛立刻睜得銅鈴般大，他盯了劉地數秒之後狂喊起來：「妖怪啊！鬼啊！山魈[1]啊！」雖然連滾帶爬地，但是逃走的速度倒

也不慢，一會兒就消失在樹林中。

「什麼啊……」劉地無力地坐在他扔下的柴捆上，「我是妖怪就不會是鬼或山魈，是山魈就不會是妖怪和鬼……有沒有常識啊……」他看著自己的手，原來不知道什麼時候已經顯現出妖怪的形狀來了，難怪那個人看了要逃。「我這樣也帥得不得了啊，你上哪兒去找這麼英俊的地狼……眞是不懂欣賞……」他用利爪抓抓頭，開始回想究竟發生了什麼事。

當時他和周影、南羽一起在空中沿著醫院到周影家的路飛行，卻什麼也沒發現，於是他提議用步行走一次試試，結果走到一半，突然……

「對了！」劉地想起來了。

那時有一股極淡的妖氣傳過來，他們跟了過去，走了很久，到了博物館旁邊，妖氣還是那麼若有似無，於是他們進了博物館。

南羽不能在黑暗中視物，用法術點了一團火光。在火光亮起的一瞬間，一道白光閃了起來，緊緊吸住了他們三個，一直把他們向前拖去。他們各自運用法術抵抗，可是那力量太大了，遠遠超過了他們。劉地挺身而出，用盡全力擋在前面，想讓周影和南羽趁機逃走。結果他又被拖過去幾步，白光猛地增強，便昏了過去，什麼也不知道了……

❶山魈，傳說中徘徊於山間的獨腳鬼。

「我被弄到什麼地方來了？」劉地四處張望。這是一座青翠茂盛的山林，鳥語花香，一片美景，「我記得快過春節了啊，樹怎麼這麼綠？南方？那得多『南』啊，赤道？非洲？澳洲？」他一邊胡言亂語，一邊試著用法術測算自己的方位。誰知剛剛一捏手指，一股巨大的力量便把他推了個跟頭。

「哎喲，怎麼這麼倒楣……」劉地再次爬起，「竟然不能算……這是我沒到過的世界……不是人間界，也不是……」他恢復了人形，看看自己並沒有受傷，法術也沒有受到影響，便縱身跳上一棵大樹，站在樹梢上四下張望。

四周全是層層疊疊的青山，在最近的山腳下，有一座依山臨水的小小村落。

「沒辦法，先到那裡看看吧。」劉地雙手插進口袋裡，搖搖晃晃地向山腳下走去。

□

「周影……」南羽睜開眼，發現自己躺在一張床上，周影坐在床邊，關切地看著自己。

「妳醒了。」周影忙扶住她，幫她坐起來。

劉地被白光拖走之後，周影和南羽並沒能因爲他的犧牲而脫身，緊隨其後也被拖了過去。論道行法力，南羽要比周影高，但是周影本身是一團影子，他抵禦傷害的能力非常強。所以南羽昏了過去，周影卻只是一陣昏眩，很快便恢復過來。他四顧找不到劉地，只好先管眼前的南羽，一直守到她醒來。

「這是哪裡？」南羽四顧一下問。

「好像……是旅店。」周影不確定地說。

「好像……」南羽打量著這間屋子裡的裝飾、家具，就明白他爲什麼這麼說了。

南羽躺在上面的，是一張木製雕花的大床，床上的用品是絲綢的棉被，枕頭套上還用手工繡著花卉。屋子裡擺著木製的桌椅、臉盆架和銅盆、銅鏡、銅燈檯。屋子裡沒有電燈、電話和電視，門是雕花木門，窗是雕花木窗，都緊緊閉著，上面沒有安裝玻璃，而是用窗紙糊著。

周影用手一拂，四周門窗牆壁立刻變成了透明一樣，使南羽可以清楚地看見外面。臨街的一面可以看到人來人往的街道，兩邊有店鋪和攤位，有行人和車馬，可是……

「古代的服飾……」南羽瞪大了眼睛說。

周影點點頭。

「拍戲的地方？」南羽的第一反應和劉地如出一轍。

周影搖搖頭。

剛才他從暈眩中醒來，就發現自己正在這樣一條奇怪的街道上，而南羽就在他身邊躺著，昏迷不醒。

周影看到周圍圍了一大堆穿著古代衣服的人類，對著他和南羽指指點點，不由得有些驚慌，而四處找不到劉地，更讓他不安。於是他抱起南羽走向一家掛著「張家老店」招牌的地方，想找個地方讓南羽休息一下；那裡的老闆竟然不收鈔票，幸虧他身上帶著幾枚硬幣，總算住了進來——周影的「點石成金」之術並沒有煉到家，他只能將金屬變成黃金——然後就一邊守著南羽，一邊苦苦思索究竟發生了什麼事？

「該不會是……『時空轉移』吧……」

□

「該不會是時空轉移吧？」劉地站在小村莊的路中間，喃喃自語。村裡的人全圍在四周，像看怪物一樣看著他，狗也吠、雞也叫，小小的村莊一團熱鬧。

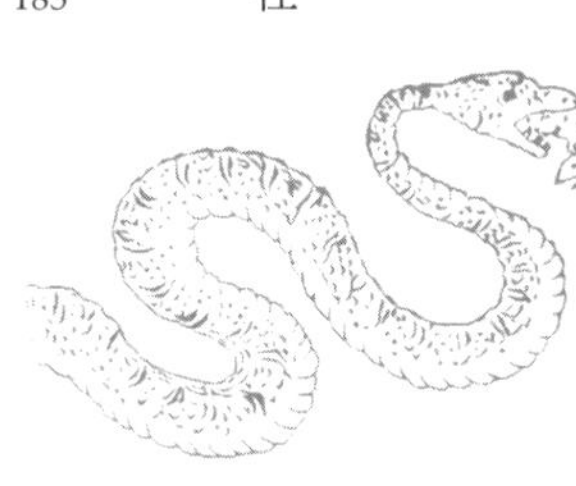

「不可能啊，人類的科幻電影看多了！」劉地拍拍頭，否定了自己的推斷，「而且這根本不在人間界嘛！」

「喂，老頭！」他一把拽住一個看熱鬧的人，「這裡是什麼地方？屬於哪一個空間？」

「這裡是宋家莊，屬於……空間？」老人打開他的手，「你問的是什麼啊？還這麼沒大沒小的！」

「什麼國家？」劉地依舊拽著人家的衣襟不放。

「蜀國！還能是什麼國家！你這人不是瘋子吧！」

「蜀國？」劉地有點糊塗了。只有人間界曾有過這樣一個國家，沒聽說其他空間有這個名字的國家啊？可是這裡又確實不是人間界……

「放手！」那個老人生氣了，重重一打劉地的手，「放肆的小子，你究竟是從什麼地方來的？爲何穿著如此怪異？再不說明白我可要通知官府了！」

「你叫我小子……」劉地嬉皮笑臉地摸摸老人家的頭，「我活了七百多年了，比你的年紀大得多了！」他東張西望地問：「既然是個國家，有皇帝吧？國王？總統……反正什麼都行！他在哪兒？」

「你還敢對皇上出言不恭，你！」老人舉拳向劉地打下去。但等他的拳打到劉地站的地方時卻落了空，那個穿著奇裝異服、舉止古怪、放肆無禮的人竟然憑空不見了。

老人和看熱鬧的人群一片譁然，紛紛議論起來，誰也沒有注意到人群外面，劉地已經變出一身和周圍人一樣的打扮，正旁若無人地向村外走去。

「有皇帝就有京城，京城總有有學問的人吧？總得知道這裡是什麼空間才能想辦法離開啊。」劉地嘆息著，「而且我可是住慣了大城市的上等妖怪啊，這種鄉下小地方我可待不下去。」

□

「蜀國？」

周影和南羽一起搖頭，他們都不知道哪個空間有這樣一個國家。

南羽穿了這裡的古代服飾後，呈現出了她所有的美麗——明眸皓齒，雪膚朱唇，氣質優雅出眾，引得不少路人一直盯著她看，連周影也偷偷打量了她好幾次。

南羽雖然沒有變幻外貌，但是認識她這麼久以來，周影第一次發現她竟是如此美

麗，大概是因爲這種服裝比現代的服裝更適合她吧。

「……你說是嗎？」

「……」

南羽等了一會，見周影不回答，奇怪地又問一次：「這裡的一切都像人間界古代的中國，你說是嗎？」

「啊……是、是……」周影慌忙地回答。其實他一直偷偷打量南羽，根本沒聽見她問的話。

「可是這裡不是人間界吧？」

這一點南羽和周影都不太確定，因爲他們兩個都從來沒有離開過人間界。

「如果劉地在這裡就好了。」周影自言自語地說。

劉地的道行雖然不如南羽，但他處事經驗豐富，遊歷甚廣，在這種時候比南羽和周影兩個加在一起都更有用。只是他在哪裡呢？難道他僅比周影和南羽早十幾秒鐘被白光捲走，就被弄到了不同的地方？周影心裡十分掛念。

劉地是義字當頭的朋友，周影有什麼事他一向想也不想便衝上去，這次更是這樣，在面臨危險的時候毫不猶豫地以身赴難，保護周影和南羽。如果劉地因此受到什麼傷害，周影是無法原諒自己的。

「既然我們沒事，劉地一定也安然無恙，他可比我們機靈得多了。」南羽看出了他的心事，委婉地安慰他。

周影勉強一笑，停住腳步問：「那麼我們現在怎麼辦？」

「總得先弄明白我們在什麼地方吧？」南羽處理事情也不比周影果斷許多，「這裡不是人間界的話是哪裡？爲什麼突然就到了這地方來？難道穿越空間這麼容易？」

「據我所知，要有一定的道行，還要配合特定的時間、位置才能到達特定的空間世界才對？」周影回憶著周筥當年的教導，「可是我們不是用自己的力量來的，而是被那道白光拖進來的。」

「一次拖動三個自身以外的生靈來到這個世界，而且我們三個當時都還有用法術抵抗，更是難上加難的事吧？」

「如果是靈獸的話……」周影恍然大悟地說：「如果是那隻靈獸就可以做到了吧！」

「對，靈獸！」南羽點著頭。

「那麼火兒很有可能也在這個世界啊！火兒和劉地，他們一定都在這裡。」

「嗯！」南羽說：「我們去找他們吧，先找到他們再決定接下來要做什麼。」

□

「砰！」的一聲巨響，劉地捂著頭叫起痛來。

「哇，我今天怎麼老受傷……這是什麼啊？」他伸手摸著頭上的天空。白雲正在他腳下飄浮，他至少飛到了五、六千公尺的高空中，想再飛高一點的時候，卻被撞了下來。他用手一直摸著向四個方向各飛出了幾百公尺，雖然眼睛看不見，可是頭上確實有什麼東西存在著，並阻擋他繼續往上飛。

「奇了怪了啊！天還加上蓋了！」劉地叫起來，「這是什麼空間啊，哪有這種道理！」

可是不管他怎麼叫，這個「天的蓋子」就在那裡確確實實地存在著，他又飛出了幾十里遠，天上還是有那個蓋子。

劉地抓著下巴：「這裡的妖怪和別的什麼難道從來都不飛？這多不方便啊……等等！」他猛地覺察到了什麼，開始在空中四處顧盼。

「沒有……完全沒有其他妖怪什麼的氣息……這怎麼可能……」

妖怪們的生存力和適應力是極強的，即使是繁華的人類大都市、高貴不可侵犯的神民國度，也會有那麼一隻、兩隻存在。像這裡這樣環境優美，居住的又是普通人類的地方，更應該是妖怪們喜歡定居的地方，但爲什麼劉地從山林到村莊，再到這一路幾千里，一點妖怪的氣息都沒有發覺到。

「難道這裡的妖怪全是比我道行高很多的，令我覺察不出來？不可能啊，我已經很厲害了啊！」劉地自信地想著，還是……這裡是一個沒有妖怪的世界……劉地這麼自語著，看著腳下一片山河美景，一陣寒意爬上了心頭……

□

「是這樣啊，謝謝您。」南羽禮貌地道謝。

她剛剛打聽了去京城的道路——火兒不好說，但劉地絕對會毫不猶豫地向著最大、最繁華、最能得到享受的城市前進吧。南羽和周影就是這麼認爲，才決定向京城進發。

「走吧。」周影使用隱身咒護住他們，一起飛上了空中。他們都沒有劉地那麼張揚的性格，當然不會像他那樣一味地向上，愈飛愈高，也就不可能發現這裡的「天加了蓋」

這件事。但是南羽發覺了另一件奇怪的事。

「沒有……」南羽又飛過一座小鎮，忍不住喃喃地說。

「什麼？」

「沒有廟宇。」

「廟宇？」周影不解。

「依這裡所處的時代來看，人類應該會有宗教和信仰吧？爲什麼沒有寺廟、道觀、祭壇、教堂……這類建築存在？」

「是嗎……」周影對人類的社會和習慣沒有那麼瞭解，可是這一路走下來確實沒有看到任何那一類的事物。

「不管是真的還是假的，人類總會爲自己找到一個神，找到一份精神寄託的，照這裡的社會狀態來說，應該有的……」

不論是神還是妖怪，人類無法解釋的事物便會自然而然地形成人類的宗教。當人類社會還沒有形成的時候，宗教的雛型就形成了。不論哪個朝代、哪個時期，人類總是會把自己信奉的神靈請進他們建造的殿堂裡供奉的，而這裡卻沒有這些。

沒有神自然也就沒有妖魔，沒有……

南羽不由得打了個冷顫，他們究竟來到了一個怎麼樣的世界……

□

一個國家的國都總是繁華又莊嚴的地方，既有繁榮的經濟，又有嚴格的管理，但劉地剛好是一個極會享受繁華，又不願意守任何規矩的傢伙，所以他來到這裡不出二十分鐘，就成了社會治安的危害者。

「好，我放下他。」劉地一鬆手，原本被他提在手中的矮胖男人立刻被丟在地上。他舉著雙手對手持兵器圍著他的士兵說：「我放手了啊，你們幹嘛這麼緊張。」

「大膽狂徒，竟然敢在天子腳下撒野！」

「我沒幹什麼啊……你們竟然找了這麼一大幫人來，太小題大做了吧……」

他身後不遠，一座被拆成了平地的酒樓廢墟上，人們正大聲吆喝地把埋在下面的人挖出來，頭破血流、鼻青臉腫甚至斷腿折臂的人躺在路邊呻吟，匆匆趕來的大夫就在路邊為這些受傷者治療。

「傷人毀樓，還敢狡辯！兄弟們，拿下！」領頭的士兵一揮手，眾人立刻向著劉地

一擁而上，刀劍拳腳，一起向他招呼下來。

「我都說沒錢了他們還硬跟我討，是他們不好啊……」劉地輕輕鬆鬆地在人群中跳來跳去，一邊還理直氣壯地說。

「無恥凶徒！」

「拿住他！」

「小心！」

「這個傢伙簡直像隻猴子！」

「先砍他手腳！」

「……」

「啊……」劉地打了個哈欠，「飯也沒吃到嘴，酒也沒喝到嘴，千里奔波之後還要在這裡被人類打，我真是太可憐了啊……」邊咕噥著把一個士兵踢了個跟頭。

這一隊士兵有十幾個人，原本有七、八個人圍著劉地進攻，其他人還在維持路人的秩序，眼看同伴們奈何不了劉地，便一同衝了上來。

「鬧事啊，鬧事啊，我要鬧事！我喜歡鬧事！鬧事多有趣啊，啦啦啦啦……」

劉地一邊唱著亂七八糟的歌，一邊打這個士兵一耳光，踢那個士兵一腳。他其實是蓄意在這裡搗亂。這裡既然是個沒有妖怪的世界，那麼有一隻妖怪在這裡爲非作歹、攪亂社會的話，這個世界的管理者不會不聞不問吧？這樣也許可以把那個將自己弄到這裡來的傢伙引出來也說不定。

戰鬥已經持續了二十多分鐘——與其說是戰鬥，不如說是劉地單方面在戲弄那些士兵——可是還是什麼事都沒有發生。

「不過也別把事情想得太簡單了，沒有道理只鬧一次他就出來啊。」劉地這樣安慰著自己，「還是先找個地方吃一頓，睡一覺再說吧。不知道去他的皇宮大鬧一場『他』會不會出來？皇帝的話，應該有很美的嬪妃和宮女，還有山珍海味吧？對，就這麼決定了……」他一把拉住一名士兵的衣領問：「喂，皇宮在哪裡？」

「皇宮？」那個士兵一愣，隨即怒喝，「狂徒，皇上的金鑾也是你配問的！」

「問問又不會死。」劉地邊嘟囔邊在心裡想，皇宮應該是那種一眼就認得出來的大建築，不用問也找得到。這麼想著，他隨手把那個士兵一推，準備去皇宮享受他的午餐。就在這個時候，正好有另一名士兵舉著長槍刺過來，被劉地推開的士兵正好倒向了那個方向。當劉地發現那個用槍的士兵根本來不及收槍的時候已經太遲了。

「小心！」劉地伸手拉住那個士兵想把他拽回來卻慢了一步，只聽他慘叫一聲，剛

好被穿透了左胸。

竟然會發生這種慘劇，士兵們和街上的人都愣住了，連劉地也是一呆，他可不想殺害無辜的人，慌忙抱住那個士兵用法術爲他治療，希望可以救他一命。

但他的法術沒有起什麼作用，那個士兵的呼吸逐漸停息下去，膚色慢慢變黑。

難道槍上有毒？劉地剛剛這麼想，一陣熟悉的氣息從那士兵身上散發了出來。

「妖氣！」劉地猛地把士兵往地上一丟，跳了起來，這時那個士兵已經變成一隻長足的妖怪，雖然奄奄一息，卻還是在斷氣前用一隻長爪纏住了劉地的腳。

「他是妖怪！爲什麼他是人形的時候我一點都沒有覺察到？不對，他那個時候確實一點妖氣也沒有，而且……如果他是妖怪，怎麼會被那一槍刺中？怎麼會這樣死掉？」

劉地不解地想著，一時竟忘了身處何地。

「砰！」

頭上突然受到的一下重擊使劉地頓時失去了知覺，他昏迷之前的最後一個想法就是：「不可能，我怎麼會被人類的力量打昏……」

「抓住了！」

「這個小子害我們費了不少力氣！」

「可憐徐兄弟，竟然這樣殉職了！」

「別攔著我，我要宰了他給老徐報仇！」

「小齊，別衝動！這個犯人要帶回去給大人發落才行！」

「可是徐兄弟……」

「放心，大人會秉公處理的！」

士兵們討論著，給昏迷中的劉地戴上了鐵鏈和手銬，路人也在議論紛紛、指指點點，但是他們沒有人爲地上那個士兵變成妖怪的屍體表現出一絲驚奇……

□

周影坐在旁邊看著南羽在河邊梳妝。她的身影倒映在水面上是那麼美麗，連河中的游魚都在爭相輕輕觸碰著她的影子。周影的腳邊有數朵火紅色的嬌嫩花朵，如果摘下其中最美的那朵去戴在她的頭上，一定會增添她的美麗吧？——周影已經這樣想了十幾次，卻不知道爲什麼，一直不能付諸行動。

南羽看到他在發呆，故意用手一彈，把幾點水星掃在他臉上。

周影眨眨眼，不好意思地一笑，訕訕地說：「我們趕路吧，還有好幾天的路要走呢。我實在是該僱輛馬車的，妳這麼嬌弱的身子，卻要妳走這麼遠的路。」

「我哪裡嬌弱啊？你別小看我！」南羽嗔怪說。

「是、是啊，我不是說妳嬌氣……」

南羽偷偷一笑。他總是這麼老實，有時候連玩笑話也聽不出來，可是這個男子，確實是可以託付終身的良人呢。「京城一定是個繁華似錦的地方吧？你這樣帶我回去，你爹娘能接受我這個鄉下地方的女子嗎？」

「怎麼會！京城的女子遠遠不能和妳相比！」周影著急地叫起來。

南羽嫣然地笑起來，又問：「你家在京城的什麼地方啊？」

「山南路一六七號……」

「什麼？」南羽詫異地睜大了眼。

周影用力拍了一下自己的頭，「山南路一六七號」是什麼？爲什麼一想到自己的家，腦子裡就冒出這麼幾個字來？自己的家應該在京城槐樹巷周宅啊。自己是個商人，去南方做生意認識了誤墮風塵的南羽，爲她贖身用盡了身上的錢，現在正要帶她回家見父母。對，就是這樣，而且像南羽這樣才貌雙全、個性溫順的女子，父母也會贊同的！

不過……自己的父母應該是年僅四十的中年人才對，爲什麼一想到父親，出現在腦海中的竟是個鬚髮皆白的老者，難道是自己的祖父？不對啊……

「影，走吧？」

「嗯！」周影連忙答應著。去京城的路步行還要好幾天，他都已經歸心似箭了，要快點讓父母見見南羽，對，就是這樣，自己要做的事也就是這樣而已……

□

「大膽凶徒，還不跪下！」

隨著大堂上的一聲驚堂木，一名衙役在劉地腿彎處一踢，令他跪倒在地。

劉地偷偷瞄了瞄大堂上端坐的官員，又看看兩邊持著水火棍分列的衙役，心裡一陣混亂。他知道自己是犯了罪才被關進了大牢，今天又被帶上了大堂受審。可是自己做了什麼？爲什麼一點也想不起來？

「堂下所跪何人？」官員開始威嚴地發問了。

「小人劉地。」

「何方人氏？」

「角縣劉家莊人。」

「所犯何罪？」

「……不、不知道……」

「大膽！」官員一拍驚堂木，衙役們立刻一起喊起了官威。

「我……」劉地用力想著，自己是一名浪蕩江湖的混混，因為和父母大鬧一場才偷了家裡的銀子跑到京城來，可是為什麼會被關進牢裡？對了……「我、我砸了一家酒館。」

「還有！」

「我……拒捕……」

「還有呢？」

「……」劉地用力皺著眉，「打傷了官差？」

「哼！你豈止打傷了官差！你是拒捕頑抗之下，打死了一名官兵！」

「啊……我殺了人？」劉地猛地抬起頭來，又被一名衙役重重按了下去。劉地瞇起眼睛回憶著，自己似乎殺過人、又似乎沒有。不過是吃個人而已，有什麼了不起？劉地一驚，自己怎麼會有這個念頭，「吃人」！人也是可以吃的嗎！

「狂徒劉地，鬧事傷人，拒捕殺差，十惡不赦！本官判你杖責五十，秋後問斬！」官員大聲宣判。

「問斬！」劉地猛地想站起來，卻被幾名衙役拳腳相加打翻在地，七手八腳地按住他，舉起板子打了下去。

疼痛刺激著劉地的神經，卻也讓他更加地迷惘了。他知道自己是誰，爲什麼來到這裡，爲什麼承受這樣的責罰，但同時又覺得自己不是那個人，不應該承擔這一切。

「爲什麼？我爲什麼要被『人類』打？」他喃喃自語著。「人類」？這是自己腦海中第二次冒出這個詞了，為什麼？

「這個傢伙骨頭眞硬！挨了五十大板竟然一聲不吭！」

「當了這麼久的差，這種傢伙我倒也是頭一遭看見！如此倔強，難怪會闖下這麼大的禍。」

兩名衙役議論著，把半昏迷的劉地扔進了牢房。著地時肌膚一陣劇痛，劉地卻硬咬著牙挨住了，直到聽著衙役們的腳步聲走遠，他才支撐著自己側身半躺起來。

「秋後問斬？」好像也沒有什麼大不了的，「死亡」這東西什麼時候來都無所謂，

劉地在心裡有這種想法，而且似乎自己很久以來就有這種想法似的。劉地不知道自己爲什麼會這麼坦然，自己的人生應該只有短短的二十幾年，心底卻有種歷經滄桑、活得夠本的感覺。

「管他呢！反正就是死吧……又不是沒死過……」

不對，什麼時候有過那種只差一步就踏過鬼門關裡去的感覺，而且還不是一次，很多次，很多次面臨死亡、看見死亡、製造死亡……什麼時候……

劉地靠著牢房的灰土牆，蜷縮在鋪著的稻草中，終於因爲疲勞、傷痛而沉沉地昏睡過去。最後幾抹夕陽從狹窄的窗櫺中透進來，照在他身上……

第三話

「你竟然帶這個煙花女子回來，然後告訴我你要娶她爲妻！」堂上坐著的父親拍著桌子大怒。

「是的，請爹成全！」

「休想！你這個不肖子！竟然還敢如此跟我說話！你、你……你是想氣死我嗎！」父親說著便按著胸口咳嗽起來。

旁邊的中年婦人忙端了杯茶給他，一邊也幫著埋怨：「影兒，不怪你爹說你，你這孩子也……唉，我們周家雖然說不上什麼名門大戶，但也是清清白白的人家，你要娶個大家閨秀、小家碧玉也不難，怎麼就看上這種女人呢！」

南羽躲在周影身後，不禁瑟瑟地發抖，不知道是出於害怕還是出於氣憤。周家的人不會接受自己，這一點她早已有了心理準備，但只要周影是眞心待自己，做妾侍媵婢都沒有關係，她有信心在以後的歲月裡慢慢讓他們知道自己的本性，使他們知道兒子帶回來的並不是一個污濁不堪的水性女子。她已經打定主意要承擔誤會和慢待，甚至於辱罵

和爲難，但是沒有想到，這一切會在這麼短的時間內發生。

周影帶著她才走進門來，說沒幾句話，兩位老人家的言語便毫不留情地攻擊過來，使她有種喘不過氣來的感覺，她只能躲在周影背後來逃避這一切。

周影皺著眉頭，聽著父親的大發雷霆和母親的絮絮埋怨，心裡有種茫然：「爲什麼要站在這裡聽他們教訓？爲什麼？因爲他們是我父母，可是他們眞的是我父母嗎？我長這麼大，從來沒有誰敢這樣和我說話！連周笘都沒這樣對待過我！他們憑什麼！對，他們是我的父母……那麼周笘又是誰？父母？父母又是什麼……」他的心中不由自主地生出這些念頭來。

這幾天從外地返家的路上，他常常會生出奇怪的念頭，好像自己周圍的一切全不是眞的，身世、父母、家，甚至處身的世界全是不眞實的，連自己也不是「周影」。不，自己是「周影」，但不是這個「周影」。這是什麼念頭啊！他用力搖搖頭，如此荒誕可笑的念頭究竟是從哪裡來的？

在父母滔滔不絕的話語中，他悄悄向身後伸出了手，南羽輕輕把自己的手放在他的手掌中。周影握緊了南羽冰冷的手指，緊緊地握住，他想給南羽一絲支撐，也想從南羽那裡得到支援。現在對周影而言，只有她是眞實的，明明白白、不可懷疑的存在。

「總之一句話，立刻把這個下賤女人趕出門去，不然，我就沒有你這個兒子！」父親把茶杯往地上重重一摔，結束了訓話。

「不！」

「什麼！你還敢頂嘴！」

「不！南羽不是下賤女子！我帶她回來是爲了娶她做我的妻子，我不會把她趕走的。」周影看著父親的眼睛說——他可以肯定，一直以來都是自己爲自己拿主意，自己決定自己的未來，而且不管是別人看來多麼可笑的事。對，就是這樣！自己的事從來沒有讓別人來決定過！

「你、你這個畜生！你……你要氣死我！」

「你怎麼這樣跟你爹說話！」母親總是偏向自己的兒子，想把矛頭轉向南羽身上，以免兒子受到責罵，「都是妳這個狐狸精、賤貨、窯子裡的賤女人！妳究竟用了什麼辦法來迷惑我的兒子！我告訴妳，妳最好死這條心，像妳這樣下賤的貨色，一生一世也別想進我們周家的大門！」

「我不是……」南羽含著淚水，勉強說出了幾個字。

「死賤人！妳最好快點給我滾出去！」周影的母親說著便抬手給了南羽一個耳光。

「啪」的一聲輕呼，打在南羽臉上，也打在周影心口上。當母親再次舉手打下來的時候，他一把抓住了對方的手腕。

「放手，讓我打死這個小賤人！」

「住手！」

「放開我！別攔著我！」

「叫妳住手！」周影加大了手上的力量。

「哎呦呦……」她忍不住叫起痛來，在周影的一推之下，又後退了好幾步，難以置信地指著周影顫聲問：「你、你，竟然為了這個婊子向我動手……我是你娘！是你親生的娘！竟然比不上這下賤女人！」

「不是，妳不是我娘！」周影大聲說：「我沒有父母！對，我根本從來不曾有過父母！我不管你們是誰，可是你們不可能是我的父母！」他一瞬間有種可以確信的感覺，自己絕對沒有父母，所以眼前這一對男女也就不可能是自己的父母。

「影，別為我……」

周影制止了南羽的話，向著那對男女大聲喊出來：「雖然我不知道究竟怎麼回事，可是我知道你們全是假的！給我滾開！」

□

劉地的傷勢本來就不輕，加上這幾天根本沒有任何治療，當然就日復一日地更加嚴重了。但他卻不肯躺在各種蟲子爬來爬去的草鋪上，而是倔強地半靠著牆坐著，臉上還是掛著吊兒郎當的笑容。

「這種小傷舔舔就好了……」為什麼這麼想呢？總覺得受了傷應該自己舔一舔，這不是像狗一樣？他為自己的想法好笑。反正這幾天他就一直這麼胡思亂想著，也不知道自己為什麼想到這些。

「喂，吃飯了！」牢頭敲打著鐵杆，把一個窩窩頭和半碗菜湯放在門口，一邊咕噥著，「小子還挺耐活，明明早該死了！反正是別想活到明正典刑了！人家說得明明白白，一定要在牢裡要你的命，早早死了反而好，少受點活罪。」

劉地一笑，他知道被自己打死的那個士兵家人想要在牢裡要自己的命，所以這幾天無論是牢頭還是官差總是故意折磨自己，一定要致自己於死地。

不過劉地並不在乎這些。

他用手捏著窩窩頭，一小塊一小塊地亂丟著，嘟囔著：「這種東西怎麼可以吃，我想吃滿漢全席、法國龍蝦、日本料理、美國牛排……XO、白蘭地、茅抬……我到底在說什麼啊？」他端起菜湯聞了聞，皺著鼻子說：「這是什麼啊，連周影煮的『豬食』都不如……」

「周影……」他抬頭看著牆外的大樹在窗口拖出的長長影子，「周圍都是影子……周影，是誰？是誰？」

「唉……」他長嘆口氣，雖然這幾天都不想吃牢裡的飯菜，可是肚子實在是餓了啊，「好想吃個人啊……」

吃人？自己怎麼又有這種念頭了？人怎麼可以吃人！只有妖怪才吃人啊！

妖怪？妖怪……我看過那種東西……妖怪！

劉地的腦海中忽然想起自己被捕的那一瞬間來。那個像猿猴一樣的怪物，那條抓住自己腳的長長爪子……「那是妖怪啊！」劉地不爲見到妖怪驚異，卻驚異於自己的不吃驚，爲什麼覺得見到妖怪是理所應當的呢？

「本來就是啊，妖怪混居在人類之中，一個城市有那麼幾隻，甚至百十隻妖怪，是理所應當啊。」他這麼想著，又爲自己這麼瞭解妖怪而奇怪。

「一隻妖怪，一隻妖怪，英俊的妖怪，無以倫比的地狼……啦啦啦……」

劉地回過神來，發覺自己在哼著這麼一首奇怪的歌，「地狼……」

「嗙！」手裡的破碗被他捏成了幾片，頓時把手刺得鮮血直流，他把手舉到嘴邊輕輕舔著，血腥味刺激著他的神經和胃。「真的好餓啊，好想找個人來吃啊……」

他站起來，用力一掙，原本扣在他手腳上的鐵鏈頓時四分五裂，但是他的手腳也被弄出了傷痕。他繼續舔著手上的傷口，心想：「這點小傷算什麼，舔一舔就好了，反正我又不是人……」

□

「我不認識你們，你們究竟是什麼？」周影厲聲問著眼前的男女。

「兒子，你瘋了不成！我們不是你爹娘是誰？你不是我們的兒子又是誰？」

「我是誰？」周影喃喃自語，又看著南羽，「我是誰？」

「影，你怎麼了？你別嚇我……」南羽都快哭了。

周影用力閉了一下眼，仰起了頭，大喊一聲：「我是誰？」

「影！你是影啊！」南羽扳著他的肩說。

「影……」周影看著自己腳下的、南羽腳下的、房子的、樹木的、庭院的影子，「影子……我是，影子……來自虛無，無父無母的影子，」他深吸了口氣，大聲說出來：「我不是人類，我是影魅周影！」

「影！」南羽抓住他的手，「你在說什麼？爲什麼說自己不是人！」

「啊，南羽，」周影終於回過神來，發現南羽正緊緊握著自己的手，忙有些惶然地推開她的手，還紅著臉後退了半步，「南羽，妳快點想起來，我們眞不是人類啊！我是影魅，妳是殭屍！我們爲了找火兒才來到這裡——妳不記得了嗎？」

「影，你不要嚇我們……」南羽終於忍不住哭起來，「爲什麼說你和我不是人類，你究竟怎麼了啊……」

「我們眞的不是人類。」周影說：「我不知道我們爲什麼突然變成現在的樣子，封閉了法力和妖氣，弄得和人類一模一樣，也變得以爲自己是人類，但是我們眞的不是人類啊！我現在全部想起來了。妳不記得了嗎？妳不相信？妳看看我，看著我……」他在南羽面前晃動身體，顯現出影魅的原形，一個黑色人形的影子。

「啊……妖怪！」南羽和屋子裡的那對男女一起發出了驚叫。

「你究竟是誰？我兒子哪裡去了？」那個男人持著一張椅子，壯著膽子向周影問。

「我不知道。」周影據實回答，「我不知道自己怎麼會以爲自己是人類，是你的兒子，當然也不知道你兒子是誰、會在哪裡？」

「胡說！一定是……一定是你這個妖怪把他吃了！我苦命的兒子啊……」

「我不吃人，南羽也不吃。」周影不再理睬這不相干的人類，他現在最關心的是南羽，要怎麼讓她恢復記憶？而且，自己和南羽爲什麼竟然自以爲是人類？偏偏還有人類認定自己是他們的兒子，這到底是怎麼了？

「你這妖怪！你吃了我的兒子！」那個男人開始哭叫著，把椅子向周影丟過來。

周影揮手一指，椅子便碎成粉末，他不想和人類糾纏，拉著南羽的手想帶她離開這裡。南羽雖然很害怕妖怪樣子的他，但還是跟著他走。

「你吃了我的兒子！吃了我的兒子！」男子哭罵著，卻不知道如何對付周影，也不能阻止他離開，只是急得打著轉咒罵，「死妖怪！死妖怪！」他敲打著自己的頭，因爲一直盯著周影的背影，不知爲什麼他也有了一種奇怪的感覺，「妖怪、妖怪……」

周影和南羽剛剛走出門口，忽然聽到一聲女人淒厲的慘叫，他回過頭來，看見那個自稱是自己母親的女人已經倒在血泊中，而那個自稱是自己父親的男人變成了一個豬

身、人臉、長著獠牙和紅色尾巴的妖怪，嘴裡還銜著那個女人的一隻手臂，正呼呼地咆哮著：「妖怪！我才是妖怪！我想起來了，想起來了！」

「合窳❶！」

周影把害怕得發抖、連叫都叫不出來的南羽護在身後，手一點，他自己的影子化作一把單刀落在手中，對著這隻名叫合窳的妖怪說：「這一切是你在搗鬼嗎？」

他眼角的餘光卻看見，地上躺著的那個「女人」屍體，正在慢慢變化……

□

劉地穿過牢房的牆，輕輕鬆鬆地走了出來，化作一隻黑色的大狗，蹲在陽光下舔著自己的傷口。

「我好可憐啊，竟然被人類打成這樣，這一下非得吃他十幾二十個人來彌補不可！不過……」他盯著眼前過往的人群，「這些也得是『人』才行啊……也不是說妖怪不好吃，只是……這不是重點，重點在於我爲什麼會以爲自己是人!? 嗚嗚嗚……肚子太餓了，我想吃北京烤鴨、狗不理包子啊……」他就這麼不著邊際地胡思亂想著，直到把自

❶合窳，《山海經．東山經》中記載的一種妖怪黃身紅尾、人面豬身，聲音如同嬰兒啼哭，會吃人、也吃蟲蛇，出現的地方會有洪水氾濫。

己全身的毛都整理了一遍，才慢吞吞地站起來，嘆息著說：「還是得去找東西吃啊，食物又不會自己從天上掉下來……」

轟……街頭突然傳來一聲巨響。

房屋、樹木、人體亂飛，一個巨大的、人面豬形的妖怪突然出現在那裡，手裡抓著一條房樑在揮舞，他足有十公尺高，停立在街道上空向下俯視。

「合窳？」劉地看看他，又看看被合窳的怪力掃上天空的人正「噗通噗通」掉在自己面前，不禁喃喃自語：「真的會從天上掉下來啊……」

□

周影一邊和合窳周旋，一邊還要護著南羽。如果南羽正常的話，她的法術遠遠高於周影，當然不用他來保護，可是她現在看起來完全就是一名柔弱、膽小、驚慌失措的人類女子，周影緊緊保護著她，生怕她受到傷害。

合窳手中的巨棍一揮，周影抱著南羽跳起來閃了過去。合窳一下子變得這麼巨大，令周影有些不知如何下手對付他，況且他的影刀最不擅長對付這種龐然大物。

周影對著合窳唸出一道咒文，合窳立刻被一團黑影包圍。周影趁機抱著南羽飛身到一個角落，把她推到樹叢中，囑咐說：「妳躲在這裡，千萬別出來。」

南羽雖然滿臉驚恐，還是點了點頭。

合窳甩開了黑影的包圍，一抬頭，周影正揮動影刀，一刀向他劈下來，合窳毫不示弱，掄著大棍迎上去，兩個妖怪激烈地打鬥在一起。吆喝聲、兵器碰撞聲，夾雜著法術使用的聲音響成一片，街道上的行人轉眼間逃了個乾乾淨淨。

周影知道自己的法術和戰鬥力有著先天的不足，所以曾經花了幾百年的時間研究人類的刀法，想以此來彌補他自身的缺點。現在是他平生第一次在沒有火兒、周筥或劉地幫忙的情況下和別的妖怪搏鬥，這讓他發覺到自己更多不足之處，也使他明白，自己研究這麼多年人類的武術是件多麼正確的事。

合窳的法力不如周影，但是戰鬥中的力量、凶狠程度都比周影強，周影的戰鬥技巧正好彌補了這一點，兩者結合在一起，還是周影稍稍地占了上風。

周影的身體在合窳一棍打下來的時候飄散於無形，接著從對手腳下的影子中鑽出，影刀貼著合窳手中的木棍反削上去，直取他的手指，合窳左手握拳一擊向周影打下來，周影的另一個咒文已經唸出，合窳自己的影子反捲上來，牢牢抱住了本體的手腳。周影揮刀切下，合窳四根手指被削落，木棍也跌在地上。

合窳捂著傷口，連連嚎叫著，奮力掙脫了自己的影子，順手從路邊拔起一棵大樹，連泥帶土掄動著又向周影撲上來。這種妖怪一發起威來力大無窮，把大樹揮舞得虎虎生風。這時太陽正被一片飄過的浮雲所遮蔽，整條街道陷入了一片大陰影之中，影魅也在此時和這一切融合，不知消失在什麼地方。

「出來！影魅！我要吃了你！」合窳舞動大樹四處亂砸，又用法術胡亂攻擊著，弄得樹折屋倒，塵土飛揚，「影魅，竟然敢戲弄老子！我要吃了你！你給我出來！」

周影此時就站在合窳身後，看著對手毫無防範的背部，只要他舉刀或者施個簡單的法術就可以輕鬆取了對方性命。可是，不久之前自己還一心以爲這個合窳變化的人類是自己父親，不管那是因爲中了什麼法術，周影都不想在這時殺了他。

「算了。」周影收起了刀，心想，「他看來也是被什麼法術弄得以爲自己是人類，就放過了他吧。」他正想走開，卻發現南羽不知什麼時候從藏身的地方走了出來，正在街角東張西望。

周影看見南羽的同時，合窳也看見了她，他距離南羽要比周影近得多，而且他還清楚記得這個女人是和那個可恨的影魅在一起的，於是大吼一聲，躍起來凌空舉樹向南羽

砸了下去。

南羽驚叫一聲跌倒在地，驚恐地看著合窳，卻既不會反抗也忘記了逃走。

「南羽！」周影驚叫著，但是衝過去已經慢了一步。

樹被重重地砸下去，樹枝、樹葉、灰塵、泥土四散飛揚，當這一切散開之後，南羽還是那樣坐在地上，張著嘴、睜著眼，而在她身後站著一個掛著笑容的男子，他用一隻手便撐住了那棵砸下來的大樹。

「劉地！」周影驚喜地叫。

「你完了你！」劉地一點都沒有重逢的喜悅，毒口利舌地對著周影說：「連英雄救美這麼點常規性的行動都做不好，你還有什麼前途啊！」

「你也沒事，太好了！」周影說著和劉地完全不同的話題。

合窳大吼著，又把樹舉起來砸向劉地，可惜劉地不是周影，他對敵人下手時從來不會忽發善心手下留情，舉手一推，大樹從他的肩頭掠過，砸在地上，不等合窳再出手，他已經竄過去，拍著對手的手臂，手指中彈出的利爪插進了對方胸口，挖出了心臟。

「這幾天餓死了……」他邊吃邊含含糊糊地向周影說，見南羽一直盯著自己，客氣地問：「妳也來點？別客氣！」

「啊……」南羽淒厲地叫起來，撲進了周影懷裡，緊緊貼著他的胸口，閉著眼不敢再抬頭，顫聲說：「他、他，在吃人！」

「他吃的是妖怪。」周影中肯地糾正。

南羽呻吟一聲，昏了過去。

「幹嘛？妳又不是沒吃過……再來塊肘子……」劉地邊狼吞虎咽邊說：「不要正好，樂得我獨享。」

□

「爲什麼我們都清醒過來了，只有南羽還是這樣呢？」周影擔心地問。

他們現在坐在一家客棧的房間裡，南羽緊緊抓著周影的手臂不放，儘量躲在他背後，顯得十分懼怕劉地，周影因爲她這樣而十分不安。

劉地在桌邊蹺著二郎腿，品著茶、剔著牙，不在乎地說：「這樣多好，你多幸福啊，她清醒的話你能和她這麼親近嗎！」

「劉地……」

「我說實話啊，她現在多麼小鳥依人，比那個冷若冰霜的殭屍好，不如你就趁機和她……」

「劉地！」周影開始不快了。

「好了，好了，不逗你了，」劉地倒坐在椅子上，雙手抱著椅背，「你有沒有覺得來到這裡以後，一切都不對勁？」

「那當然！」周影握著拳頭說：「一會兒我們竟然全都以爲自己是人類，一會兒人類又變成了妖怪……我簡直不明白！我不明白！這到底是怎麼回事！」

「人類變成妖怪？」劉地側著頭看著他，「那本來就是妖怪吧？」

周影用力拍著自己的頭，覺得想事情都快把頭想破了，「混居在人類中的妖怪嗎？他們又爲什麼要冒充我的父母？我和南羽的記憶又是什麼時候被偷偷換了？」

「混居在人類中的妖怪？」劉地皺起了眉頭，「眞的嗎？可不止你和南羽的記憶被換了，還有我的。我也有一段時間以爲自己是人類，甚至被人類判了死刑。我的記憶又是什麼時候被換的？在圍捕我的時候死掉的那個士兵臨死前也變成了妖怪，又是怎麼回事？最重要的是周圍那些人，他們看見活的妖怪會害怕、吃驚，可是看到死的妖怪卻一點也不在意，又是怎麼回事？」

周影抱著頭呻吟一聲：「求求你別再問我了，我自己的問題已經快把腦袋漲破了！你比我聰明，你來想答案啊！」

「這倒是眞理！」劉地贊同周影的觀點說：「既然你都這麼說了，就交給我這個天才的頭腦來思考吧！」

「第一，我們來到這裡之後不久，就各自發現這裡是個沒有宗教信仰，也沒有妖怪的地方；第二，我們不知道從什麼時候開始，竟然開始認爲自己是人類了，而且還在記憶中有了作爲一個人類應該有的經歷、家庭和身分；第三，當我們按著這個人類的身分走下去的時候，竟然會有與之相符合的人來做我們的親人；第四，作爲你父親出現的人是隻合窳，是妖怪；第五，作爲你母親出現的人和那個圍捕我時死掉的人，在死後或臨死時也變成了妖怪；第六，這裡的人對死了的妖怪並不覺得奇怪；第七……第七是什麼？」他一邊數手指頭一邊說，說到這裡卻說不下去了，只好問周影。

周影正聽得認眞，見他問自己便搖搖頭。

「唉……本來是想湊成十條的，不過這不重要，重要的是……」他盯著周影，故作神祕地說：「根據以上幾點，我總結了一個結論——這裡沒有人類！」

「爲什麼？」周影不解地反問。

「這裡沒有人類！這裡有的，全是妖怪！」劉地走到窗邊，推開窗，看著窗外街道上的行人說：「這個、那個和那個，這裡的全部，他們和我們一樣，全是妖怪！」

周影幾步走到窗邊，看著外面的人類社會：那些行色匆匆的路人、那些在路邊擺攤的小販、那個正和商家討價還價的婦人、那個因爲沒有生意而在門口看風景的藥舖夥計、那個纏著祖父買糖葫蘆的頑童，和他那禁不住糾纏終於拿出荷包的祖父……這一切根本就是人類社會的日常景象，說他們全部都是妖怪，周影實在難以相信。

「不可能，這麼多妖怪全變成人類，還像人類一樣生活著，絕不可能發生這種事！他們爲什麼這麼做？根本沒有道理！」

「有道理……」劉地支著窗沿向外探出身子說：「他們和我們一樣，來到這裡之後就被偷偷換掉了記憶，使他們以爲自己是人類。」他一翻身轉了出去，坐在窗沿上，把腿垂在外面，引得外面不少路人在看他。他也看著那些人，說：「……然後他們就按照人類的樣子生活，這麼活一輩子，最後在還自認爲是人類的時候死去……」

「不……」周影依舊不能想像這種事。

「……我想即便活著的時候再怎麼相信自己是人類，一旦死了還是會恢復本來面目吧，所以這裡的『人』死了之後，自然而然就會變回妖怪的樣子了，而這裡的『人』當然也就不會因爲『死人』變成妖怪而吃驚，因爲那是這裡的自然規律。」

這時，一陣喪樂吹打和嚎哭聲遠遠傳來，一群人披麻帶孝，手中持著白幡，揚散著紙錢，擁著一口朱紅的棺木，從街的另一頭走來。

「喔，運氣不錯，剛好遇見出殯，」劉地興高采烈地說：「我跟你打賭，這口棺材裡躺的死『人』，一定是妖怪！」

「……」

「你還不信？不信你看！」劉地見周影還是不相信的樣子，縱身從窗口跳下去，正好落在那出殯的隊伍中，伸手便把棺材的蓋子掀了起來。四周的死者家人頓時一片喧譁，紛紛喝叱、叫罵著向他圍過來。劉地一揮手，把所有人都推出數步，把手探到棺材中，拖出一隻六條足爪的妖怪來，舉在手中，給周影看。

這時嚎哭聲、怒罵聲、呼叫官兵聲、指責聲亂成一團，劉地把那個妖怪丟回棺材中，順手又把棺蓋闔上，向眾人嬉皮笑臉地拱拱手：「打擾、打擾。」不等眾人再說什麼做什麼，他已經不見蹤影了。

「信了吧？」回到旅店樓上的劉地不再理會下面的混亂，攀著周影的肩問。

「眞是這樣……」周影立在窗口，緊盯著那口棺材，又問：「可是我們妖怪的壽命和人類是無法相比的，難道，到了那個時候……」

「那倒不至於，」劉地知道他想問什麼，聳聳肩說：「就算改得了記憶，也改不了肉身，不然也不會死後恢復成妖怪模樣了，總不可能活到人類的壽命就硬生生地塞進棺材裡去……況且我這一路也沒發現墳地墓園，你們也沒發現吧？」

周影點點頭，回憶說：「確實沒看見那樣的地方。」

「所以我想，一定是這些妖怪做一個『人』做一陣子，就會再被改一次記憶，再去做另一個『人』，這樣周而復始。不然從哪裡弄這麼多妖怪來補這裡的人口？又從哪裡臨時抓妖怪來做你的父母——我相信，如果現在去我變成人時所說的那個地址看一下，一定也有所謂我的父母家人在那裡！」

「這也太荒唐了……簡直，簡直就像用妖怪們做娃娃，編排木偶戲一樣……」

「可不是……」劉地點頭說：「而且這些娃娃還有個好處，會動、會說，又不會壞、不容易死，比玩具和人類應該好玩多了……」

「爲什麼要這麼做？又是誰在這麼做？」周影氣憤得叫起來。

「是誰、爲什麼這麼做就不知道了，只知道可以使幾十萬的妖怪改變記憶、完全隱沒妖氣乖乖地按他的意願行動，是件多麼困難的事。還有，這裡是哪裡？我曾經試過，這裡的天是有『蓋』的，所以，或許這裡是一個特殊的空間，一個專門造出來，放我們這些玩具娃娃的地方。」

「製造空間？那是只有神、魔、仙才能做的事！」

「所以說啊……」劉地瞇著眼看著他說：「鹿爲馬不是說了嗎，大靈獸……」

「大靈獸……」

「或許還不是一個完整的空間，可是能製造成這樣，又能抓住並控制這麼多妖怪，鹿爲馬看見的，就是他吧……」

周影不語，思忖著這個不知在何處觀察著自己，而自己卻對他無從知曉的「對手」，雙方的實力差距，好像大得無法想像。他突然想到了什麼，跳起來抓著劉地大叫：「火兒！火兒在哪裡？他不會變成人，到了這裡來會被弄成什麼？一隻鳥，還是雞？他……」

「別慌，別慌！」劉地忙安撫他，「你想想，火兒的法力比我們高，連我們都沒事的話，他怎麼可能輕易被控制！」

「是嗎……」周影剛剛鬆下一口氣，卻看見了一直靜靜站在旁邊，雖然聽不懂他們說什麼，但是卻十分認真旁聽的南羽，心裡又抖了一下，「南羽她的法力也比我們高，

可是她一樣也……」

「對哦，爲什麼殭屍還是這副樣子？」劉地抓著下巴，走過去上上下下地打量南羽，把南羽嚇得跳到了周影身後，「沒道理你和我都恢復正常了，她反而被困住啊。喂，殭屍，妳那一千年的道行是不是用來唬人的，根本不管用啊！」

周影感到南羽抓住自己的手在發抖，有些埋怨地向劉地說：「她現在只是個害怕妖怪的人類，你就別嚇她了。」

「好啊、好啊，不嚇她……」劉地絮絮叨叨地說著：「你這個重色輕友的傢伙，每次都站在女性那邊，我做你朋友眞是倒了楣了！」他這麼說著，卻突然繞過周影跳到南羽的面前，一下子變出了妖怪的形狀，尖耳、利爪、獠牙、血紅的眼睛，張著雙爪向她大叫一聲：「哇！」

「啊——」南羽嚇得大叫著撲到周影懷裡。

「哈哈哈哈！」劉地得意地大笑起來，拍著周影的肩說：「怎麼樣，美女主動投懷送抱，很幸福吧？」

對於劉地的這種個性，周影有一種無力感。

劉地又恢復了人形，用一根手指戳著南羽的肩問：「喂，一般來說，用突然驚嚇的辦法來幫人恢復記憶是很有效的，妳想起什麼來沒有？」

「……」南羽連看都不敢看他。

「不然我們再試一下用大棍子打腦袋，或者從樓梯上滾下去的辦法？電影裡都是這麼演的，然後周影再抱起妳來，深情地給妳一個吻，妳就什麼都記起來了！」

「咚！」周影滿臉通紅，抓起桌子上的茶壺丟在劉地腦袋上。

□

在距離劉地、周影和南羽處身的京城幾千里的一座深山中，有一個四面都是陡峭山崖的山谷。山谷正中，一座祭壇般的建築物上、一尊青銅鼎裡，有一團橢圓形的混沌正在緩緩旋轉，在一瞬間裡，混沌正中突然清晰了起來，出現一雙黃色的眼珠，眨動了幾下，又閉上了，混沌也再次恢復了本來的模樣。

這一刻，天空中劃過一道閃電，這整個世界都下起雨來了……

□

「再來兩盤炒馬肝！一壺好酒！」劉地嘴裡塞滿了東西，含糊不清地吩咐著身邊的宮女和太監內侍，還抽空向一名正在啜泣的皇族少女吼了一聲，「不許哭！」

他現在正坐在皇宮正殿的大殿中，嫌皇帝的寶座坐著不舒服，還特意在上面加了厚厚的墊子。面前一張長几上擺滿了各色菜餚和幾十種美酒，他一手持筷子，一手抓酒壺，痛快淋漓地大嚼大嚥著。在他身邊不遠的柱子上，用一條長繩子繫著一大群人：皇帝、皇后、嬪妃、皇子、公主……這些人組成了劉地豪華的人質團體。

周影和南羽坐在劉地旁邊，都沉著臉，不吃也不講話。

「這道菜也不錯！再來一盤！」劉地吃得十分滿意，「你們也吃啊，別客氣、別客氣，我不會虐待人質的。」依照他的吩咐，內侍們把他吃剩下的飯菜撤下去，擺在那些人質的面前，讓他們食用。

在這座大殿外面，密密麻麻圍滿了軍隊，刀槍劍戟在豪雨中依舊閃著寒光，士兵和將領們都滿臉嚴肅地挺立在雨中，隨時準備衝進殿來。

皇上與後宮的眾嬪妃、皇子、皇女們被犯上作亂的大膽狂徒挾持，已經第五天了。

一名內侍小心翼翼地端著一個玉石湯盆來到周影面前，恭敬地行禮後說：「大人，落裡。

請、請用餐。」結結巴巴說完後，他有些惶恐地看著周影，然後快速退到離他很遠的角

周影看看他，不解地掀起了玉石蓋子——在價值連城的湯盆裡盛著的，是滿滿一盆看不出材料的菜湯（或者說菜糊比較準確？）。

「我特意吩咐他們做的，你快嘗嘗看吧。」劉地探過身子來：「我看你這幾天都不怎麼吃東西，特意爲你準備你平時的食物，不過他做的可能比你自己做的好吃一點——你弄的那個味道絕對是誰都模仿不來的——你就湊合著吃吧。」劉地深深爲自己替朋友著想的情操而感動，「我是多麼照顧你啊。」

南羽看看劉地面前的山珍海味，再看看周影面前那盆看了都會倒胃的菜糊，不由得皺起了眉頭。雖然她不相信自己是妖怪，也沒有感覺到這個世界有什麼不對勁，但是這些日子她總是跟著周影，在她心裡已經暗暗下定了決心，她會相信周影所說的每一句話，所以她對劉地那種明顯在戲弄周影的態度很不滿意。可是這幾天相處下來，她發覺事情或許不像她想像中那樣，劉地的態度和周影對他的信任是自然結合在一起的。

果然，周影雖然還是沉著臉孔，卻拿了雙筷子開始吃那些菜糊了。或許這就是男人們之間的友情吧？

「歌舞！歌舞！」酒足飯飽的地狼往皇位上一躺，大聲吩咐著。他的話音剛落，一隊舞姬便翩翩婸婸舞起來。雖然音樂聲因為樂師們的手腳發抖有些雜亂，舞步也因為舞者們的心情不安而時常撞在一起，但是對劉地而言，這些女子的美貌和衣著——就是身上披的幾塊布——完全可以彌補這些不足。

一位舞姬踩到了手中的綵帶，踉蹌摔倒在地，也把自己身邊的兩位同伴帶倒了。

「哈哈哈哈，太精彩了！眞是神仙般的日子！」劉地十分得意地笑著——顯然他對神仙的日子有著極大的曲解。

為了對人質保持最大的威懾力，劉地一直維持著地狼的模樣。他用鋒利的指爪一劃，一個西瓜便整整齊齊分成了幾片，他抓起最大的一塊大口吃著，汁水順著嘴角直流，一邊還對周影與南羽說：「吃啊、吃啊，這西瓜挺甜的。」

「你根本就是想這麼過日子，不是在想辦法尋找火兒和出路吧？」周影終於忍不住提出了自己的疑問。

「怎麼可能……」劉地嘴裡塞得滿滿的，一邊甩著手上的西瓜汁，一邊又用長爪挑起了草莓往嘴裡扔，「你看我不是正在為找到火兒和揪出幕後主使而努力嗎！」

周影用懷疑的目光看著他。

之前，在商量怎麼找到火兒和離開這裡的辦法時，劉地擲地有聲、大義凜然地說出了他的辦法：既然這裡有一個幕後的操縱者，那麼想瞭解這裡的一切以及找到離開的路，最好的辦法就是把這個躲起來編排「木偶劇」的傢伙揪出來，而逼他出來的最好辦法就是大鬧一場，破壞他在這個世界建立起的秩序，讓一切亂成一團，無法正常運轉，把那個傢伙氣得跳腳，他自然就出來了。

在周影不知道該怎麼執行這個策略時，劉地又馬上提出了自己的行動方案：「要做這種事就不能怕死，要撿大禍來闖，撿最誇張的事來做！你們別怕，有我在前面，危險我擋著，你們跟著我就行了，這個辦法準行！」

劉地拍著胸膛這麼說，並且依照自己所說的，一馬當先地衝進皇宮綁架了皇帝，奪取了政權，自稱「地狼大帝」，坐上了寶座。然後開始他對這個國家的殘酷統治——頒布所有的美食、美酒、美女全部屬於「地狼大帝」的旨意，盤踞在寶座上進行著每天吃喝玩樂的生活。

「改朝換代可是一等一的大事，不信那個傢伙不出來！」劉地把戴了幾分鐘就覺得太重的皇冠扔在地上時，這麼說。

只是把皇帝用繩子捆起來，然後自稱是皇帝就算改朝換代了嗎？周影注視著殿外的大批軍隊，心裡感到懷疑。

「我該起個什麼年號好呢？」劉地已經苦苦思索這個問題好幾天了，「嘉慶、康熙、唐太宗、秦始皇……好像都有人叫過了，俗！幻靈、傳奇、龍珠、JOJO？或者乾脆叫NBA或肯德基呢？嗯，還是叫F4比較討女人喜歡……」

□

大殿一角捆著的人質中忽然傳出了一陣尖叫，原本和其他人質捆在一起的一名皇子忽然號叫著扯斷自己身上的繩子，化成一隻妖怪。那是一隻渾身紅毛、身材高大的猩猩，長著長長的手臂，他利爪一揮，離他最近的一名人質便身首異處，死於非命，然後大聲咆哮著：「誰！是誰害我！我要吃了你！」他周圍的人質驚慌失措，幾名女子甚至呻吟一聲便昏了過去。

「周影，給朕上！」劉地大模大樣地拍著椅子扶手吩咐著，「拿下這個犯上作亂的妖怪！」

周影白了他一眼，但還是在猩猩殺害其他人之前跳了過去。
「就是你！是你把老子弄到這個鬼地方來的嗎！」猩猩惡狠狠地盯著周影。
「不是，我們和你一樣，也是被害者。」周影心平氣和地說。
「……真的？」
「我何苦騙你呢？如果你願意，我們可以聯手找出害我們的傢伙！」
「……」猩猩似乎在認真地考慮。
這幾天也發生過其他變成人類的妖怪突然恢復的事，每一次周影都會向對方解釋緣由，然後要求合作。畢竟可以操縱這麼多妖怪並且造出這麼一個空間的，一定是很強大的對手，只靠劉地、周影和南羽實在沒什麼把握——何況南羽還沒有恢復原狀——如果能找到合作的夥伴，那是再好不過了。這裡有無以計數的妖怪，能有那麼幾十隻同仇敵愾，和周影他們站在一起的話，對付強大的對手也就不是不可能的了吧？
「和你合作？」猩猩抓著下巴問。
「我們一起找出幕後害我們的傢伙，也一起找出離開這個世界的辦法。」周影誠懇地建議著。
「也好，就跟你合作。」猩猩似乎同意了，垂下手臂向周影走過來，卻在周影放鬆

警惕，準備迎接新夥伴的時候，突然伸長手臂一拳向他捶來，口中大吼著：「我憑什麼要和你合作！我要吃人！吃妖怪！吃了你！你這個傢伙一定是在騙我！我自己也可以找到害我的人！我吃了你之後就去吃他！哈哈哈哈……」

周影應手變成了一團影子，四處飄散，然後在離猩猩幾步遠的地方重新凝聚了起來，搖頭嘆了口氣。又是這樣，他這幾天一直沒得到過任何盟友。爲什麼大家都不肯認眞考慮一下自身的處境，而非要和自己打一場不可呢？他無奈地回頭看看，劉地正捧著肚子，笑得打滾。

「我說過多少次了，哈哈哈哈，你就是不聽，哈哈哈哈，又一次……哈哈哈……」他極盡興災樂禍之能事地笑著，「他們這種低等妖怪，如果能好好考慮自己處境就好了——他們只會吃，被變成人類這麼久之後，他們腦子裡裝的全是美味的肉、香甜的血！他們聽不進別的！哈哈哈……」

「美味的肉……香甜的血……」南羽聽著他這句話，明明應該感到噁心才對吧？卻不知道爲什麼，她咽了咽口水。

「……我不反對你尋找盟友的主意，可是你也該挑挑對象吧？」劉地還在說著，「就算找不到像我這樣了不起的妖怪，至少也該找個像樣點的，這一種只能做備用食物，根本一點用都沒有！你還在磨蹭什麼啊！」

周影又嘆了口氣，縱身躍起，舉刀刺進了還在雙拳亂揮的猩猩胸口。

□

幾名內侍戰戰兢兢地抬著猩猩的屍體，把他搬出了大殿，這幾天來，這樣的事已經是第三次了：除了這名皇子，還有一名內侍和一個包圍這裡的士兵先後變成了妖怪，然後因為無法和周影他們和平相處而被周影殺掉。

「恢復原狀的妖怪一直在增加，」周影說：「會不會跟我們的行為有關？」

「那當然，我付出了這麼多努力，一點收穫都沒有怎麼行。」劉地舒舒服服地倒在椅子上，舉著一只水晶杯在喝酒，繼續為他的目標奉獻他的口舌和腸胃。

「一直這樣下去，用不了多久這裡就會天下大亂，到時候我們要找的那個傢伙一定會出來的，我們是不是也該想一想，應該怎麼對付他？」

「很多妖怪恢復原狀才會天下大亂嗎？」劉地向前探著身子，皺著眉頭問：「你的意思是說，我建立了一個堂堂的『地狼王國』不算讓這裡天下大亂嗎？」

「……」周影認爲建立王國和劉地的行爲之間還是有一定距離的。

劉地雖然看起來是一副什麼都不在乎的樣子，其實他這幾天也在盤算著這個問題：想和比自己強大的對手戰鬥要用什麼方法？劉地想來想去，卻也只有「隨機應變」這四個字而已。「哎呀，這麼舒服的日子眞捨不得他結束啊，」他口中卻說著毫不相干的話，「我早就想當一次皇帝試試看了。」

「你爲什麼不早做？」周影對他這種偏離最初話題十萬八千里的談話方式早就麻木了。

「在人間界的皇帝身邊總是養著一大群法師啊、術士啊什麼的……」劉地的口氣遺憾極了，「幸虧這裡沒有……咦，這麼想來，不要破壞這個世界，一直這麼過也不錯啊——沒有神佛和信仰的地方，眞是妖怪的天堂……」他開始認眞做起了這方面的打算。

周影不再理他，站起來走了出去。

大殿外的士兵一看見周影出來立刻進入戒備狀態，四周響起了一片刀槍盔甲相撞擊的聲音。周影沒有在意這些，在白玉石的欄杆上坐下來，看著雨幕發呆。這場雨已經下了幾天幾夜，數日不見陽光使周影感到不快，他試著想用法術使雨停下來，卻一點效果都沒有，天上的烏雲反而好像更濃了些。他根本不擅長這種類型的法術，如果是南羽的話，一定立刻就奏效吧？南羽……她要怎樣才能恢復啊……

背後響起了嗚咽的簫聲。

南羽站在大殿門口，手中持著一支樂師遺落的簫，舉在唇邊吹奏著一首清幽但是落寞的曲子。她面向著周影，卻緊閉著雙眼，長髮被風吹動，襯托著她過分蒼白的面孔，一道道閃電劃破天空時，也照亮了她的姿容。一時間連大殿外的士兵也安靜了下來，只有那簫聲迴盪著、嗚咽著，彷彿要把人心裡的迷茫全部傾吐在這個雨幕中……

如果火兒也在這裡的話，一直這麼生活下去也不錯……周影凝視著她，生出了這樣的念頭……

在他們身後的寶座上，劉地抓著下巴，不安好心地打量著他們，低低嘆息著：「這樣的進展也太慢了吧，如果是我的話，早就……我得幫他們加快步伐才行！這種時候，當然就輪到我這個愛情專家出場了……」

第四話

「在飯菜裡下毒，把門窗關住噴迷魂藥進來，派刺客冒充太監、宮女、樂師和舞者……你們用了幾種辦法了？之前不是每次都失敗了嗎，爲什麼還沒學到教訓呢？你們就那麼想和你們的皇帝拴在一起啊。我不是早就說過了嗎，我是妖怪，是妖怪，用人類的那些法子對我沒用，你們怎麼不聽老人言……不聽老妖言呢！」

劉地指著跟前用繩子捆住的幾名刺客，絮絮叨叨地教訓著他們，「你們就不能安安靜靜，老老實實地接受我的統治嗎？我這可是爲了你們大家，爲了解放這個世界而努力，你們怎麼就不能體會我的苦心呢！再說，我這樣的皇帝哪裡去找啊，論長相、論才華、論能力，你們那個糟老頭皇帝怎麼和我比？我來做皇帝，全國人民，至少女性人民應該歡迎才對啊……（以下省略五千字）。」

「該死的妖怪！要殺就殺，何必那麼多廢話！老子要是皺一皺眉頭，就是狗娘養的！」這一批刺客的頭目是一個魁梧粗壯的中年男子，他在劉地滔滔不絕的話語中好不容易找了個空檔，大聲表達著自己的決心。他圓瞪著雙眼，怒氣沖沖地對著劉地，只是

他為了改扮成太監而剃光的落腮鬍子處泛著青光，配上他額上暴出的青筋，不免使他慷慨就義的氣概看起來有幾分滑稽。

「噗嗤！」劉地的目光一落在他身上便捂著嘴笑起來，剛開始他還很有良心地想要為這個俘虜保留些自尊，但是終於還是忍不住，把惡劣本性都暴露了出來，放聲大笑：「哈哈哈哈……你這個樣子，哈哈哈哈……」

「哼！」中年男子眼睛都快冒出火來了。

劉地手指一勾，俘虜們身上的繩索自動解開了，而且那條繩子還自己捲成了一團，跳到了劉地手中。他揮揮手說：「行了、行了，你們可以走了。」

這群刺客一愣。

「走吧、走吧，我已經不想再增加俘虜和人質的數量了。」

「妖怪！不管你耍什麼花樣，我們一定會救出萬歲，然後除掉你的！」頭目扔下這句話領著部下迅速走了。

「真是的……」劉地抓著頭髮，「明明就是逃走，偏偏要嘴硬……」

「如果不逃走的話，何必要嘴硬。」周影總是這麼坦白。很難說他這種個性和劉地相比，哪一個更不討人喜歡一些。

劉地抿著嘴，彷彿開始很認眞地考慮周影這句話——一般來說，他認眞思考後會發生的，都不是什麼好事。果然，他想了一陣子說：「反正也閒得無聊，不如你去把那幾個再抓回來，我們看看他們不逃走的話會怎麼辦吧？」

周影正把茶倒進南羽的杯子，壓根兒不去理他。

「啊，我很無聊啊！」劉地張著雙手倒在椅子上，「我想上網，我想泡妹妹，想去酒吧狂歡啊！誰來陪陪我啊，我太無聊了！」

周影又爲自己倒了杯茶。劉地這種間歇性神經質發作每天總會有幾次，不去理他，十分鐘後自己就痊愈了。

「我好無聊啊，我無聊啊！」爲了破壞周影和南羽之間的和諧氣氛，劉地賣力地扮演著無賴的角色。

周影舉起手，一盞茶自己落在劉地面前的案上，使他可以在吵得口渴的時候潤潤嗓子再繼續。

「我想喝XO啊，我想喝可樂啊！」劉地一邊喝水一邊還能說話，實在是種絕技。

南羽微微側著頭看著他們，這兩個人（妖？）實在是一對很奇妙的朋友，換句話說，劉地這樣的朋友，也只有周影才受得了，才對付得了吧？

周影發覺她在看自己，朝她微微一笑。

失去了妖怪的記憶，以爲自己是人類的南羽和本來冷淡自若的她有些不同，變得柔弱而且有點憂傷，她一直不怎麼說話，只是沉默地睜大了雙眼，觀察周圍發生的一切，但更多的時候她的目光就跟著周影，大概是因爲他是唯一令她感到安心的事物。

只是周影卻對她的依賴顯得很拘謹，「如果她恢復過來的話，會不會因爲這段日子的事生氣？」周影悄悄地這麼想——而他也只會這麼想吧？

「……無聊，無聊，無聊……」因爲自己的無理取鬧沒得到反應，劉地眞的開始無聊了，「爲什麼不發生點什麼事呢……」

「轟！」

一聲巨響之後，大殿的一面牆被火藥炸出了一個大洞。這個洞在離那些人質不遠的地方，但是人質們除了弄得一頭灰土之外，倒沒有受到傷害，那是因爲火藥的威力和爆炸範圍都是經過精心計算的——這就是救出人質、消滅竊據皇位的妖怪的最新戰術了。

「終於有事發生了！」劉地興奮得跳起來。

一般有這種事發生，他都會擺出「皇帝」的架子，吩咐周影「爲朕把他們拿下」（周影去不去則另當別論），可是現在實在太無聊了，他連自己「皇帝」的身分都忘記了。

一隊士兵從牆上炸開的洞中鑽進來，湧向他們的皇帝，而劉地只是身子一晃，便從皇座上消失，又出現在他們面前，先齜著牙，瞪大眼，張開利爪擺出人類心目中妖怪的專用姿勢，再「哈哈哈哈」地狂笑幾聲增添一下氣氛，然後利爪一揮，一根柱子從中斷開成幾截，轟然倒下。士兵們和周圍的太監、宮女一起奔逃躲避，而那些人質被繩子捆綁著，虧他們居然也能連拉帶拽地躲了過去。

「哈哈哈哈」再來幾聲狂笑作音效，然後磨擦幾下利爪，擺出一副要開始吃人的模樣，士兵們立刻以比來時更快的速度消失在牆洞中。

「哈哈哈哈！」逗弄人類實在是一件很有趣的事——雖然他們骨子裡並不是人類。

劉地的笑聲還沒有結束，就又聽見了另一聲巨響，這次的火藥是裝在箭上直接射進來的，這樣的火箭殺傷力當然不會大，但是一次幾百支射進來，聲勢也有些駭人，最重要的是劉地沒有預料到外面的人會採用這種可能會傷害到人質的辦法，一支火箭射中了一名閃躲不及的宮女，頓時在她腹部開了個血洞。

「唉……」劉地的腦子一轉，便明白外面人的打算了。可想而知，被擺在檯面上的理由一定是「國家高於帝王」，在現在這種皇位被妖怪盤踞的情況下，應該犧牲被當做人質的皇帝和其他人，而維護國家的尊嚴，用一切手段消滅妖怪。但事實上，一個國家

之中，難免會有那麼一、兩個覬覦皇位的人，在這種情況下，如果這樣一個人取得了外頭局面的控制權，便會有這種行動。

「我怎麼忘記了，他們現在是『人類』啊……」劉地喃喃地說：「人類嘛，就是這樣……」

周影使用法術保護自己和南羽，也保護那些人質，但是受到驚嚇的人質四處奔逃，難免影響到他的施法。周影微微皺著眉頭，考慮要不要直接衝出去，解決掉射箭的人。幾名人質幸運地掙脫了繩索，向大殿門口奔逃，但是一連幾支火箭射過來，一個被當場射死，另一個也倒在地上呻吟，眼看就要不行了。

「一旦開始，就會一不做二不休啊……」劉地躲在周影背後，用自己的朋友做擋箭牌，抓著頭髮咕噥，「這時皇帝如果活著出去，反而對他們很麻煩呢。」

「你護著南羽，我出去！」周影舉步剛想走，卻被劉地拉住了：「算了，別管了，我們走吧。」

「走？」

「走啊！」劉地瞪著眼睛，「帶著南羽，離開這個地方吧。」

「那……你的計畫？」

劉地揮著手，慷慨激昂地說：「興亡只是一瞬間，世事皆為過眼雲煙，我又何必流戀一時的榮華富貴呢！」

「我是說找火兒和回人間界的事。」

「對了，還有這些事呢，我都忘了，哈哈哈哈……」

周影冷眼看著劉地，準備撤回為他施放的法術，讓那些火箭直接射中他。

「其實啊，我在想，只要這個傢伙在這次事件之後活下來，這個國家自然會天下大亂，我們已經不必留在這裡了。」劉地抬起手，把拎在手裡的皇帝舉在眼前，對嚇得瑟瑟發抖的這位九五之尊說：「你知道這次是誰想連你一起除掉嗎？」

「格，格格……」這位皇帝並不是個膽小的人，可是如果頭上有火箭「嗖嗖」亂飛，自己又被一個妖怪提在手中，一抬頭就是尖牙利齒的話，任誰也會牙齒打顫的。

「你這個皇帝很不稱職哦，連謀權篡位的小事件都弄不清楚，真沒用！」

「謀朝篡位的不就是你嗎？」——這種念頭想想也就算了，他可不敢真的說出來，

「是、是、是他……」

「這麼說你知道？」

「知道，知道！」

「那就好，我放了你，你自己去報仇吧。」劉地笑著把皇帝放下來，親熱地拍著他的肩說：「這種趁人之危的小人，一定不要放過他！加油！」說完還握著對方的肩膀用力搖了一下。

「走嗎？」周影因爲周圍的建築已經開始燃燒，所以問劉地。

「走！」劉地用手指虛空劃了一個咒符，向外一點，法術就像在他們面前撐開了一道透明的牆壁，火箭射在上面，炸裂開來，火花四濺，倒像是在燃放煙火一樣漂亮。劉地抱著那個皇帝，周影護著南羽，就在這道法術的掩護下向外走去。

南羽走在劉地後面，周影緊跟在她身邊，他的手看起來是扶在她肩上，半扶半推著她走，但其實他的手並沒有接觸到南羽的身體，僅僅是虛放在那而已，南羽清楚地知道這一點。她不知道對自己而言，周影的這種尊重和另一種情形相比，哪一樣更使自己安心，因爲還有更困擾的事在攪著她的思緒。

箭弩橫飛，火焰四起，四周響起了人類的慘叫、呼救聲，建築傾倒聲甚至喊殺聲，鮮血殘肢與屍體接連跳入眼中，幾名宮女動也不動地躺在地上——她們不是死了，而是由於過度驚恐而昏了過去。

「女人就是這樣……」南羽在這麼想的同時，內心裡卻有一種對周圍環境的泰然，彷彿這種紛亂和死亡充斥的場景出現在面前是理所當然的。

「是的……」當血腥味送進鼻子時，她不由自主地這麼想，「我已經餓了，但是我不想吃人類，也不能吃人類……」

人類——不知從什麼時候開始，她在思考當中這麼稱呼他們。周影說的是眞的吧？自己不是人類，而是……殭屍，其實她一開始就知道周影絕不會騙自己，那麼，不是人類嗎？作爲妖怪時的自己，又是怎麼一個樣子？

這時，大殿內外的死傷者愈來愈多，其中有幾個傷者又痛又急之下，竟然顯現了妖怪的原狀出來，他們有的抓起旁邊的屍體或者站著的人胡亂往嘴裡塞著，有的咆哮著到處攻擊。周影落在最後面，應付著這些傢伙。

一個宮女被火箭炸掉了一隻手，倒地呻吟著，卻又被劉地和他手中拉扯著的皇帝相繼從身上踩了過去，雪上加霜的際遇讓她輾轉呻吟，最後直著脖子嚎叫幾聲，竟然化作一隻妖怪站了起來。

這時劉地已經走過去了，而周影還在十步開外和另一隻妖怪纏鬥，這個宮女化成的一隻巨大水獺眼中泛著血絲，露出巨大的牙齒，斷去的左前爪滴著血，正好擋在了南羽面前。

他傷口的血大滴大滴地落在地面，濺上了南羽的裙角，他想也不想便一口向眼前這個女人咬下去。這隻變成妖怪後足有三公尺高的水獺的一口，足以把一個人類女子咬成兩段吧。

南羽知道自己面對著什麼，也知道這倉促之間周影和劉地都來不及救助自己，卻不知爲什麼，心中就是害怕不起來，淡淡地看著頭頂上方的血盆大口向自己咬下來。

「南羽，他是隻低等妖怪，妳殺他易如反掌！快出手啊！」周影把影刀向和他搏鬥的妖怪身上一插，一邊喊一邊撲過來，連那隻妖怪臨死時把爪子插進他的肩頭都沒有顧及。

南羽沒有做出動作，反而回首向周影看了一眼……

水獺撲下來，隨著一聲慘嚎，血花飛濺了出去……

「南羽！」周影大叫一聲，透過血幕卻看到那隻水獺的半個頭部從身體上分裂，飛了出去，而南羽依舊站在那裡，低著頭發呆。

「南羽！」這一次聲音中只剩下了驚喜，周影拉住她的手把她拉過來幾步，免得她被落下來的半個水獺頭砸到。

南羽還在呆呆地看著自己的手，剛才是怎麼了！自己在那一瞬間想要做什麼？

隨著水獺頭落地，他那巨大的身體也倒了下來，抽搐幾下，縮小恢復成了正常的水獺大小，同時露出了站在那裡的、殺掉他的人。

一名人類青年手拄長劍，撐在地上，向前傾著身體低著頭，彷彿是在殺掉那樣的龐然大物之後，想要喘一口氣。

「你……」

聽到周影的疑問之後，他抬起頭來，手依舊扶在劍上，身體也沒有站起來，只是看著周影，燦爛一笑。這個青年既不英俊也不魁梧，卻英氣勃勃，是個極爲陽剛的男子。

「請讓我跟你們合作吧！雖然我不是妖怪，沒有你們那麼強大的力量，但是我也想離開這裡，回人間去。」

「什麼？」周影有點不知所措，他一直想找合作的夥伴，可是眞的有「人」主動要求合作了，自己又不知道怎麼辦才好，只好求助地向劉地看去。

劉地一反常態地收斂了終日掛著的笑容，沉著臉，冷冰冰地問：「你是人類？」

青年男子點點頭：「應該是吧？我也不可能是別的啊。」

「那你怎麼會在這裡？」

青年男子聳聳肩：「我不知道，我剛剛才明白過來——我不是什麼校尉，也不是這

個世界裡的人，所以我想回到我應該屬於的地方去，請你們允許我和你們一同行動。」他的語調和神情顯然都是誠摯的，但是這種程度的誠摯還不足以打動劉地。

「你確實不是妖怪。」劉地仔細觀察了青年一陣子，用沉穩的聲音說：「但我不相信你，我們不需要與你合作。」如果對方是個妖怪，劉地接受他的合作的可能性就大了吧。但他是個人類，在這個全是改變了記憶的妖怪們組成的世界中，突然出現一個人類，況且他不是在被人下了法術的狀態下以爲自己是人類，而是清醒地知道自己不屬於這裡的人類，怎會不可疑。

「何必拒人於千里之外呢？」青年不卑不亢地笑說：「我想我即使幫不上大忙，可是也不至於添麻煩才對。」說著，他握緊了手中那柄劍。

劉地面無表情，雙眼中閃著寒光。

這和南羽對他的印象完全無法結合在一起。眼前這個充滿了戒備與殺機、被冷冰冰的氣氛包圍的妖怪，一點也不像那個總是笑不離唇，吊兒郎當，又常常在捉弄人，囉囉嗦嗦，明明可以十個字說明白的事非要說一百個字的劉地。

當青年男子向前走了幾步之時，南羽清清楚楚地看見劉地的指爪抖動了一下，南羽知道青年男子再往前走一步，劉地的利爪就會插進他的喉嚨。青年男子自己也意識到了這一點，停住步子不再向前，手中把劍握得更緊了。

「我不可能對你們這些神通廣大的妖怪構成什麼威脅的，相反地，我可以幫助你對付你們的敵人。我雖然是個人類，一點棉薄之力還是有的。」

「他們？不，那些不是敵人，他們還不配。」劉地這麼說，語調中卻盡是平淡，不像平時一點小事就洋洋得意、自吹自擂的樣子，「只有力量法術，還不足以作我們的敵人，相反，有好頭腦並且理智的傢伙才可怕，因爲聰明的腦子裡冒出來的念頭，足以讓一切變成未知數。」

「我們明明有共同目的，爲何不與我合作？欺騙你們對我又有什麼好處？」

「正如你所言，欺騙我們，你究竟有什麼好處？」劉地瞇著眼說：「第一，你現在是個人類；第二，這是個人類的王朝；第三，我們現在是這個國家的要犯了吧？踏著我們的屍體，升官發財，榮華富貴，甚至登基稱帝也不是不可能的吧？第四，人類，就喜歡這些東西。」

青年一笑，「原來是爲了這個……」他輕巧地說：「這個容易，我可以證明給你看——既然知道自己不是這裡的人了，還要這裡的榮華富貴來幹什麼！」說完，他躍出幾步舉劍一揮，那個原本被劉地放在一邊的皇帝慘叫一聲，頭顱飛了出去，在地上滴溜溜

地滾動著，「這就是證明！」他用衣袖拭著劍上的血說。

「這麼一來，我就沒有任何退路了，」青年攤著手說：「雖然皇帝的死會令很多人高興得跳起來，可是總得找一個代罪羔羊來承擔這個弒君的罪名，如果不和你們一起走，等著我的就是千刀萬剮的下場了。」

「你本來就弒君了，也沒冤枉你啊……」劉地嘟噥著，神情放鬆了下來，向周影問：「你說呢？」

周影一直在旁邊看著這一切，既不發表意見也不說話，等劉地開口問他，他才慢慢地說：「既然你都覺得他很危險，相反地，也就說明他可以幫得上忙。」

「好吧，」劉地爽快地說：「一起走，不過你負責看著他。」他總是要討上周影半點便宜才甘心。

周影對這些總是沒什麼意見，反正他知道，如果自己做不到，劉地自然還會接手過去。

「那麼，跟我們一起來吧。」劉地擺出了那副站沒站相的樣子，「不過要小心啊，萬一我餓了，你會成爲備用食物的。」

青年男子爽快地一笑，抱拳說：「我是孟蜀。」

劉地學他的樣子抱拳拱手：「劉地。」

南羽歛衽爲禮說：「小女子南羽。」

「啊……」周影對於這種禮節有點不能適應，「我，我是周影。」他抬抬手，看對方沒有和他握手的打算，只好抓抓頭又放了下去。

一個簡單的結盟儀式就這麼結束了，不過鄭重的態度放在當事人的心中就可以了，形式怎麼樣並不重要，而且在這種人號馬嘶的混亂場面下，不也是應該速戰速決嗎？

劉地舉起手，口中念了幾句，包括孟蜀在內的一人三妖便一起從皇宮中消失了蹤影，只剩下那些士兵還在奔走，人群中又傳來了驚叫和慘呼，又一個妖怪擺脫了人類身分恢復了原形，在人群中大肆破壞和殺戮。

現在這個世界，連空氣中都透著不安和惡意，或許這裡的每一個人都已經發覺到了，自己的皮膚下、血肉中，有什麼在蠢蠢欲動著，在醞釀著，等待著爆發……

□

孟蜀向南羽微笑著，毫不掩飾地表現出對她的興趣，當他殷勤地把盛了清水的杯子

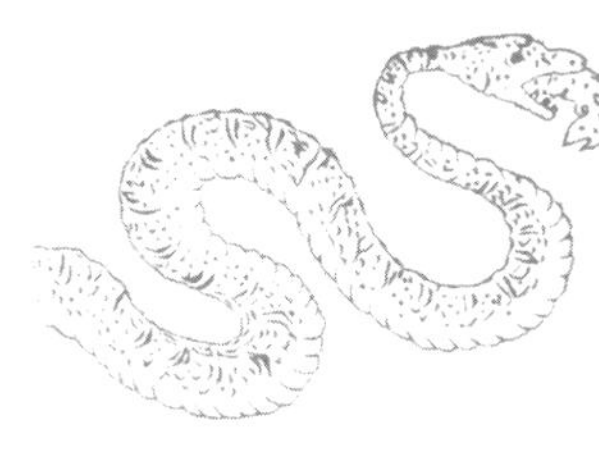

送過去時，南羽的目光越過他的肩頭，停在周影身上。

周影獨自坐在樹梢，因爲那裡可以毫無遮擋地接受到陽光。而他的身體好像毫無重量似的，在柔軟的枝條上，隨著枝葉在微風中輕輕晃動。

「嗚嗚……」劉地仰躺在草地上，捂著臉呻吟，「我怎麼會有這麼笨的朋友……不都說近朱者赤嗎？他怎麼就沒有從我這裡學到那麼一點、半點的……」

現在他們四個正處身於劉地剛剛來到這個世界時所到達的山中，在一個四周有著美麗樹林的草坪上，享受陽光和下午的悠閒。劉地用他一貫的形象，張開四肢躺在草坪上，周影卻利用這個空閒開始修煉。

「難道修煉比追女朋友重要？」對於劉地來說答案當然是否定的，但是對於周影，他說不定會問「追女朋友是什麼？」吧，畢竟「戀愛」這檔子事和他的距離還遠著呢。

「這種時候，也只有我出馬了……」劉地嘆息著，看著孟蜀和南羽，準備下手把水攪混。

□

孟蜀已經從控制記憶的法術中清醒了過來，他知道自己不是這個世界的人，也知道自己屬於人間界，但是和周影他們不一樣的是，他想不起來自己原本是什麼人，除了名字，關於自己的年齡、籍貫、學歷、專業、婚姻狀況，他一概想不起來。或許是因為他是個人類的緣故吧。

劉地曾經推斷，這個世界中沒有人類，但是現在看來他或許錯了，因為孟蜀確確實實是個人類。

孟蜀個性開朗，對於自己的處境和想不起身世的事十分想得開，對於這幾天不時顯出妖怪原形在他面前晃一晃的劉地，和總是把目光放在他身上的周影也泰然自若，甚至開始對於同樣是「人類」的南羽獻起殷勤來。只是他不會看不出南羽和周影關係曖昧吧？還是……

在三個妖怪當中，至少劉地是認為這個人類是別有用心的。

□

「哈哈哈哈……」最近這種笑聲都快成了劉地的招牌了，也顯露出他的腦子裡此刻

想的，絕對不是什麼好事。

「老孟啊，」他親熱地拍著孟蜀的肩頭，一點也看不出他幾天前還是一副把對方當成敵人提防著的樣子，「我說你怎麼這麼不識時務呢？這樣插在人家情人之間，不好吧？」

「情人？」孟蜀眞的看不出來和故意裝傻的可能性爲十比九十。

「人家南羽和周影啊……」劉地拿出三姑六婆的架式開始散布謠言，「人家原本可是一對親密的愛人啊，只是因爲來到這個世界，南羽迷失了本性，他們才變成了這樣若即若離。啊！多麼悲傷的故事啊，一個想不起往事，在迷茫中度日；一個含著悲傷與寂寞，靜靜地守候在旁邊。多麼感人、多麼浪漫，你眞的忍心在這種時候橫刀奪愛、落井下石嗎？而且告訴你，南羽可是妖怪，等她醒來正好餓了的話，隨手把你提過去，剝皮、吸血，把肉煮一煮，骨頭啃一啃，你整個兒就沒了！所以還是周影那樣沒血沒肉的傢伙最適合她了。我這麼苦口婆心你聽懂了吧？就是說……唔唔……」周影從樹上跳下來，捂住了他的嘴。

「求求你別說了！」周影現在眞恨不得自己從來不認識這個傢伙，「南羽她會聽見！」

「我就是說給她聽的啊。」劉地向南羽撲上去，抓著她的雙肩，「快想起來吧，你們相愛的日子，那些甜蜜、那些浪漫、那些……」

周影奮力拖著他，把他從南羽身邊拉開，劉地卻又掙脫了，撲過去握著南羽的手，「啊，想起來吧，不要讓失憶把你們的心隔開……」

「劉地！」周影從背後抱住他的腰，連拖帶拉地把他弄到離南羽遠一些的樹叢中，壓低聲音急切地說：「你在幹什麼啊？幹嘛編造這些沒有的事出來！等她恢復了記憶，不會放過你的！」

「所以啊，」劉地抓著他的肩膀說：「你一定要趁她現在記不得自己是誰，並且對你充滿了依戀的時候下手，趁虛而入，來個生米煮成熟飯，然後……嘿嘿嘿嘿……」他色迷迷地舉著雙手奸笑。

「碰！」

周影抓起一塊石頭丟在他腦袋上，頭也不回地走了。

「我是爲你好啊，不抓住這個機會，你一輩子都沒有女人要了，你又不像我這麼英俊、有魅力……」劉地被石塊砸得趴在了地上，咕咕噥噥地說，然後乾脆把頭朝下鑽進了土裡，「去偷聽一下他們接下來說什麼，反正我非把他們弄到一塊兒不可！」

周影漲紅著臉，手足無措地對南羽說：「不好意思，他一向那樣，沒眞沒假的。」

孟蜀站在南羽身邊，饒有興趣地抓著下巴問：「他說的是眞的嗎？你們是……」他用兩根手指比劃著。

「不！」周影慌亂地搖著手，「別聽他胡說了，我們是朋友！」

「不對！是情人！」劉地一下子從土中鑽出來半個身子，向南羽伸出手，「絕對是情人啊！妳相信我還是相信他？」

「我相信周影！」南羽輕輕一笑，向周影問：「他說的，是眞的嗎？」

周影像撥浪鼓一樣搖著頭。

「我想也是，」南羽輕笑著，「如果眞的是情侶，我絕對不會忘了他的，不管是不是中了法術。」她這麼說完，靜靜地看了周影一眼，獨自走開了。

周影站在原地，完全不明白她話中有什麼含意。

「好像挺有意思……」孟蜀抓著下巴自言自語。

「有一點點進展了啊，不過還要加大發展步伐才行……」劉地還是沒有全從土中出來，也在抓著下巴自語。

然後他們的目光碰在一起，彼此露出了會心的笑意。

□

南羽從草地上摘下一朵黃色的小花，執在手中隨意地看著，這朵花沒有任何香味，卻有著一股自然的清新氣息。在月光下的草坪上，盡是點綴著這樣小小平凡的花朵，南羽在其中坐下來，在這個寧靜的夜晚，整理一下自己的情緒。

劉地整個埋在土裡，只剩下一個腦袋在地面上枕著一小捆樹枝入睡，據他自己說，這樣睡比較暖和，但旁人看起來就未免有點嚇人。孟蜀則盤膝坐在樹下，腰挺得筆直，但是眼睛閉著，也已經進入夢鄉了，從某種意義來說，他的睡姿之古怪可以和劉地相提並論。周影則早已和這個夜晚融合在一起，不知道身在何處。

影魅不睡、不休息也沒什麼關係，所以守夜的事便理所當然一直由周影來擔當，他就那樣化身在籠罩一切的夜色中，默默守護著同伴。

其實坐在那裡守夜和現在這樣沒有多大的區別，南羽知道，周影一定是爲了躲避自己才這樣的。這幾天來劉地的加油添醋和孟蜀擺出的情敵姿態，已經使他從羞怯至惶

恐，從惶恐到害怕了。

南羽想到周影的神情，禁不住搖頭一笑，如果他的臉皮有劉地一半，不，三分之一、四分之一那麼厚就好了，至少不必每天被他們戲弄。

「如果眞的是妖怪的話……」南羽抱膝坐在草坪上，「如果我眞的是妖怪的話，和他的關係究竟是什麼？朋友？還是……」她搖搖頭，知道劉地說的那些是編造的，「但還是有點想知道，我究竟是個什麼樣的妖怪？」

「做人有什麼不好嗎？」身後傳來孟蜀的聲音。

南羽發覺自己不知不覺中把心中的疑問說了出來，而孟蜀不知什麼時候來到身後，這麼回答著她，並且逕自在她身邊坐了下來。

「可是我畢竟不是人類吧？我想周影一定不會騙我的，所以我並不是人類啊。」

「那有什麼關係，我看得出來，妳想做人類吧？那就一直這麼生活下去好了。」

「我想做人類？」南羽微微皺眉。這些日子她一直在考慮自己究竟是人類還是妖怪，從來沒有想過自己想做什麼，人類？還是妖怪？「這種事是可以選擇的嗎？」

「至少對你們來說是啊，你們想做人類，變成人類就行了，人類可連這個餘地都沒有。」

南羽站起來，低頭看著他說：「變成人類就可以成爲人類的話，事情也過於簡單了吧？雖然我現在還不明白其中的究竟，但是你眞的覺得那樣的『人類』是人類嗎？」說完想要走開。

「那爲什麼想不起自己的妖怪身分呢？還不是潛意識裡想做人？」孟蜀往草坪上一倒，說：「眞是不明白你們這些妖怪心裡在想什麼。」

南羽愣了一下，沒有再和他說話便走開了。

劉地不知什麼時候醒了，用手敲著身邊的影子說：「喂，周影，你在不在？」

「……」

「你甘心看著他們那樣月下私會啊！」

「……她好像很迷惘。」雖然周影不知身在何處，聲音還是傳來劉地耳邊。

「廢話！不然的話早復原了。」

「她究竟怎麼了？」

「像孟蜀說的，她想做個人類——那個小子的觀察力還挺強的。」

「做人類？」

「對，你看不出來嗎，她可不是僅僅變成人類，也不是像你那樣，爲了修煉而學著做人，而是實實在在地成了一個人。」

「不可能，做人類有什麼好？」周影所謂的「做人類」只是瞭解、使用人類的生活方式而已，眞的要他成爲一個人類，他是說什麼都不幹的。

「不知道，知道的話就可以把她弄醒了，不過那樣一來，你可能會錯失良機哦。」

「我才不想要什麼良機！快點讓她恢復過來吧！」

「眞的不要？多可惜，多浪費啊！」

「劉地！你快幫我想法子啊，別再捉弄我了！再說接下來我們需要幫手，她的道行可是很高的。」

「周影，和她相處了這麼久，你有沒有覺得她有些地方不對勁？」

「哪裡？」

「她琴棋書畫、刺繡烹飪樣樣精通，你不覺得奇怪？她什麼時候學了這些？」

「她活了那麼久，學這些還不容易。」

「你還眞是……她是殭屍，她學煮菜來幹什麼？學刺繡幹什麼？那是人類才用得到的東西！」

❶傳說殭屍能導致乾旱，所以也被稱為「旱魃」。但是，其實旱魃是另外一種和殭屍不相干的神怪。

「你是說……」

「一般來說，殭屍是生物的屍體變成的怪物，修煉到一定層次，就會被尊爲『旱魃』❶，完全是一種妖怪才對，畢竟人死了之後留下的身體就只是一堆皮毛、血肉和骨頭，由此而生出的殭屍和原本的那個人之間，應該是一點關聯都沒有的。可是，我想南羽不太一樣，她好像還保留著那個身體以前的記憶——琴棋書畫、舉止風範，那女人應該是個大家閨秀吧？南羽既然保留了這些技藝，很有可能也保留了那個女人的記憶。」

「人類的記憶？」

「她一定常常覺得自己應該是個人類吧？特別在過去那些日子中，她明明要吃人才能活著，卻又總是覺得自己是個人類，迷惘是免不了的。所以平時她才那麼站在人類那邊，所以她在這種情況下才恢復不過來——她內心深處根本不想恢復原狀都不一定。」

「……她一定很難過吧。在過去，沒有血庫裡的血漿，她不得不靠吸血活著時……」

「可想而知，日子好過不到哪裡去！」

「但再怎麼樣，她也不是人類啊，這麼下去是不行的，還是要幫她恢復過來才行！」

「你想怎麼辦？」

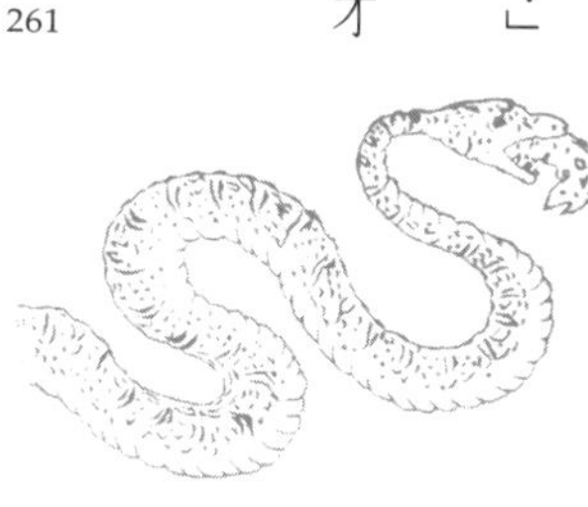

「……出主意是由你負責的吧……」

「兩個辦法：第一，你弄個人來給她吃。十幾天沒有吃她需要的東西，她八成餓壞了，一吃飯八成就想起什麼來了；第二，等！她已經有起色了，至少相信自己是妖怪了，等等看，說不定哪天就恢復了。只是十天、八天，一年半載，十年、二十年可不一定。」

「十年、二十年……」周影鬆了口氣，好在時間不算長，自己絕對可以等下去。

「不過……」劉地還有話說：「最重要的，我們要先離開這裡才行。」

「我想，外面混亂了這麼久，應該也差不多了吧。」

「嗯，再過幾天，我們就去看看吧。」

□

這個世界已經完全陷入了混亂，隨著愈來愈多的妖怪恢復過來，所有秩序已經被破壞殆盡，到處都有妖怪在破壞、發瘋、殺戮，而當妖怪的數目多到超過人類時，妖怪們之間的爭鬥也展開了，爲了爭食、爲了爭強、爲了發洩心中的暴虐，妖怪們的戰爭使這裡的混亂更加混亂。

當然，其中也有聰明而理智的妖怪。當他們清醒過來，發覺自己在一個陌生的世界裡，並且曾經很長一段日子迷失過自己之後，他們沒有急於去發洩、去捲入混亂，而是冷靜地考慮自己究竟處身於何地，又爲什麼會在這裡。當其他妖怪在不斷爭鬥時，他們讓自己處身事外，觀察這一切。

於是混亂之後，留存下來的將是最強大的和最聰明的。

這正是劉地想要的結果。

他們三妖一人躲在山林中，就靜靜等待混亂的開始和平靜，然後再去尋找可以成爲夥伴的妖怪。

□

「滾開！」孟蜀大喝一聲，揮劍把撲過來的一個妖怪攔腰斬斷，回頭向南羽說：「妳千萬不要離開我身邊！」

南羽發著抖，用力點點頭。

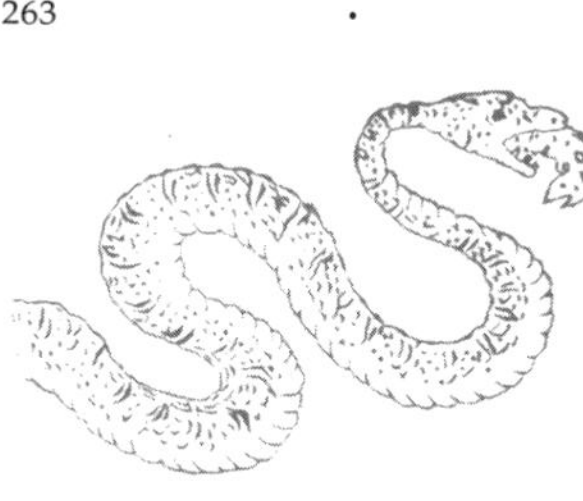

現在這片小樹林裡只有他們兩個人類被五、六個妖怪包圍著，而周影和劉地卻沒有在他們身邊。

今天早上，周影和往常一樣去爲南羽和孟蜀尋找食物，而劉地則依舊躲在地下的什麼地方睡覺。當南羽百般無聊，獨自走在林子裡時，一隻極大的飛禽突然從空中撲下來抓住她的肩膀，帶著她飛到了空中——這隻飛禽妖怪驚喜於發現了這個「稀罕」的人類，準備帶回去好好享用一番。這時，原本就跟在南羽身後的孟蜀一躍而起，緊緊抓住飛禽妖怪的爪子，和南羽一起被帶離了地面。

孟蜀揮劍劈斬對方，飛禽妖怪也用喙和另一隻爪子對付孟蜀，他們就這樣在空中搏鬥了起來。這時妖怪已經放開了南羽，她只能自己緊緊抓著飛禽的腳爪，風聲掠過耳畔，有種令她熟悉的感覺。

「著！」孟蜀大喝一聲，妖怪的一隻指爪應聲而落，血頓時在風中四濺，妖怪的巨喙一啄，孟蜀的臉頰上多了一個血口——只差半寸，他的一隻眼睛就被啄瞎了。孟蜀縱身一躍，貼著妖怪的翅膀躍上了妖怪的背，然後向南羽伸出手：「南羽，把手給我！快上來！」騎在妖怪的背上總比懸掛在他的爪子上安全得多。

妖怪長嘯一聲，在空中做起了翻滾，孟蜀死命抓著他的羽毛，不讓他把自己扔下去，聲嘶力竭地叫：「南羽，千萬要抓緊！千萬不要鬆手！」

「鬆手……」南羽微閉著眼睛，雙手漸漸握不住了，但是不知爲什麼，到了此時她心裡反而一點都不害怕了，是不是就算掉下去也沒有什麼大不了的呢？

妖怪開始使用法術對付孟蜀了，當兩道電光擊在孟蜀身上時，他的身體卻只是晃了一下，沒有因此受到傷害——周影已經在孟蜀和南羽身上施加了可以抵擋法術的法術，雖然不是什麼很強大的護體神術，但如果對方不是使用很高深的法術，還是可以抵擋一陣子的。

孟蜀沒有被妖怪法術傷害，當然不會放過這個反擊的機會，站在妖怪的背上，舉劍向他插下去，妖怪慘叫一聲，急速地向下墜落；孟蜀想再給他致命的一擊時，卻看到南羽從妖怪爪上掉了下去。

「南羽！」孟蜀想都沒想，縱身從妖怪背上一躍而下，在空中向南羽伸出了手。

風吹著南羽的面頰，她看著身下的大地卻絲毫沒有害怕，或者說，她甚至不明白自己是不小心掉下來的，還是自己主動鬆開了手，南羽微微閉著眼，在風中飛行的感覺，隨風而去的感覺……

孟蜀一把攬住了她的肩膀：「別怕，我來想辦法！」

「害怕……」南羽側臉看著額頭上滲著汗水的孟蜀，覺得在害怕的人是他，因爲自己心裡連最輕微的一絲懼怕都感覺不到。

兩人下墜的速度愈來愈快，孟蜀看準了時機，他右臂緊緊地攬著南羽，伸出左手一把抓住了一條橫在眼前的樹幹，「喀嚓」一聲，兩人下墜的力量把樹幹都衝斷了，但是有了這麼一個阻隔，和斷裂的樹幹一起跌到地上的南羽並沒有受到什麼傷害，孟蜀用右手撐著身體坐起來，他用力咬著牙關，汗水涔涔而下——因爲剛才那一抓，兩股力量相抵，他的左臂已經斷了。

「妳沒事吧？」孟蜀先問南羽的情況。

南羽搖搖頭：「你的手……」

「沒事，」孟蜀明顯在睜眼說瞎話，「麻煩妳把劍遞給我。」

南羽揀起落在不遠處的劍，遞在他的手裡。

孟蜀持劍擋在南羽身前，從樹林裡走出來的幾個妖怪已經向他們包圍過來了。

在這片小樹林裡出現的五、六個妖怪，看起來和剛才那個飛禽妖怪有點不同，他們沒有急著衝過來，反而在十幾步外停下，然後交頭接耳，不知在議論什麼。

「我什麼都吃，就是不吃人類，我自己也是人類啊。」其中一個說，只是他從任何一點來看，都比妖怪更不像個人類。

「我喜歡吃人類！」

「先要確定他們是不是人類啊。」

「吃就吃，哪有那麼多麻煩！」最莽撞的一個妖怪衝過來，結果他的法術沒有起到效果，自己反而被孟蜀一劍取了性命。

「早說不要這麼急嘛。」

「他們究竟是不是人類啊？」

「……」

妖怪們又七嘴八舌地議論起來，一點都不爲夥伴的死悲傷或憤怒。孟蜀知道這次遇見的就是周影和劉地希望遇見的妖怪，聰明、理智，而且冷酷無情。只是這太不是時候了，自己這種狀態，就算不戰鬥都無法支撐很久，一旦戰鬥……不，這些剩下的妖怪不打算戰鬥，他們在那裡議論、觀察，等待孟蜀自己倒下，用最省事的辦法得到食物。

「南羽，我去纏住他們，妳快逃。」

「不！」南羽決絕地說。

「會兩個人都死掉的。」

「不，周影會來的！」南羽鎮定地說。

孟蜀詫異地回頭看她。

「周影一定會來的，你別怕。」

「我別怕？」孟蜀失笑。「我不怕。」

「我也不怕。」

南羽心裡十分平靜，不知道是因爲孟蜀在身邊，還是因爲知道周影一定會來。

「我等不及了！我現在就想吃！」一個旋龜❷吼叫著，向孟蜀和南羽衝過來。

孟蜀揮劍抵擋，一邊囑咐南羽：「千萬別離開我！」

這個旋龜無論武力和法術都跟之前的妖怪不同，他的強大令身負重傷的孟蜀應付得頗爲勉強。旋龜手中的刀一揮，孟蜀的右臂也多了一道長長的傷口。

「我擋著他，妳逃吧！」孟蜀向南羽說：「妳至少要等到周影來，是吧？」

「不！」南羽知道事情有多危急，還是這麼回答。

「妳在礙我的事！快走開！」

「不，要走就一起走。」南羽斬釘截鐵地說。

❷旋龜，《山海經・南山經》：「杻陽之山，怪水出焉，……其中多玄龜，其狀如龜而鳥首虺尾，其名曰旋龜，其音如判木，佩之不聾，可以為底。」旋龜這種妖怪有著鳥頭蛇尾龜身，叫聲有如砍木聲。

「陪我一起死算什麼！」孟蜀向她吼，「我又不是周影。」

「我想陪你一起活！」南羽說。

「一起活……」孟蜀一笑，「好！一起活！」他奮力揮劍，把旋龜逼開了半步。

又一道旋龜的法術擊來，孟蜀隱隱感到身體上一陣疼痛，他知道周影的法術已經快要失效了。看來這次眞的在劫難逃，只是至少要讓南羽活著離開吧，至少要讓她見到周影……

「啊——」突然，旋龜慘叫一聲，被扔出了老遠，劉地從地下鑽了出來。

「南羽，」周影從空中落到南羽面前，「妳沒事吧？」

「沒事。」南羽看著他露出笑容。

「竟然趁我和周影不注意就跑出來幽會！這下受到教訓了吧！」劉地油腔滑調地說。

周影正在替孟蜀治療，偷偷拉了拉劉地的衣襟。

「你還給他治傷，對待情敵要打倒在地，再踩上一腳才行！」劉地想在孟蜀身上爲他示範一下。

南羽氣憤地說：「不要再捉弄孟蜀了，你沒看到他傷得很重嗎！」

「喔……」劉地看著她，「妳這麼護著他啊。」

「他、他……」南羽不知道說什麼才好，只好轉身問周影，「他怎麼樣？」

「我沒事，」孟蜀看著南羽笑著說：「不是說好了嗎，一起活。」

周影不解地看看孟蜀，再看看南羽。

劉地趴在他肩上說：「聽見了沒有，人家都要一起『生活』了！」

那些圍著他們的妖怪們看著這兩個新來的妖怪，估量著他們的實力，有幾個已經慢慢地向樹林裡退去。

「站住！」劉地沉下臉來喝道。

「你要幹什麼！」還是那個旋龜最沉不住氣。

劉地非常和氣地笑著：「我只想問問你們，想不想離開這個鬼地方……」

第五話

「合作吧？」劉地把眼前的妖怪踩在腳底下問。

「去死！」這隻犀牛❶妖怪仗著自己力大，奮力地想撐起身體來。

「合不合作？」劉地腳下一用力，他便又趴了回去。

「憑什麼大爺與你合作！」

「憑我比你厲害！」劉地踩著他洋洋得意，「憑我們妖多勢眾！」

現在劉地身後，除了周影、南羽和孟蜀，還站了四、五個妖怪，他們有的抱著手臂，有的面帶微笑看著劉地的行動。這些都是那些曾在樹林裡襲擊孟蜀和南羽的妖怪，他們有的用道理可說服，有的就要用一點武力，但是最重要的是，他們心裡都明白，想離開這個古怪的世界，靠自己的力量是行不通的，所以才接受了劉地的建議，和他們一起行動，繼續尋找可以成爲夥伴的妖怪。

可惜有一些妖怪不管用哪一種辦都行不通。

犀牛妖猛地一縮身，就地打個滾，竟然從劉地腳下掙了出去，撒腿開始逃跑。

「可惜，這個傢伙本來看起來挺有用的。」劉地並不追他，但是依舊有些惋惜。

「我們至少需要三十個人……妖怪……」孟蜀說：「而且最好都是可以飛行的，這樣才能分頭察看這個世界的地形，繪出地圖。」

「哪個妖怪不會飛！」一個旋龜叫起來，「除了你這個愚蠢的人類，這裡哪一個不能飛！我們爲什麼要和這種低等生物合作？」他最後這句話是向劉地問的。

「因爲他腦子比你高級！他出的主意比你強！」劉地在那個旋龜的背殼上敲了一下，「孟蜀說得很對，這個世界絕對是有侷限的，只要我們想辦法繪製出這整個世界的地圖，說不定就可以找出什麼端倪。走了這幾天，我倒覺得這個世界比我們想像中要小，說不定有二十個左右的同伴，就足夠做這件事了。」

「那也得在計算人手時，先把那些沒用處的除外。」旋龜依舊不依不饒，而且掃了南羽一眼，把她也算了進去。

「你別再囉嗦了。」另一個妖怪白了他一眼。這隻山豹比旋龜要理智得多，他知道對那個人類怎麼樣問題不大，但是南羽不同，最好不要惹火一直站在她身邊的影魅，現在可不是內訌的時候。

無奈旋龜沒有聽出山豹是爲了他好，反而狠狠瞪了他一眼：「你喜歡跟人類站在一

❶《山海經．海內西經》記載的犀牛，外貌像黑色的水牛，豬頭象腳，頭上、額上、鼻上分別有一角；與今日的犀牛相去不遠。

❷繼無民，《山海經．大荒北經》記載：「有繼無民，繼無民任姓，無骨子，食氣、魚。」是一種沒有性別之分、不會繁殖的神民，死掉後埋入土裡，一百年後復生，所以等同是不死之人。

邊？我可不喜歡！人類就是食物！不拿來吃才浪費，你們這些傢伙腦子都出毛病了，眞的要和這個人類合作！」

山豹聳聳肩，不再接腔。

夥伴中有個名叫任白山的，不是妖怪，而是一名繼無民❷——異界神民的一支——他的身體中沒有骨頭，看起來總是軟趴趴的，脾氣一向也像他的外表般軟綿綿沒有火氣。這個時候他吃吃地笑起來，對旋龜說：「有用、沒用問題不在種類啊，我說句公道話，有些妖怪還不如凡人呢。」

「你什麼意思！」

「嘻嘻，我說——有些妖怪，不如凡人有用。別在那裡『人類』、『人類』地叫了，讓人聽了討厭！」這就是他反駁旋龜的原因，神民是神的子孫繁衍而來，雖然有法力，有很長的壽命，他們口中把人間界的人類稱爲「凡人」，但是他們自己都是自稱爲人類，旋龜在那裡「人類這樣人類那樣」的，他聽了當然不痛快。

旋龜本來以爲大家都會和他站在一起對付人類的，沒想到接連受到妖怪們的反駁，有些惱羞成怒，重重地一跺腳，說：「反正我已經受夠了整天對著人類都不能吃的日子了！有他沒我！要嘛讓我吃了他，要嘛我走！」

「要吃人類我是沒什麼意見，可是你這種態度讓我很不喜歡。」唯一沒有開過口的妖怪開口了，「動不動就要看不慣同伴，動不動就嚷著拆夥，你也把自己看得太重要了吧！眞的以爲沒你不行啊！我就看不慣那些自以爲了不起的傢伙！」他是個岩石修煉而成的精怪，又高又壯，說話聲音也大得嗡嗡作響，並且用自身的岩石塊磨擦出「喀噠喀噠」的聲音，來強調自己的觀點。

「大家還是別吵了，」周影試著出來打圓場，「一起合作，找到出路才最重要。」

「閉嘴！你這低等的魑魅！」旋龜幾乎發狂了，「我最討厭的就是你，你這個比人類還低級的劣等妖怪憑什麼在那裡指手劃腳！你護著那女人的樣子看起來眞噁心！」

孟蜀一直靜靜聽著這場針對他而起的吵鬧，什麼都不說，直到這時候才突然跳起來，在半空中拔劍向旋龜刺了下去。旋龜身上生有甲殼，本來是堅不可摧的防護，而且他是法術高強的妖怪，像孟蜀這樣的人類根本不可能傷害到他才對。但是孟蜀一出手就對準了他的弱點——龜殼和身體連接處的肉膜。

劍沒至把柄，旋龜竟然連聲音都沒發出就頹然倒地。

孟蜀把劍拔出，手一震，抖落劍上沾的血珠，然後把劍收回鞘中。

「這種只會惹麻煩、生事端的傢伙，確實早點除掉得好。」山豹一點都不吃驚地說。

「是啊，這下子晚餐也現成了，乾脆今晚就在這裡紮營吧！」岩精建議。

任白山瞇著眼睛笑說：「我剛好也走不動了，就麻煩南羽姑娘再來幫我們弄晚飯吧——妳的手藝可是天下第一的。」

這些妖怪並不在意孟蜀殺掉旋龜，對他們而言，誰更強大、誰在爭鬥後活了下來，他們就與誰合作，是人類還是妖怪並不重要，他們理智地去選擇對自己最有利的同伴，至於其他的，就只好當作食物來加以利用了。

一直保持著旁觀的劉地，用肘碰碰周影說：「這次剩下來的夥伴不賴，是些挺聰明的傢伙。」

「小心，不要成了他們明天的早餐。」周影提醒。

「哈哈！」劉地大笑著，把手搭在周影肩上說：「只要咱們兩個一條心，可是天下無敵的！」他說的聲音很大，其他的妖怪們卻都裝作沒有聽見，依舊各自談笑著。

這些妖怪會接受劉地指揮，說來說去原委也只一個，就是劉地和周影的團結。大家單個兒說來，實力上下相差不大，但是其他妖怪都是各懷心機、互不信任、相互提防的，在他們之間無法形成像劉地、周影那樣可以信賴的聯盟時，他們都不敢站出來反對

劉地，因爲正面和劉地、周影衝突的話，很難保不會有誰在背後給自己捅上一刀。

南羽把旋龜丟進鍋裡，再扔些蔥薑進去——給妖怪們做飯根本不用在乎口味，他們在乎的只是材料，只要是在吃別的妖怪，他們一律稱之爲「好吃」。

在旁邊的一口小鍋裡，則簡單地炒了些青菜，這倒是一道色香味俱全的菜，是留給自己、周影和孟蜀的。

其實南羽想吃的，是那隻旋龜。

「爲什麼？」南羽微微閉上眼睛，是因為自己快要變成妖怪了嗎？

「啊……快倒水啊！糊了啊！」孟蜀叫著，抓起一碗水倒進了鍋裡。

「呀，眞是……」南羽慌忙抓起了鍋鏟，和孟蜀一起搶救鍋裡的菜。

□

「哼哼哼哼……」劉地趴在周影肩上，盯著南羽和孟蜀，「最近幾天他們走得很近呢。」

周影正在掐指算著什麼，沒有理睬他。

「一不小心就成了人家的人了喔……」

「西方血光衝天，我們明天向那邊走，看看有沒有什麼收穫。」周影推算完後提議。他從周筥那裡學來的周易卜卦本來只能算是半瓶子醋，但是在周圍這些都不把占卜當成主要法術來修煉的妖怪們當中，卻又成了最好的，所以計劃行程、推斷吉凶的工作便落在他身上。

劉地在他頭上敲打幾下，氣問：「你到底有沒有聽到我跟你說什麼？」

「你說南羽和孟蜀啊，他們處得還不錯。」周影對此倒很放心。

「白癡！笨蛋！智障！二百五！」劉地對他一輪腳踢拳打。

「你幹什麼啊？」周影忍不住了，但他只是抓住了劉地的手，卻不還手。

「幹什麼!? 人家在追你的女朋友！你居然還這麼無動於衷！俗話說得好，對情敵，要像秋風掃落葉般地無情！這種時候你應該怒髮衝冠、雷厲風行、心狠手辣、斬草除根！就算不打算把他剝皮抽筋，也應該先下手爲強，先發制人、先入爲主、先天不足、先……」劉地說起這個話題便滔滔不絕，果然是經驗豐富，身經百戰。

周影不禁嘆口氣：「劉地，你最近怎麼總把這件事說來說去的，我不是說過，我和南羽只是朋友嗎？」

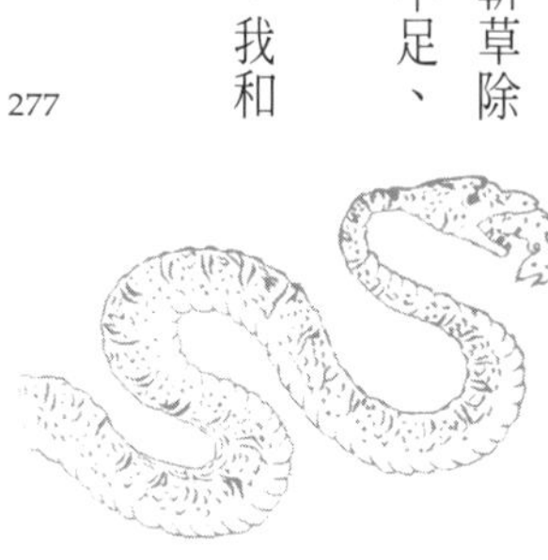

劉地湊上去，幾乎要貼著他的臉問：「眞的只是朋友？」

「劉地……」周影都快要開口哀求他了，「你聲音太大了，南羽會聽見的。」

「眞的是朋友？」劉地掛著曖昧的笑容，執意要問自己最感興趣的問題。

「不然還會是什麼呢？」周影投降了。他知道如果自己說不出個令劉地滿意的答案，他能那樣掛著陰險的笑容一直問到天亮。

「是情侶啊！愛人啊！（周影用力搖頭）那至少也應該是你愛她了！她愛你了！單戀也行啊！你不會讓我這麼失望吧？」

「劉地……其實我一直想問你，你整天在那裡說『戀愛』、『愛情』什麼的，愛情到底是什麼？和友情有什麼不一樣嗎？」周影十分認眞地問，並且熱切地等著劉地回答。

「噗通！」劉地自己嘴裡給自己配著音，誇張地「昏」倒在地，接著又跳起來，抓著周影的肩，用力搖著嚷：「什麼愛情和友情一樣！在你眼裡，我和南羽一樣嗎？一樣嗎？我們哪裡一樣！」

「好像一樣……又好像不一樣……」周影認眞地思考著，「我和你認識的比較久啊。」

劉地無言地向蒼天張開了雙手。

「吃飯了。」孟蜀端著飯鍋招呼，及時打斷了這場混亂的談話。劉地垂頭喪氣地向飯鍋走去，準備用大吃一頓來安慰自己交友不慎、誤結白癡的痛苦，周影卻看見南羽沒有走過來，而是獨自走開，遠遠地坐在一條河邊上，於是他也儘量邁著劉地不會發現的步子，從聚餐的地方溜了出去（他也不完全是那麼單純，對吧）。

「妳怎麼不吃東西？」

南羽仰起頭來看著他一笑，「我吃不下。」

「可是，妳中午也沒有吃。」

「……周影，我是個什麼樣的妖怪？」南羽轉變了話題這麼問。

「什麼樣……」周影搜腸刮肚地找著形容詞，「強大、理智、安靜，還有……仁慈……」

「仁慈……」聽到這個詞，南羽似乎鬆了口氣。

「我認識妳的時間不長，可是覺得妳是那個樣子的，很善良，對生命抱有憐憫之心。」

「我吃人嗎？」南羽緊緊握著雙手，聲音有些顫抖，「我跟你一樣還是跟他們一

樣？我吃不吃人？」

「妳是殭屍。」

「我吃人？」南羽閉上了眼睛，「我早就應該知道了。這幾天來，我根本不想去碰那些青菜，我想吃的是血、肉！我想吃……想吃那些……或許我早就該順從自己的本能了！或許我只要吃上幾口那些血肉，就可以恢復成眞眞正正的妖怪，不用再過這種不人不妖的日子！不能做人類，至少像個妖怪一樣的生活！」

「……原來，妳在擔心的是這些……」周影走到她身邊坐下來，他爲終於弄明白了南羽這些日子煩惱的因由而鬆了口氣，看著南羽微笑著說：「妳不是那樣的妖怪，我認識的南羽，是個善良、愛惜弱小與生靈、道行高深的妖怪，她是從來不爲了食用而殺生的。」

「眞的？」

「我又不會說謊。」

「可是你剛才明明說我是吃人的。」

「妳吸人血維生。可是在我們原本世界的醫院裡，有貯藏用來救人用的血液，而妳在醫院裡做醫生，治病救人，也只吃那些血漿。妳總是救人類，也救妖怪，妳和那些吃人的妖怪完全不一樣。早點恢復過來吧，到時候妳就會明白了。」

「謝謝你，如果不是有你在保護我，在這種混亂的地方，我一定活不下去的，而且你又這樣地安慰我……我現在覺得，早一點恢復成妖怪也不錯，至少，可以幫你一點忙吧。」

「豈只一點，妳的道行比我可高多了。」

「對，就是這樣，再靠近一些，再近一點，氣氛挺好，風景也不錯……周影，是男人就上啊……」劉地躲在樹後面，手中抓著一大塊肉骨頭，邊啃邊嘀嘀咕咕的。

「劉地！你在幹什麼？」孟蜀不知什麼時候從身後冒了出來，在他肩上一拍，大聲嚷嚷著。

這時，周影從地上一彈而起。這次他眞的有點生氣了，拽住劉地說：「你過來，我要跟你談談。」

劉地一邊舔著手裡的骨頭，一邊向正笑嘻嘻地站在那裡的孟蜀揮了揮拳頭。

「劉地，你這樣……你要我怎麼說！我實在覺得很難堪，這樣、這樣……南羽恢復過來之後，會認爲我在故意戲弄她，她一定會很生氣的！」

「你要怕她生氣，就趁現在下手啊，據我觀察，她是那種傳統專一的女子，只要生米煮成熟飯，她可就是你的人了，然後……嘿嘿嘿嘿嘿……」

「劉地，我們現在應該想的，是怎麼離開這裡才對吧？」周影只覺得自己四肢無力，頭腦發脹，交友不愼啊……

「我現在應該想的是怎麼離開這裡——這點小事就交給我吧，你只要想著怎麼把她弄到手就行了，我跟你說……」

「劉地……我們絕交吧……」

「絕什麼交啊，我還有很多經驗和心得沒傳授給你呢，追女人啊，最重要的是……」

「他們眞是很好的朋友。」孟蜀坐在南羽身邊，遠遠地看著劉地和周影說。

「嗯，我看劉地精明深沉，對誰都不信任，可是只信周影，連命都可以替他賣；周影性情恍惚難明得讓人捉摸不透，跟誰都隔著一層，可是對劉地永遠推心置腹。」南羽說著她的看法。

「好朋友！」孟蜀在身邊樹上擊了一拳說：「男人都會想要這樣的兄弟！」

南羽淡淡一笑：「可他們又不是人！」

「說得倒也是。」孟蜀笑了起來。

最近幾天，他們兩個特別親近，南羽自忖其中原因，大概是因爲這一個小隊伍中只有自己和孟蜀是「人類」的緣故吧。對於南羽而言，愈是靠近孟蜀一些，就愈能使自己離妖怪的身分遠一些，她很清楚自己內心深處渴望自己是個人類，固然明明知道自己是妖怪這個事實，但依舊抵擋不了做人的渴望。

而對於本來就是人類的孟蜀而言，南羽是唯一的同類。南羽可不會認爲自己的魅力足以使一個像孟蜀那樣的男子在這麼混亂、自身難保的情況下還對自己一見鍾情，她相信孟蜀關切自己的原因也是因爲在這個妖怪的世界中，對方是眼下唯一的同類。

「可是，我也不是人類呢。」南羽看著遠方說。

「我知道啊，可是即使是妖怪，妳也一定是個很像人類的妖怪。」

「你怎麼知道，也許，我轉身就會吃人。」

「妳不會。」孟蜀露出溫柔的目光，「可是到時候，妳會不認得我了，或者是瞧不起我這個沒什麼本事的人類了。」

「你的本事夠大了啊，你的劍法那麼高強，我想就算是妖怪，只比劍法的話也贏不了你。」

「妖怪不需要學劍法，他們有法術，像他們，即使被這裡的法術改變了記憶，一旦擺脫控制也馬上就復原了、正常了。而我呢，這麼多天了連自己是誰、從哪裡來、做過什麼、有什麼親人都一律不知，也不知道回不回得去，不知道什麼在等著自己……」

在這樣的世界裡，這樣的情形下，他的心情比起妖怪們要惶恐百倍，平常在妖怪們面前，他總表現出十足的信心，堅定而強硬，其實哪有人類能單獨處身在一群吃人的妖怪中間而不害怕的？但是他的不安和憂慮，只在南羽面前表露。

「今天那隻旋龜向我發難時，我原本以爲劉地會出來說話的，可是他沒有，那一刻我眞的害怕了，所以我趁他不備下了殺手，因爲我知道，用不了多久，他一定會對我做同樣的事，而我在妖怪的法術面前，怎麼可能有反抗的機會。」

「我想劉地不出聲，是爲了摸其他幾個妖怪的底，並不是眞的不想幫你，而且我想，若旋龜眞的做出什麼對你不利的行動，即使劉地不做什麼，周影也不會看著不管的。」

「妳眞的對他很信任。你們應該是……非常好的朋友吧？」

「朋友，我想是這樣。」南羽淡淡地笑了起來。

她取出一直帶在身邊的簫，輕輕吹奏了起來，一曲清遠而微帶著苦澀的曲子，隨風

❸這首歌出自漢樂府古歌。

❹野狗子，《聊齋志異》：「……有一物來，獸首人身，伏嚙人首，遍吸其腦……得二齒，中曲而端銳，長四寸餘。」是一種會吸人腦的妖怪。

飄散在夜空下，吹的人在思念著什麼，卻又無法言明自己在思念什麼，一遍一遍用曲子問著自己，也問著聆聽者，你在思念的是什麼？是什麼……

老的歌謠，寥寥的幾個字，他反覆地吟唱著：「……男兒在他鄉，焉得不憔悴……」❸

「高田種小麥，終久不成穗。男兒在他鄉，焉得不憔悴……」孟蜀開始唱起一首古

大家都有可以回去的地方，即使是妖怪們，心中也有一個可以稱之爲「家」的場所，他們也都爲此努力、拚命，爲了可以回去；可是孟蜀卻不知道自己可以回去的地方在哪裡，他用低沉的方式吟唱，然後聲音愈來愈高，彷彿是在回答南羽，此時此刻的他，心中所渴望所思念的是什麼……

□

夜幕下的曠野中，篝火、飯菜的味道和淡淡、香噴噴的血腥味飄進了一個野狗子❹的鼻中，他吸吸鼻子，向氣味傳來的方向走去。曠野中的小小營地一片沉寂，尚未完全熄滅的火堆中星星點點的火光不時爆開，孟蜀拄著劍，垂首坐在火堆邊入睡。稍遠一些的樹下，南羽蜷著身體，倚樹而睡，妖怪們都不願意把自己入睡後的身體展現在大家眼

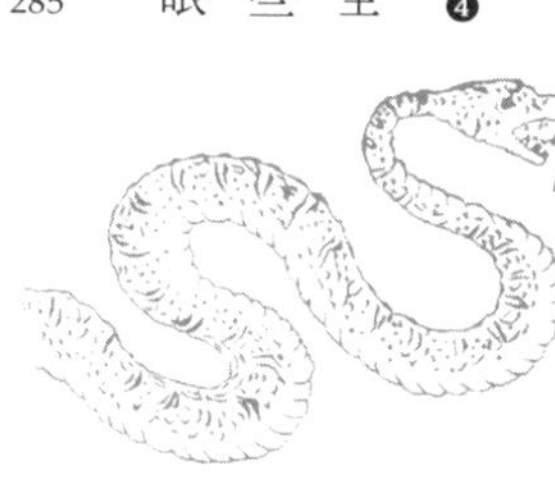

前，各自都不知用了什麼法術，消失在什麼地方了。

所以野狗子看到的，就是熟睡中的一對人類男女。

他垂涎地舔舔嘴唇。

「看到了嗎？野狗子！」劉地躺在地面之下，伸出一隻手指頭戳戳石頭的影子。影子裡傳來周影警覺的聲音：「我去對付他！」

「別急、別急！看看他先襲擊誰，是南羽的話，你就衝過去英雄救美；是孟蜀的話，就再看看，嘿嘿，讓他吃點苦頭也不錯。」

從周影的表情看來，劉地還在對昨晚孟蜀揭穿他偷窺的事耿耿於懷。

「我有那麼小氣嗎！」劉地大義凜然地說：「我是那麼記仇的妖怪嗎！我是想看看他的實力到底怎麼樣？他一劍就能殺掉一隻旋龜，即使是偷襲，你不覺得那有點超越了人類的能力嗎？他又不是法師什麼的！」

「他的劍法眞是十分高明！」曾經鑽研過人類武術的周影讚嘆。

「比你如何？」

「我學的是刀。」

「我是說，如果不用法術，你用刀他用劍比試，誰贏？」

「……他。」

「周影，你學人類的刀法學了多久？」

「三百年不到。」

「你的那股認眞勁我是知道的，你用了三百年學一項人類技能，竟然還比不過他？他今年有幾歲？他能有多少時間去練劍術？」

「我不知道。」

「我也不知道……看著吧，野狗子向他走過去了。」

孟蜀拔出劍，冷冷地看著野狗子。

「我不吃你。」野狗子出乎意料地開口了，「我不想得罪和你一起的妖怪——本來你看起來是很好吃的……」他這麼說著，抓過鍋裡剩下的旋龜肉往嘴裡塞著，目光警惕地盯著孟蜀身後。

孟蜀順著他的目光轉過頭。

南羽站在十幾步外，舉著一隻手，對著野狗子，她毫無表情的臉令人望而生畏。

「放心，我從來不和比我厲害的妖怪爭鬥——這就是我能活到現在的原因，妳要我滾開、要我聽從妳的吩咐什麼的都行，只要別吃我，我一切聽妳的吩咐。」看來這個野狗子是很懂得識時務者爲俊傑的道理。

「果然，能夠活到現在的，都是些有腦子的傢伙。」劉地站出來，用力鼓著掌，他走過去拍著野狗子的肩，「怎麼樣，要不要成爲我們的夥伴？」

他向旁邊一指，山豹、岩石精和任白山不知什麼時候都出現了，正在輪番打量著南羽和野狗子。「來吧、來吧，我們大家一起聊聊，需要商量的事挺多的，嗨，殭屍，好久不見！」他一邊和野狗子說話，一邊向南羽打了個招呼。

「南羽！」周影興奮地跑過來，「妳終於恢復過來了！」

南羽微微一笑，向他一躬身說：「這段日子給你添了不少麻煩，實在不好意思。」

「不，是我該說謝謝的，畢竟妳是爲了幫我找火兒才弄成這樣。」

「完了！」劉地一下子垂下頭去，「完了，又變得相敬如賓了，完了，我的努力全付之東流了……」他丟下野狗子，衝到南羽面前，大聲嚷嚷著，「妳怎麼恢復過來了，怎麼偏偏在這種時候恢復？至少你們要×××××（『×』號爲未成年者及人類不宜觀看的文字），再×××××，然後×××××之後再恢復吧！」

「哼！」南羽驕傲地一甩頭，根本不去理會他，逕自向周影說話：「我想我也可以幫上什麼忙的，要我做點什麼？」她這麼說，口氣中頗有幾分自恃，確實她的道行在在場的妖怪中，是最高的。

「一下子加入了兩個夥伴，」岩石「咯吱、咯吱」地扭著肩頭說：「這個晚上挺有收穫的。」

任白山也評論說：「其中一個看起來不怎麼樣，但是南羽姑娘是了不起的。」說著向南羽躬了躬身。

「不中用的話，可以用來做食物……」呈現原形的山豹伸了一個標準的貓式懶腰，咕噥著說：「夥伴多了要吃的東西也多了……我再去睡一會兒，吃早餐再叫醒我。」

「如果你敢讓我們知道你睡哪兒的話。」岩石笑著說。

山豹白了他一眼，縱身一跳便消失在了樹叢中。

任白山和岩石一轉身也不知道去了哪裡，劉地則還在跟那個野狗子討論著合作計畫。

周影看著南羽，她終於恢復過來了，周影彷彿有很多話想跟她說，卻不知說什麼才好。孟蜀也在看著南羽，但是當南羽的目光和他相接時，他抿嘴一笑，拱了拱手，回到

火堆邊背對著南羽，把頭靠在拄著劍的手上，繼續那被打斷了的休息。

南羽看他幾眼，回頭對周影一笑，周影也望著她笑，兩個人卻都不知道該說些什麼。

天漸漸亮了起來，在這個小小的宿營地上，昨天傍晚還住了兩個人類和五個妖怪，今晨便成爲了一個人類和七個妖怪，而且可想而知，接下來加入其中的妖怪還會愈來愈多。

第六話

一道射向孟蜀的掌心雷被周影揮刀擋住，孟蜀趁機俐落地把劍送進了那個妖怪咽喉。周影刀一揮，又砍倒了另一個圍攻他們的妖怪。身邊的攻擊鬆懈了一些，他抬頭環顧了一下戰場上其他的同伴：現在和他們並肩戰鬥的有十三、四個妖怪，對方卻有大約三、四十，於是己方妖怪被分離隔開了，除了周影跟著孟蜀（在遭到襲擊的一瞬間，他就敏捷地跳進了孟蜀的影子裡面）、任白山和那個野狗子背靠背地抵擋之外，大家都在各自爲戰。

劉地在地下神出鬼沒，專門撿雄性妖怪暗算，有一個羊形妖怪，長著明晃晃尖刀一樣的角，緊跟在他後面；這個妖怪種族名叫賁羊[1]，和地狼一樣是生活在土地中的妖怪種族，他想把這個地狼一舉除掉，好在同伴們面前炫耀賁羊比地狼強。但是劉地並不想和他打，原因很簡單，這個賁羊是雌性。

「如果把所有雄性都幹掉，把所有雌性拉入自己的團隊該有多棒！」——他就是這麼想的。

南羽佇立在空中，她的身後、對面站了三個妖怪，南羽手中捻個法訣，口中唸唸有詞，對方被她身上籠罩的一團紅光擋住，根本無法靠近她，而她身上的紅光反而愈來愈熾盛，緩緩向對手們逼過去。

南羽雖然是妖怪，但是學的卻是正宗的道教法術——她是玄通觀現今活著的唯一傳「人」，在她的師傅、師兄和幾個人類弟子消失在時間長河後，襲承了祖傳「伏妖劍」的她，實際上已經是這一流派的掌門「人」了。她的法術在妖怪們當中施展開，就像一名法術高強的人類天師一下子出現在這滿是妖怪的戰場一樣，她的高強和她用的法術種類，兩者造成了敵方同樣的震驚。

「喂，她根本就是個人類吧？」山豹在戰鬥中好不容易靠近了劉地一些，便這麼大聲問。

可是劉地壓根沒有聽見，一邊一口咬住了一個敵對妖怪的脖子，一邊向身後的賁羊擠眉弄眼。賁羊因爲一直追不上他，氣得都快發瘋了，看著他丟下屍體又鑽進了地裡，用利角一頂擋在前邊的山豹，也鑽進了地裡去。

山豹靈巧地跳到一邊，搖搖頭，自言自語地回答自己的疑問：「不管是什麼，站在我們這一邊就行了，對吧？她再強大些才好呢！」劉地這麼一鬧，山豹周圍空曠了不

❶賁羊，《搜神記》：「……土中之怪，曰賁羊。」

少，他得以抽出身來，便去幫助其他的同伴了。

「我說山貓啊，咯啦，你的動作太快了！咯啦，喀嚓！」岩石精一邊說，一邊穿插著他揮動巨拳敲打敵人的聲音。他在戰鬥中動作緩慢，成了大批敵人圍攻的對象，法術、兵器、拳腳——用拳腳打他的妖怪一定還在後悔當中——紛紛落在他身上，但是他表現得不痛不癢。從某個角度來言，雖然一剛一柔，但是他和周影一樣耐打。

「你知道嗎，當年我修煉到了一定程度，曾經考慮是修個肉身呢？還是不呢？想來想去，我還是算了，我喜歡自己這副有分量、夠穩重的身材！所以我只修出了一副口舌、胃腸來吃東西用，其他的等修正果時再說吧！呵呵呵呵！」隨著他的解說，那副好身材一扭，把一個對手坐在了屁股底下。

「如果可能，連口舌也不要吧。」山豹沒好氣地說：「你的口水噴到我臉上了。」

「呵呵呵呵，大貓你真小氣。對了，相處好幾天了，還沒打聽你的故鄉是哪裡啊？」

「泰山。」

「呵呵，我的老家是青島嶗山啊，難怪覺得你親近，我們是半個老鄉嘛，到我家裡做客吧？」

「活著回去的話再說吧。」

「呵呵，一定能回去的。」

另一邊任白山正在教訓野狗子：「你怎麼這麼笨，左邊——右邊——左邊——不對，還是右邊！」他整個靠在野狗子背上，一邊和面前的敵人打鬥，一邊指揮野狗子的步伐。

「別嚷了！我這邊的敵人動作和你那邊的可不一致！」野狗子氣呼呼地叫，他可不是自願和任白山合作的，而是任白山認定了他最適合讓自己「依靠」，每次一發生戰鬥就賴著他不離開。

「你應該同情弱者才對啊，我可是戰場上最柔弱的一員啊。」任白山用他那軟綿綿的聲音說，而他那比聲音還柔軟的手臂彎轉成了一個難以想像的弧形，把一道符咒按在了一名敵人臉上，敵人在他的符咒和另一隻手中的兵刃雙重攻擊下倒了下去。

「柔弱！哼！」野狗子冷哼一聲，但是他在心裡也不得不承認，有這個沒有骨頭的傢伙站在身後可以幫上大忙。

附近傳來的一聲慘叫使周影轉頭看了一眼，那是一名夥伴臨死前發出的最後聲音，周影只能眼睜睜地看著他倒下去，又被亂鬥中的敵人或同伴踩了幾腳。敵人差不多是同伴們的三倍有餘，又是突襲過來，傷亡是無可避免的。像劉地、南羽那樣法力高強的還可以顧及同伴，各處支援一下，而周影除了保護著孟蜀外，也只能顧著自己而已。

其實孟蜀並不特別需要保護，他自己的武功和反應足以應付大部分的攻擊，周影為他防護的，只是一些法術方面的攻擊——妖怪們殺得興起之時，眞正有暇騰出身來使用法術的只有少數，所以若論起殺敵的數目，孟蜀反而比周影還多一些。

像這種遭遇戰最近十幾天已發生過多次，大家已經習慣了。

現在的這個世界已經完全成為了一個妖怪的世界，混亂、殺戮之後，總算開始逐步恢復平靜，於是更多的妖怪開始思考為什麼來到這裡，又怎樣才可以離開，然後，因為這些理由，一個個小團體形成了。當然，相互的不服氣也使這些小團體之間不斷發生著摩擦、碰撞，像今天這樣的廝殺自然也在所難免。

周影曾經想過，既然大家有著相同目的，為什麼不能相互合作呢？但是其他團體的妖怪很難有和他相同的想法。其實仔細想想，如果要他去向其他妖怪低頭，聽從他們的差遣，他也實在做不到，所以他也只好把美好的願望壓在心底，繼續持刀戰鬥了。好在這種小團體，只要把對方的頭領殺掉或制伏就會自己瓦解，到那時除了少數極為頑固的，其餘的妖怪還是可以收攏過來。

周影再次打量戰場，發現劉地和南羽已經認準了目標，準備行動了。於是在劉地又

一次從他身邊的土中冒出來，向他眨眨眼睛時，周影站出去，攔住了一直跟在劉地後面的賁羊。賁羊想鑽入地下繞開他繼續追劉地，卻發現隨風飄動的長草影子像一張密密麻麻的網子一樣，完全封住了她潛下去的路徑。

「影魅，滾開！」賁羊尖利地叫起來。

周影搖搖頭，手指按在刀上緩緩劃過，拉開了交戰的架式。孟蜀和他背靠背地站著，抵擋另外兩個妖怪。

對方這個團體的領導者是一個短狐❷，他與眾不同地沒有拿著兵器，而是持著一件竹管狀的法寶。

有些妖怪或修道者專攻修煉一件或幾件寶器，施法與戰鬥皆憑此而爲，這樣的法寶經過煉化者積年累月施以法力，自然各有各的異能，施用的時候往往是集法術和攻擊性的武術於一身，確實很好用。但是他的能力是限制死的，比如什麼時候用、用來幹什麼，或者時限都有界限，不像憑自身的力量戰鬥那麼自如、靈活，兩種方法其實各有千秋，總的來說還是法力強、道行深的一方會取得最後的勝利。

短狐在戰場上揮動手中的法寶，一道道金色光芒像短小的箭一樣射出去，穿透敵人的身體。這種既非物質又非法術的攻擊，用武器根本無法擋住，在穿透身體的時候，也

❷短狐，也就是俗話說含沙射影的蜮，也有人稱之為溪毒。《搜神記》記載：「漢光武中平中，有物處於漢水，其名曰『蜮』，一曰『短狐』，能含沙射人……」

❸蒼獺，《搜神記》中記載：「……視之，是大蒼獺，衣繳皆荷葉也。此獺化為人形，數媚年少者也。」是一種會化身成人形，魅惑人類的妖怪。

不會留下任何傷痕，只是被射中的地方即使沒有流血和傷口，依舊像受了重擊一樣無法再正常運動，手腳的話就像折斷了一般垂下來，而若被穿過要害的話就會死。

就像劉地身邊有周影一樣，短狐的身邊也有兩個值得信賴倚重的夥伴，一個是赤蛇，另一個是蒼獺❸。他們兩個和短狐本來就是好友，在經歷了這個世界的迷失和混亂之後，三個朋友又能奇蹟般地重逢，這令他們欣喜若狂，也令他們堅定了團結起來、離開這個世界的心念。短狐在三個夥伴中法力、才智最高，理所當然地由他領頭，開始了和劉地他們差不多的行動。

劉地和南羽一向短狐衝過去，他的兩個忠實夥伴便雙雙站了出來。

劉地從來不使用兵器，他戰鬥中使用的就是他自己的爪和牙。當赤蛇的鞭子和蒼獺的長槍一起攻過來時，他依舊這麼抵擋；而南羽沒有停留，趁劉地獨自招架住兩名敵人時越過他們，擋在了短狐身前。

短狐手一抖，一束金光向南羽射來，他看南羽雙手空空，料定她會閃躲，也已準備好了下一步的動作。誰知南羽手一伸，金色光束被擋住，反彈上了天空。

南羽不是空手擋開短狐法寶的，她手中也拿了一件「兵器」。

那是一柄由於年代久遠而顏色暗淡，但經過無數次摩撫使用而磨得光可鑑人的木

劍，不過木劍已經折斷，南羽持在手中的，只是劍柄和三、四寸長左右的劍身。

「桃木劍？」短狐疑忌地自語。

桃木辟邪，法師驅妖降怪常用此做劍，一般的桃木劍當然不足以使妖怪們害怕，但是這柄殘劍上煞氣逼面，黯淡的劍身上不知道沉浸了多少天師高人們的功力，也不知道飲過多少妖怪鬼物的血和命，它對妖怪們的震懾力難以言喻。論理，妖物別說使用，就是碰也碰不得這種器物，可是現在南羽卻持著它，準備用它和短狐一戰。

不僅短狐一方的妖怪對此驚訝，連劉地、周影也從來沒有見過南羽的兵器。

桃木劍本來就不靠鋒利和堅硬來克敵，所以是不是一把斷劍也沒什麼關係，南羽渾身和劍上泛出紅色的光芒，身子站著不動，光芒卻向短狐逼過去。

劉地獨自對付著赤蛇和蒼獺，有些手忙腳亂，周影和孟蜀雙雙擺脫了敵人，向他那邊奔過去。

赤蛇的兵器是他用自己的蛻皮化成的鞭子，蛇每年脫一次皮，這條鞭子也每年加固一次，幾百年下來，早已是一件無堅不摧的武器。蒼獺的長槍也是出神入化，靈動非常，他們這兩樣兵器都能及遠，目的就是把劉地困在離他們幾步開外，只讓他招架，不讓他還手。

但劉地又怎麼會是只挨打不還手的傢伙，他的法術、他的戰鬥力和經驗比這兩個妖怪中的任何一個都高，雖然比不過兩個對手加在一起，但是兩個中等妖怪合在一起還是兩個中等妖怪的聯合，並不等於成了一個大妖怪。劉地在兩件兵器之中鑽來鑽去，不時沒入地下，敵人完全不能預測他接下來會從哪裡出來，所以雖然還是他處下風，但是旁人看來，氣定神閒的反而是他。總是能耐心地周旋，尋找對方的破綻和疏漏，正是劉地最大的特點。

周影快要到劉地身邊的時候，那個賁羊又追了上來，她的一支角方才被周影砍掉，傷口正淌著血，流在臉上顯得面目猙獰。她一路飛奔著，用剩下的角向周影撞來。周影用輕巧的動作躍起來，在空中按住了她的角，憑周影本身的力量當然是不足以抵擋住賁羊的衝擊，但是這時賁羊自己的影子從地面上跳起來，迎頭牢牢頂住了她。影子再加上周影的力量，把賁羊按在了原地。賁羊把頭一低，剩下的一支獨角疾雷般射了出去，近在咫尺的周影奮力一扭身子，從半空中翻下去才躲開了這一擊。賁羊用力頂倒了自己的影子，又向周影撲過去。

「鐺！」孟蜀把劍插入地面，迎頭擋住了賁羊，他咬著牙，雙手用力抵住劍，和這個妖怪較起了勁。其實他大可以用其他更明智的方法對付這個發狂的妖怪，然而因爲剛

才看見周影沒能夠擋住她，他就不由得產生了自己試試看的念頭。賁羊的力量居然真的沒有強過孟蜀，他們僵持在那裡。

周影卻沒有再上前去幫忙，一陣光線的異動驚動了他，他抬起頭，驚訝地大叫：「孟蜀，閃開啊！」

一道金光從短狐的法寶中射出來，正飛向孟蜀站的方向，但孟蜀背對著抵擋賁羊，根本沒有察覺這點。

周影毫不猶豫地衝上去，張開雙手攔在孟蜀身前。金光飛射，刻不容髮，在所有妖怪和孟蜀都沒有反應過來時，金光已經射進了周影的胸口。但是卻不像擊中其他對手那樣穿透他，而是把周影的身體彈了起來。周影的身影隨著抬起和落下的過程愈來愈模糊，彷彿隨風消失一樣，什麼也沒出現在他應該掉落的那個地方。

「周影！」劉地和南羽同時大喊起來。

「不！」孟蜀張惶看著腳邊空無一物的地面，「你怎麼會救我？我明明一點都不喜歡你，你怎麼會捨命救我！」他完全無法相信，一個妖怪，又與他相交不深，會在生死關頭不顧自己而救了他。

「周影……」南羽哽咽一聲，是她用劍擊打短狐的法寶，金光才轉向那個方向，她怎麼也想不到周影會被波及，早知如此，還不如讓他擊中自己算了。周影，難道他就這樣消失於無形了嗎？

「白癡！笨蛋！你傻啊，這樣去救一個人類！你真的去死了算了！」劉地在戰鬥之中卻扭著頭這麼叫嚷，不過發脾氣之後，還是關切地搭上了一句：「你沒事吧？」

「我以爲……光的法術……我可以……擋住的……」隨著周影斷斷續續的聲音，一個人形的影子從地上坐起來，只是這個影子是這麼地淡，像是一團若有若無的煙霧一樣，他的聲音也像從很遠的地方傳過來，「我……沒想到他……這麼厲害……」影子吃力地凝結著，掙扎著從地上站了起來。

南羽偷眼看著自始至終沒有驚慌失措的劉地，果然是他最瞭解周影啊，大家都以爲周影這下完了的時候，只有他知道周影擋得下這一擊。

這場戰鬥已經接近了尾聲。

劉地和南羽都在各自的戰鬥中佔了上風，雖然周影已經暫時無法戰鬥，但是另外幾個同夥已經趕了過來，協助孟蜀和賁羊戰鬥。只是短狐、赤蛇和蒼獺在夥伴都喪失了戰鬥信念之後還在拚命抗爭，看來不除掉他們，是無法結束這場戰鬥了。

劉地利爪劃過，赤蛇的鞭子被打飛了出去，他跟上一步，一口向赤蛇咬下，蒼獺挺槍刺過來，卻被劉地奪住槍頭一帶，把他拉近後一腳踢出了十幾步遠，又回頭向赤蛇擊下去。另一邊好幾個妖怪一起撲過去，七手八腳地一起制服了賁羊，就只等著南羽那邊的結果了。

短狐把法寶執在手中，咬緊了牙關，準備拚死一擊。

「住手！」周影的聲音有些微弱，口氣卻堅決得很，「不然，我殺他。」他的刀架在蒼獺身上，向短狐說。

短狐目光一跳。

「既然相鬥，難免一死！你以爲他是會向你們投降的儒夫嗎！」蒼獺喝叫起來，「死有什麼大不了，你給老子來一刀啊。」

「如果我被你們捉住的話……」周影講話還有點吃力，身體也沒有力氣站直，半跪在地上慢慢地說：「……我知道劉地會怎麼做，所以，如果你們眞的是朋友的話，他一定也會那麼做的，對嗎？」他最後向著短狐問。

短狐看看周影，看看分別被周影和劉地制住的兩個朋友，他咬著嘴唇，終於還是後退了半步，把法寶向周影腳下一丟，閉上了眼。

周影和劉地對視一下，各自放開了手中的對手。

「大家合作多好，反正目的都一樣，打打殺殺的多傷和氣？」劉地笑咪咪地向對方的倖存者們說。

「現在你做主，由你安排。」短狐雖然不甘心，但是也不得不承認失敗。

短狐這一邊還有二十七、八個妖怪活著，加上劉地這邊的十二個，聲勢一下壯大了不少。劉地他們盤算的一些計畫終於也可以開始施行了。

孟蜀拾起地上短狐的法寶，在身上擦一擦，遞過去說：「這個是你的。」他本是向新加入的短狐表示友好，卻發現妖怪們一雙雙驚訝的眼睛正盯著自己。

短狐驚訝得都忘了伸手去接，只是說：「你、你、你是個人類？」

「是啊，你們都看得出來吧？」孟蜀抓抓頭。

「快放下它。」南羽終於第一個叫出來，過去奪下他手中的東西，「你不可以碰它，你、你沒有事吧？」

孟蜀不解地看看自己的手，「沒事啊？」

「這種法寶不是人類可以碰的，你居然沒事？可以拿桃木劍的妖怪和可以碰我法寶的人類，你們當中還眞淨是些怪傢伙。」短狐咕噥著，拿過自己的法寶丟進口中，藏在了肚子裡。

劉地盯著孟蜀，若有所思，但是接著便招呼起來：「休息、休息，大家今天在這裡安營紮寨，食物遍地是，自己收拾著吃！」在他的張羅下，大家開始準備營地，而他的目光又一次落在孟蜀身上……

□

「怎麼樣？你好些了沒有？」孟蜀來到周影身邊問，一邊把手裡的碗遞給他，「吃點吧。」

周影一笑，接過來放在旁邊，他身體虛弱時不吃反而好些，免得為了轉變食物而消耗體力。

孟蜀又站了一陣子，他和周影雖然認識了好幾天，但彼此之間實在沒什麼好說的，只好走開，走了幾步回頭說：「今天謝謝你。」

周影搖搖頭：「我知道自己擋得住，不會死，不然我不會這麼做的。」

「但我會死，」孟蜀笑著嘆口氣，「所以還是謝謝你的救命之恩。」

周影有點不知所措，低下頭不說話。

「人家的感謝應該接受啊！真沒禮貌！」劉地冒出來，在周影頭上打了一下。

孟蜀知道他們有事商量，快步走了。

「喂，你可別再去靠近南羽了，今晚她沒吃飯，小心你去了……」劉地向孟蜀張嘴做了個咬的動作。

孟蜀沒理他，走出好遠才自言自語地說：「她又不是人類了，我去幹什麼？」

「……就是這樣和他們商量的，明天一早就行動，你還傷著，和孟蜀待在這裡別動，我留幾個可靠的下來陪你們。」劉地向周影解說關於下一步的安排。

「好。」周影總是不會有什麼異議。

「這是最值得一試的法子了！」劉地仰躺下來嘆息，「好想我的女朋友們啊。」

周影卻在掛念火兒，他究竟在哪裡？有沒有被這裡的法術控制？會不會吃到苦頭甚至受傷？從出生到現在，他們從來沒有分開這麼久過，火兒還能照顧自己吧？

「對了，」周影又想起另一件事，「剛才你說南羽什麼？」

「沒有吃飯啊。」

「沒有吃飯？」

「她自己在樹林那邊待著呢，晚飯前就去了。」

周影扶著樹站起來，「我去看看她。」

劉地攤攤手，又叫住周影，擠著眼說：「去一整晚也行，我保證大家都不會打擾你們，親熱一點沒關係的！」

反正也沒力氣去打他了，周影乾脆裝作沒聽見地走了。

「要不要過去插一腳呢？」經過了三秒鐘的考慮之後，劉地潛入地下跟了上去。反正周影是很瞭解他的，一定知道他會偷偷跟過去，所以既然他沒有叫自己不要跟，那就是默許了嘛——他在心裡這麼給自己找理由。

南羽獨坐在樹下。一到吃飯時候她便會逃離大家，她不但不能去吃那些自己殺死的妖怪，也無法忍受看到烹煮食用他們的場面。在還以爲自己是人類的時候，心裡想的是「自己怎麼可能是妖怪」，而恢復了記憶之後，想的就成了「我爲什麼不是人類」。是啊，自己爲什麼不能是個普通人類呢？

南羽說不上自己是什麼時候恢復正常的，也許從一開始，就清清楚楚知道自己是妖怪吧？只是堅持著不肯承認，心裡抱著一絲僥倖，說不定眞的可以過人類的生活。

周影遠遠地便停住了腳步，因爲他看到南羽臉上掛著晶瑩的淚珠。

④漢末建安七子之一王粲的〈七哀詩〉。

在那裡的難道不是那個有些驕傲的南羽，而又變成了那個自以為是人類時的嬌弱女子了嗎？

周影無法就這樣走過去，只能站在樹叢中看著她。

「過去，趁虛而入啊！」劉地從地下伸出一個頭來，壓低聲音鼓勵著。

「她怎麼了？這些日子以來一直這樣。」周影在劉地身邊坐下問。

「去問她呀，快去、快去。」劉地明顯地不懷好意。

「……」

「荊蠻非我鄉，何為久滯淫？方舟溯大江，日暮愁我心。山崗有餘映，巖阿增重陰，狐狸馳赴穴，飛鳥翔故林……羈旅無終極，憂思壯難任……」❹孟蜀敲擊著佩劍，縱聲高唱起一首古老的詩歌，他蒼涼的歌聲和詩中的孤寂、憂傷傳來，就連一些妖怪們也停下了筷子，怔怔地聽著，難掩心中的思鄉之情。

「喝！」劉地本來也在側耳傾聽孟蜀的歌聲，忽然低叫一聲，從土中一躍而出，在半空中翻一個身，手臂一揮，利爪從皮膚中彈出，反手擊向從地底暗算他的賁羊。

雖然首領和同伴們都同意和劉地他們合作，但是賁羊並不這麼想，她依舊對劉地耿

耿於懷，並且一刻也沒放棄報復的打算，她按捺著性子等到了這會兒，看到劉地和其他妖怪都專注於孟蜀的歌聲，便潛進地下，突然向劉地出手。

劉地總算反應敏捷，但是肩頭還是被她用角頂了一下，血已經順著手臂滴下來。

「我不殺雌性，不代表我不會殺喔！」劉地一爪把賁羊打了個跟頭，半認真半玩笑地說：「而且妳這樣的瘋婆子剛好是我最討厭的雌性。」

「地狼！你去死吧！」賁羊怒火衝天地繼續攻擊劉地。

「我也沒得罪妳啊，不是因愛生恨吧。」劉地非把話題扯到那方面不可。

「地狼！」賁羊咬牙切齒地喊叫，「今天不是你死就是我活。」

劉地一邊閃躲她的攻擊，一邊扳著手指頭說：「『妳死』『我活』，一回事兒嘛？」

他的態度愈是不把對方當作一回事，賁羊的火氣就愈大，但是她的憤怒還沒到了完全使她失去理智的地步，她知道自己和劉地相比確實還不及，憑眞本事自己鬥不過他，既然偷襲失手，自己已經沒有什麼機會了。她目光四處搜尋著，開始打算找退路。好在劉地也沒十分想「留」下她，所以當賁羊瞅到一個空隙向曠野中逃走時，劉地也沒有再趕盡殺絕。

過了這片小樹林後是一望無際的曠野，賁羊只要逃到那裡，劉地想追也追不上，可是她在逃走的途中卻犯了一個大錯。當她扭頭看見扶劍觀望的孟蜀時，心中又生出了殺機：殺不了劉地，至少這個人類的命她要帶走。

賁羊頭一晃，她唯一剩下的一支羊角向孟蜀射去。

「錚！」地一聲長響。孟蜀舉劍用盡全力擋住了羊角，他的劍也斷爲兩段，落在塵埃中；而另一邊，南羽的桃木劍遠遠飛至，插在賁羊的背心，已經取了她的性命。

「我是女人，不介意殺她，」南羽淡淡地說：「孟蜀，麻煩你爲我把劍拔出來，好嗎？」

「啊？」孟蜀一愣，「好的。」他走過去，從賁羊背上拔出劍來。

周影不解地看看南羽，不明白她爲什麼不用法術將劍喚回來，而要孟蜀去拔？而劉地和南羽卻一樣，都十分緊張地看著孟蜀的舉動。

孟蜀走過來把劍遞還南羽。

「謝謝。」

面對南羽的道謝，孟蜀聳了聳肩。

劉地和南羽交換眼神，像要商議什麼似地一起往前走去，劉地回過頭來：「周影，來，有話跟你說。」

「好。」周影完全不明白地跟了過去。

在他們身後，孟蜀看著他們的背影消失在樹叢後，他轉過身，獨自面對著一望無際的曠野，這才張開手掌。方才拿劍的手心中，竟然留下了一道紅腫的炙痕，呈現著劍柄的形狀。孟蜀看著自己的手，又仰起頭看著天空，兩行淚水淌了下來。

「爲了試探他？」周影還是不懂地問。

「我的劍，妖怪應該是不能碰的，所以才叫他去拿。」南羽撫著手中的劍說。

「可是誰都看得出來，他是個人類。」

「他可以拿只有妖怪才拿得起來的法寶，又能拿起南羽的劍。」劉地嘆口氣，「這個傢伙，實在是琢磨不透啊。」

「你們……都在懷疑他？」周影發覺，自己是無法跟上劉地和南羽的心思的。

「他太像我了……」南羽苦笑說：「太像了，所以我不相信他……」

周影不明白，爲什麼像她就不能相信。

「反常爲妖！」劉地拍著周影的肩膀，「這麼說來，在這個全是妖怪的地方，反常的是他，『妖』也是他啊……」

第七話

最後一片版圖拼到劉地面前的沙盤上，這個世界完整的情形便出現在大家面前。

「沒有想像中大啊……」這是劉地的第一句感慨。

南羽看著沙盤也說：「說是一個世界，確實太小了點。」

「或許我們是被困在一個法寶當中了。」短狐幾天前和別的妖怪戰鬥時受了點傷，說話還有點中氣不足。

「雖然稱不上一個世界，可是如果是法寶中的空間的話，這樣也大得離譜了……」任白山用手摸著沙盤說。

沙盤中拼出的完整版圖是正方形，是這個世界完整的輪廓，由妖怪們在三天之內製作完成。地圖中山巒起伏，平原遼闊，但是面積只有五、六十萬平方公里，若以一個空間而論確實太小了，但是若像短狐所說的是件法寶，未免又大得離譜。

「眞是的，這麼折騰還沒有弄明白身在何處，而且那個幕後的傢伙還不出來……他的修養怎麼這麼好？」劉地手指在沙盤上移動著，忽然停在一個地方，問：「咦？這裡

怎麼回事？」

那個地方的地圖上出現了一個平時絕對看不到地理現象——五座山峰緊緊相靠在一起，彷彿要擠成一體。

「造山運動造成這樣也太離譜了吧。」劉地賣弄著「學問」。

「造山運動是什麼？」一個妖怪不懂就問。

「就是神造世界，造到山的部分時累了，停下來運動運動筋骨。」劉地胡亂向他解釋。接著他揮揮手，所有同伴都開始準備行動了，花了這麼多時間終於有了些線索，大家都很振奮。

「那裡肯定有什麼，可是……」南羽用手點著沙盤。

「妳怕了？」

南羽沒說話，飛到了隊伍最前。

「我可是有點怕呢……」劉地自言自語。這時他們的團體成員已經多達七、八十，大家在興頭上，不等劉地下命令已經紛紛起飛了。

劉地嘆口氣：「走一步看一步吧……」他拉起孟蜀，帶著他飛行。

「你有話對我說？」飛在空中，孟蜀問。

「沒有。」

「沒有的話，『看』著我的應該是他。」孟蜀指了指飛在旁邊的周影。

「沒有……你好自爲之。」

孟蜀看著身下的浮雲飄過，浮雲之下的大地山河，身爲一個凡人可以體驗這種飛翔的快樂，實在是件很奇妙的事，可是……好自為之？我明明什麼都不知道，怎麼好自為之啊！孟蜀握緊了拳頭，忍住心中想吶喊的衝動。

□

四座山峰緊緊地靠在一起，怎麼看都不是自然的產物，山邊方圓數十里之內，完全沒有草木、生物，而他們一踏進這個範圍，就不再能使用任何法術，有幾個妖怪因爲飛得太快，險些從天上掉下來摔死。

天從他們一進來就開始下雨，愈下愈大，習慣了使用法術解決問題的妖怪們，此時不得不一腳深一腳淺地在泥濘中步行，九成的傢伙都在咒罵個不停。

「這個地方的地圖是哪個白癡繪製的！」蒼獺邊抹臉上的雨水邊叫，「這麼古怪都

沒發現！」

「是我。」短狐舉起手，沒好氣地回答：「那個時候這裡有花有草，有鳥有獸，根本不是這樣！」

「可是現在……」

「別吵了，回頭看……」劉地用冰冷的聲音說：「看了就知道爲什麼了。」

他們現在正攀爬到一座山的山腰，聽了劉地的話一起回頭看過去。雖然暴雨中視線極差，但是妖怪們的眼力還是分辨得出，下雨的範圍擴大了，荒蕪的範圍也擴大了，就像是隨著雨水的降下，以這些山峰爲中心把一切生命和綠色都洗掉了一樣。妖怪們全都鴉雀無聲，只剩下嘩嘩的雨聲。他們在一瞬間裡體會到創造這個世界的傢伙的強大——在這裡他是主宰、是造物主、是神，是可以把天地掌握在手中的角色。原本一心向他挑戰的勇氣，變成了難以言喻的壓力和苦澀。

「回頭也是死路一條，沒有退路了，往前走吧。」不知道是誰先這麼說著，隊伍又開始向前進，這次的前進沒有什麼言語，大家沉默著行走，準備去面對屬於自己的命運。

終於到達了這座山峰頂端時，雨下得更大了，四周白茫茫一片。在山下仰望時，四座山峰是緊緊擠在一起的，但是現在站在這裡卻看不見那些應該近在咫尺的山峰，大家並不因此感到驚奇，因爲大家就是預料到那裡有什麼才爬上來的。

「雨太大了，我什麼都看不見。」一個飛鷹修煉成的妖怪站在高處極目四望後說。他的眼力是大家當中最好的，連他也看不見的話，其他妖怪就更別說了。

「往前走！」劉地決然地說：「看不見也走。」

他自己一馬當先，周影、南羽和短狐緊跟了上去，孟蜀卻落在了最後，這時的雨像瀑布流水一樣，幾步之外的同伴都只能看見模糊的背影，孟蜀的腳步愈來愈慢，最後索性在岩石上坐了下來，他心裡空蕩蕩的，只有一股不想動、不想思考的感覺，就這麼一直坐下去吧……

「孟蜀！孟蜀！」周影叫著孟蜀的名字，從雨幕中跑過來，當他走近之後，孟蜀看見南羽跟在他後面。

孟蜀苦笑了一下，他知道周影和南羽會回來找他，爲的並不是相同的原因，不過不論是因爲哪一種理由，自己都非跟他們走下去不可了。

「你沒事吧？」周影的關切中有種眞誠，他是個不懂僞裝做作的妖怪。

「沒事，我的體力沒有你們那麼好。」孟蜀自嘲地笑說，他從南羽的眼睛裡，看到

了戒備的神情，「我畢竟只是個人類啊……」他凝視著南羽的眼睛說。

「或許……」南羽在暴雨聲中低語了句什麼，誰都沒有聽明白，「快點走吧，前面好像還有很長的路。」

「很長的路……終究還是會走到的……」孟蜀自言自語地說，他加快腳步，走到了南羽和周影前面。

□

山峰的另一邊陡峭得嚇人，路又濕又滑，不能使用法術的妖怪們面面相覷，不知道下一步該怎麼辦。

「我先去！」

「我先去！」

「讓我來！」

周影、飛鷹和另外一個飛禽妖怪一起搶著說。

如果說妖怪們原本還各懷心機，在見識到了這場暴雨、意識到了這雨之後的力量後，不知不覺間已經同仇敵愾，把心團結起來了。

「不，你們不能全去。」劉地鄭重地說：「現在大家都不能使用法術，能夠下去的只有你們三個，所以……周影，你先去，如果半個時辰內你不回來，再派第二位下去。」

周影點點頭，走到山崖邊，縱身跳下去。

「但願……」劉地嘴唇輕動，無聲地向他心中的神禱告。

看著周影化作一片黑影消失在視線之內，時間一分一秒地過去，大家默立在那裡，能做的只是等待。

時間不知道過了多久，天空中厚重的烏雲突然裂開一條縫隙，一道彷彿好幾年沒看見的陽光射下來，照在妖怪們身上，雨也在一瞬間消失得乾乾淨淨。

「法術，」一個妖怪大聲叫喊著，「法術可以用了！」

「影魅做到了！他一定做了什麼才會這樣的！」妖怪們紛紛議論著。對他們而言，在無法使用法術的環境中所承受壓力和不安大得難以形容，一發現又可以使用法術都禁不住歡呼起來。

「我們也下去！」劉地一聲令下，妖怪們各施法術向下飛去。

□

雨住天晴，仰首可以清楚看見筆直而上、直插天空的四面山峰和一線天空。周影站在這個小小的山谷裡，看著眼前的奇境——一座祭壇上擺著巨大的青銅鼎，鼎上，一團混沌在緩緩地旋轉，忽而清澈透明，忽而昏暗不堪，忽而輕煙迷離。

周影其實什麼也沒有做。

他落在谷底時，雨便自動停了，然後他便一直看著這個巨大的銅鼎和混沌發呆，甚至忘了回去報信。

「看來這就是這個世界的核心——這裡果然是一個世界。」劉地落在他身邊說：「只是，創造這一切的那個傢伙爲什麼沒有出現？我們都來到這裡了，他也該出來了。」

「對！你出來！爲什麼這樣對待我們！給我出來說清楚！」一些按捺不住的妖怪開始大聲吼叫起來。

「滾出來！」

「出來！」

「給我出來！」

一個妖怪開始叫，頓時一呼百應，大家都開始叫起來。

「出來……」

「出來……」

「出來……」

四面山谷引來一陣陣回聲，卻什麼事都沒有發生，銅鼎中的混沌還是那樣運轉著，陽光還是淡淡地照下來，甚至連一絲風都沒有。

「別過去！」劉地突然暴喝一聲，對幾個按捺不住，試圖登上那個祭壇的妖怪訓斥，「你們不要命了嗎？敢這樣去碰那種東西！」他一揮手說：「大家千萬別輕舉妄動，等！」他率先盤膝坐在地上，「我不信事情到了這一步，他眞的不出來！」

妖怪們相互看著，有幾個急性子的又大喊大叫了一陣了，終於還是一個個都學著劉地的樣子安靜下來，圍繞在祭壇四周開始了漫長的等待。

□

時間在流逝，可是大家卻無法計算時間，因爲自從雨停了之後，太陽便一直停在那個位置，世界的運轉彷彿停止了，連風都不再吹，只剩下那個混沌還緩緩轉動著。

「給你。」周影消失了好一陣子，又出現在孟蜀身邊，把幾個野生的果子放在他膝上。「外面完全變了，整個世界全部成了一片荒蕪，外面的妖怪全在爲了搶奪剩下的食物爭鬥，所以我只找到這些。」

孟蜀拈起一個果子：「你特意爲我去找的？」

「你和我們不一樣，你不能一直不吃東西。」周影說完就回到劉地身邊坐下來，若說等待，他是最有耐心的。

孟蜀把果子放在手中把玩著，偷偷看著南羽，臉上掛著苦澀的笑容。

□

終於有妖怪等不下去了，跳起來向祭壇撲過去，他踏上祭壇後安然無恙，開始用兵器敲打銅鼎，也安然無恙，當其他幾個妖怪也想衝上去和他一起破壞的時候，那妖怪跳上了銅鼎邊緣，揮刀去砍那團混沌。

數聲巨響，幾道霹靂從天而降，亂打在銅鼎周圍，那個妖怪連叫都來不及叫，便被擊成了一團黑炭。霹靂響過、飛煙散盡之後，混沌之中出現了一雙巨大的黃色眼睛，他平淡地看著外界，眨了眨，又閉上，消失不見了，一切再次恢復平靜。

「站住！你別走！」幾個妖怪大吆小喝起來，可是混沌當中再也沒有什麼動靜。

「那個傢伙一定是幕後的主人，得想辦法把他再叫出來！我們不能再這麼耗下去了！」短狐咬牙切齒地說。

劉地低著頭，似乎在沉思什麼，良久才抬起頭來說：「孟蜀，你去！」

「什麼？叫他去!?」

「他算什麼！」

「肯定不行！」

妖怪們紛紛議論起來。

劉地還是盯著孟蜀：「你去！」

孟蜀攤攤手：「去我不怕，但要我怎麼做？我可不會什麼法術。」

「你自己應該知道怎麼做。」劉地嚴厲地看著他。

「他是個人類……」

「他是個人類嗎！」劉地喝止了一個妖怪的話，他問孟蜀：「你眞的是個人類嗎？」

「你以爲我是什麼？」

「你的言行舉止哪一點像現代人？你知道電腦、知道汽車、知道太空梭是什麼嗎？」

孟蜀沒有說話，但是從他的表情可以明顯看出來，他不知道這些是什麼。

「如果你是人類，是什麼時代的人類？今年有多大歲數？而且這裡只有你一個在擺脫了法術之後還認爲自己是人類，這不是很奇怪嗎？」

「如果修煉得當，人類也可以長生。」

「他會法術嗎？不是自稱一點也不會嗎？」劉地深吸了口說：「伸出手來。」

孟蜀慢慢抬起右手，掌心向上，緩緩張開來，大家的目光集中在他手上，都看見了那個明顯的、燒炙的劍柄痕跡。

「人類怎麼會被桃木劍炙傷？人類又怎麼拿得起短狐的法寶？」

孟蜀保持著那個張著手的動作，直盯著劉地。

周影忍不住替他解釋設想說：「既然南羽可以拿那柄劍，也許……也許人類就會被它傷到也說不定？」

南羽閉上眼，搖了搖頭。

「還有，這裡的國家被叫做『蜀國』，而你的名字爲什麼叫『夢蜀』？」
「你到這裡之前在哪裡生活？在幹什麼？爲什麼不肯說？是眞的不記得了嗎？」
「我是眞的不記得了。」孟蜀的聲音有點沙啞，「我是人類。」
劉地不理他，接著說：「如果你眞的是妖怪，卻能在我們大家面前掩藏得如此之好，那就太可怕了，我都不敢想像你究竟有多強大！所以，去證明給我們看看，你究竟能做到什麼程度。」他舉起手指向那祭壇。
「劉地，你這不是要他去送死嗎！」周影不解地說，可是其他的妖怪們，包括南羽，全不作聲，因爲他們全都認爲孟蜀身上難以解釋的事太多，認爲劉地的話有道理。
「好！」孟蜀看著他們冷笑，「我去！」
「孟蜀！」
孟蜀沒有理會周影，大步向前走去，在走過南羽身邊的時候卻慢了下來，他看向南羽，南羽也毫不閃躲地望著他，他以爲會從南羽的眼中看到不信任甚至歉意，但是看到的卻是一抹哀憐。
憐憫！孟蜀握緊了拳頭，加快步子來到祭壇上，抽出劍用力打著銅鼎喊：「出來啊！不管是什麼！你給我出來！給我出來！你到底要把我弄成什麼樣子才甘心！給我出

來啊！」

「這有什麼用。」

幾個妖怪竊竊私語起來。

「出來！好端端的，非要把我弄成妖怪你才甘心嗎？給我出來！」

像在回應他一樣，混沌中發生了變化，那雙黃色的眼睛又出現了，轉動幾圈，眼光落在他身上。

「眞的出來了……」

孟蜀縱身踏著銅鼎上的雕刻紋路，幾下跳躍，站到了銅鼎的沿上，毫無懼意地看著那雙對他來說過於巨大的眼睛，「你到底是什麼？我又到底是什麼？給我說清楚啊！給我說清楚！」

眼睛盯著他看了一陣子，忽然一股奇怪的力量捲住了他，把他輕輕推放到地面上，然後那雙眼睛又閉上了。很顯然，他不想傷害孟蜀。

孟蜀回頭，在妖怪們的臉上看到的全是恍然大悟和瞭解的神情——

「果然，他是……」

「我不是妖怪！我是人！」孟蜀狂吼一聲，「我是人，我證明給你們看！」他再次跳上銅鼎，但這次他沒有喊叫、敲打，而是躍向了那團混沌之中。

就像一下子跳進了一團迷霧中一樣，他的身影急沒，不見了。

劉地已經猜到了一、二，反而鬆了口氣似地嘆息一聲。

「他會不會……」周影關切地問。這麼多神通廣大的妖怪在這裡，卻逼一個人類去冒險，這讓他覺得不舒服。

「你還是不懂……」劉地拍著他的肩，「他是絕對不會有事的……」

不等他的話說完，銅鼎便開始發出「格楞」「格楞」的聲音劇烈搖動著，最後「轟」的一聲巨響，炸得四分五裂。那團混沌在銅鼎炸開之後開始漸漸消失，那雙眼睛又出現了，而且愈來愈清晰，周圍開始出現更多的輪廓，這時連地面和山峰也都開始蠕動起來，慢慢發生著變化。

「那是……蛇，是一條很大的蛇！」赤蛇第一個叫起來。

從那團混沌消失後留下的眼睛周圍，出現了蛇頭的輪廓，他的頭放在祭壇上，而周圍緩緩移動、起伏著的山峰則剝落了岩石泥土，露出了鱗片，化作了蛇蜷盤著的身體。

「好大啊！」妖怪們呆呆地看著他，只能發出這樣的感嘆。

「大家快飛起來！不然會被他勒死的！」劉地大聲叫著，蛇身已經在收縮，妖怪們

紛紛起飛，及時躲開。

巨蛇滑動著身體，漸漸伸展開來，從上空看下去，他更顯得碩大無比。

「俗話說巨蛇吞象，這一隻的話，連雷龍也不夠他塞牙縫吧？」劉地這麼嘟囔著。不過他也沒有工夫再發牢騷了，因爲巨蛇像是已經完全清醒過來的樣子，甩動著身體向空中伸展，在妖怪們還反應不過來的時候，巨蛇的頭猛地探上雲層，一揮一甩，幾隻妖怪便跌落了下去。

接著天空中電閃雷鳴，狂風呼嘯，一起向著妖怪們襲來。他們想要再向上飛行，但這個世界的天空卻是有頂的，再怎樣也飛不出那個範圍，巨蛇龐大的上半身在雲中隱現，攻擊著妖怪們，下半身卻還沒有離開地面，整個看來他眞是大得可怕。

也有妖怪情急之下開始使用兵刃法術向他出手，卻毫無作用，法術全部如同泥牛入海，兵器砍在他身上，連劃痕都沒有。

周影在閃電中閃躲著，無力去顧及其他，而他看劉地和短狐他們簡直比自己還要狼狽，只有南羽顯得輕鬆一些，一直在離他不遠的地方飛行。

「周影！南羽！你們靠過去叫他！」劉地被一道閃電擦過，皮毛都燒焦了一大片，「他不想傷害你們，你們去叫他！」

「叫誰？」周影不解。

南羽飛過來拉住周影的手，說：「孟蜀。」

「孟蜀？他在哪裡？」

「你還不明白嗎？他就在那裡啊。」南羽向巨蛇一指。

「孟蜀？他？可是孟蜀是個人類啊！」

劉地被狂風刮了個跟頭，勉強地靠近周影說：「他是個妖怪啊！是個和南羽一樣，想做人類想瘋了的妖怪！這個世界是他造的！他把我們弄來陪他玩做人的遊戲，來玩家家酒，甚至把自己的記憶都修改了！你還不明白嗎？」他艱難地閃躲、抵擋，「他現在不想傷害你和南羽啊！你看不出來嗎？」

周影環顧四周，發現所有的妖怪們都在拚命自保，只有自己和南羽身邊所受的各種攻擊比較少，而且程度也弱得多，是絕對不會致命的，「孟蜀眞的是……」他一時有些接受不了這麼多變化，但是南羽已經先向巨蛇靠過去了，他也連忙跟了過去。

「孟蜀！孟蜀！請停下來！你眞的要殺了大家嗎？」南羽艱難地靠近了不停對妖怪們發動攻擊的巨蛇，大聲喊著。

「孟蜀，請停下來啊！」

「孟蜀！請停下來啊！」

巨蛇的攻擊毫無減弱的跡象，已經有十幾個妖怪被他的身體或法術擊中，從天空中慘叫著落了下去。

「孟蜀！孟蜀！」周影和南羽一起叫著。

天空中依舊殺機瀰漫。

「孟蜀，你眞的要殺了這些在你作人類時一起努力的同伴嗎？」南羽用盡了力氣大聲喊。

巨蛇的動作一瞬間停止了，扭過頭來面對著南羽和周影，天空中的電閃雷鳴也停止了。

「孟蜀，是你嗎？是你吧！」

巨蛇的身體盤在地上，高高昂起頭，一直伸到雲層上，像石雕般一動也不動，在他的額頭上，漸漸生出一團混沌，這團混沌緩緩化作人形，化成了孟蜀，他還是一個人類青年的樣子，手中也依舊按著一柄劍，站在蛇頭上，看著大家。

——原來孟蜀正是這條巨蛇的原神凝聚，這個強大無匹的妖怪把自己的原神化成了人。

❶引自李白《蜀道難》。

❷巴蛇，又名食象蛇、靈蛇、修蛇，是南方一種蚺蛇，蟒蛇中大者，周身色彩斑斕，也有青黑色的。《山海經．海內南經》中記載：「巴蛇食象，三歲而出其骨，君子服之，無心腹之疾。其為蛇青黃赤黑。一曰黑蛇青首，在犀牛西。」另外，《蜀王本紀》中有相關記錄。此處劉地所說的乃是《太平廣記》中的記載。

他不動、不說話，直直地看著大家。

□

「蠶叢及魚鳧，開國何茫然。爾來四萬八千歲，不與秦塞通人煙……」❶劉地嘆息著說：「看到了你，我忽然明白，所謂的蜀國其實是這個『蜀』，而不是三分魏蜀吳的『蜀』吧？」

孟蜀站在那裡，面無表情。

「……秦惠王知蜀王好色，許嫁五女於蜀。蜀遣五丁迎之，還到梓潼，見大蛇入穴中，一人攬其尾，拽之不禁，至五人相助，大呼拔蛇。山崩，同時壓殺五人及秦五女，而山分為五嶺……這條巴蛇❷，可是大名鼎鼎的妖怪啊！是你的同類吧？」劉地東拉西扯，想逗孟蜀開口說話，只要他肯開口，才能有講道理的餘地。

「那就是我……」孟蜀臉上雖然還是沒有表情，但終於開了口。

「哦……」一片驚嘆聲在妖怪們當中響起，原來他是那麼有名的大妖怪。

「原來您是上古的前輩，法力又如此高強，將登仙界，為何要與我等這些後生小輩

過不去！」赤蛇面對這位強大得難以形容的同類，鼓足了勇氣問。

孟蜀皺起眉頭，側過臉看他。

劉地偷偷向赤蛇擺擺手，向孟蜀行禮說：「我們並不知道您爲什麼這麼做，但是想請您高抬貴手，放我們各自回家去吧。」

「回家去……」孟蜀這樣喃喃地念了幾次，忽然眼綻凶光，「那我的家鄉在哪裡？我又該往哪裡去？誰來把我的故鄉還給我！」

「以你的法力，哪裡不能去？」

「那我的故鄉在哪裡？在哪裡？」孟蜀面目變得十分猙獰，巨大的蛇再次向妖怪們襲擊過來，颶風、疾雷也再次縱橫，局面頓時又陷入混亂。

「我的故鄉在哪裡？把我的故鄉還來！」巴蛇的巨大吼聲伴著「嘶嘶」的蛇信吞吐，使聽者無不毛骨悚然。

周影看見孟蜀依舊站在巴蛇的頭上，便向他衝過去。不論是巴蛇本身的襲擊、狂風還是巨雷，依然儘量不針對他和南羽，所以他很容易就來到蛇身上，用力搖著孟蜀的肩：「孟蜀，不論你的故鄉在哪裡，大家一起總能想出辦法來的，你不能因此遷怒於大家啊！你眞的快要殺了他們了。」

「這樣不行！」劉地用盡全力躲過了巴蛇的一次攻擊，也跳上了蛇頭，「要這樣！」他抬手「啪啪！」兩記耳光毫不留情地打在孟蜀臉上，口中怒斥說：「你回不了家又不是我們的錯！想想看我們何其無辜！」

「我是不想傷害周影和南羽，如果是你的話——去死吧！」孟蜀摸著臉白了劉地一眼，在蛇頭盤膝坐了下來，看來這次他是完全成爲了大家認識的那個孟蜀了。

劉地暗暗鬆了口氣：「不就是說你是妖怪嗎，何必這麼記仇。」

「你沒有說錯，我就是妖怪……」孟蜀向南羽看去，「妖怪就是妖怪，怎麼也成不了人類的。」他們的目光一碰，都露出了瞭解和哀傷。

「創造了這個空間，把大家捉來扮演人類，這眞的都是你做的？」周影問。

「是。」

「爲什麼要捉弄我們呢？你這麼大的本領，這不是以大欺小嗎？」周影不管是面對誰、什麼時候，說話都是那麼直。

孟蜀卻不生他的氣，淡淡一笑：「也許是吧，我沒管那麼多，你想知道爲什麼嗎？……我生在蜀國，在那裡修煉成妖，也在那裡生活。那裡雖然是蠻荒之地，但是那是我的家鄉，那裡的一草一木、一人一獸，沒有一種不是我摯愛的。當我學會變化成人之

後，更是常常混在人們中——那時民風樸實，他們即使知道我是妖怪也不害怕、驚奇，依舊接受我。那裡的妖怪很少，我和他們也合不來，我只把人類當作親人，生活十分快樂，一直到那件事發生……」

「那一天，我在山裡睡覺，迎接秦女的隊伍經過我身邊，那些人看到了我的眞身，吵著要把我拖出來看看到底有多大，一開始我不想和他們計較，可是他們卻不罷休，連拉帶拽地不讓我走，最後我眞的生氣了，但我只是想嚇嚇他們，我並沒有想殺他們……可是，山塌了……幾百人，全死了。我知道我做了無法挽回的事……蜀王下令招集方士要除掉我，我不想再錯下去，也不想和人類爭鬥，所以離開了故鄉，開始四處飄泊，這個世界住幾年，那個世界住幾年，不知不覺中過了幾千年，可是我發現自己心裡最懷念的還是故土，於是便回來了……可是故鄉沒了。」

孟蜀苦笑著，「沒有了，全是高樓大廈，全是城市，人類說著我聽不懂的話，見了我就尖叫、逃跑……哼！我離開短短幾千年而已，爲什麼一切全不一樣了！爲什麼啊！我的故鄉到底到哪裡去了！」孟蜀深吸了口氣，問：「你們明白嗎？我的故鄉再也沒有了，找不回來了。爲什麼我要離開這麼久，爲什麼貪戀著修行，結果怎麼樣？就算修得成正果，這個身子又要到什麼地方去……」

「所以你就造出這個空間來建設自己記憶中的故鄉？」

「可是我造出空間，卻造不出生命來。」

「那就抓妖怪來做居民？你該抓人類才對啊！」

「我不想再傷害人類了。」

「那就拿我們的命不當命！」

「我哪顧得了那麼多。」孟蜀橫了劉地一眼。

強者為王的法則，所有的妖怪都很明白，孟蜀要這麼做，誰又能和他講道理？誰又能把他怎麼樣？

「那你接下來想把我們怎麼樣？」

「還沒想好。」

他是在考慮要不要繼續這個扮演人類的遊戲嗎？妖怪們的心都懸了起來。

「你所造的這個是蜀國嗎？」劉地忽然改變了話題問，「我沒有去過那麼古老的國家，可是蜀國是這樣子的嗎？衣冠、言談、習慣、建築……這些我看來怎麼這麼熟悉呢？」

孟蜀像被刺了一下地看著他。

劉地東張西望地問：「蜀國眞的是這樣的嗎？」

「行了！閉嘴！」

「我看你即使改變了妖怪們的記憶，讓他們以爲自己是人類，也無法徹底改變他們的性格和對生活的記憶吧？我自己中過你的法術，這一點我很清楚。我想這裡的妖怪除了你沒有一個活得那麼久、見過蜀國是什麼樣子，所以大家變成人類生活久了，自然各自按照各自的方式建設這裡，想當然爾，這裡就成了四不像的國家了，對嗎？根本不是你的蜀國。」

「叫你閉嘴！」孟蜀猛地一揮手，劉地整個人飛了出去，周影急忙抱住他、扶他起來。

劉地卻依舊在笑著：「這裡根本不是你的蜀國！你用這個法子造不出蜀國來，對嗎？」

孟蜀被戳到了痛處，臉色鐵青地看著他，周影怕他再向劉地出手，戒備地看著他。良久，孟蜀嘆口氣，手臂也垂了下去，再嘆一聲，說：「對，這裡不是我的故國……」

「那你留住我們還有什麼意思？繼續搬演你那可笑的劇本？」

孟蜀頹然坐下，抱著膝，不說話。

南羽走近他，說：「爲什麼不一直修煉下去，直到修成正果？」

「那又有什麼意義？」

「神、魔、仙是可以製造世界的——眞正的世界，有生命、有法則的世界，你懂嗎？」

「眞正的世界……」孟蜀若有所思。

「你的道行都到了這一步了，應該不遠了吧？」

「我從來沒想過，我對修正果沒有多少興趣，但這或許是一個法子。」孟蜀的眼睛閃出了一抹光芒，「我倒可以試試看。」

周影眞誠地說：「是啊，試試看吧，一直努力的話總會成功的。」

孟蜀站起來，深吸了口氣，他心裡有了個目標，看起來振奮了點，「既然都這麼說了，我只能放你們走了。」

妖怪們當中爆出一片歡呼聲，有的甚至喜極而泣。

「等一下，」周影叫起來，「火兒在哪裡？我還沒找到他。」

「火兒是誰？」孟蜀問。

「他是一隻畢方，就像周影的孩子。」南羽也問：「你把他放在哪裡了？」

「畢方，火靈獸？」孟蜀笑起來，「你們認為我的道行到了那個程度了嗎？我怎麼控制得了靈獸？」

「他還是個小孩！」

孟蜀搖頭：「幼獸也不曾有過，我的世界沒有來過那種東西。」

「火兒不在這裡！」周影急得不得了，「那麼他去了哪裡？」

「我怎麼知道，那是你們的問題了。」孟蜀舉起手說：「我放你們走。我累了，想安靜一會兒。」

「那麼其他妖怪呢？」劉地大聲問，「沒有到這裡來的，這個世界的其他妖怪？」

「再說吧，我若是改變了主意，他們就還有用。」他看向南羽，「南羽，我很高興像人類一樣，和妳一起走了一程，還有周影，謝謝你曾經救過我。」

他笑著伸手，在妖怪們面前一抹，一道白光之後，這個古怪的空間和孟蜀的笑容一起消失在大家眼前……

第八話

周影第一個從地上掙扎起來，半跪著推劉地和南羽：「劉地、南羽，我們回來了。」

「是嗎……」劉地捂著頭爬起來，環顧四周，「博物館？就是這兒，我從這裡被弄到那裡去。」

「看這個……」南羽指前旁邊說。

在玻璃的展示櫃中陳設著一把三、四尺長的裝飾扇，紅木雕骨，淡黃的宣紙上，畫著五名壯漢合力拖著一條身子在山體中的大蛇尾巴，他們身邊不遠的車隊儀仗豪華，排列著無數侍從，五輛香車中微微露出麗人淡笑、指點的艷容。

「巴蛇……」劉地伸手觸碰著展示櫃，「他一定是用這個東西做爲去那個空間的媒介吧？」

「其他夥伴呢？」周影四處尋找著短狐、赤蛇、蒼獺、山豹、任白山、岩石精、野狗子……大家都不在這裡，「難道孟蜀沒有放他們走？」

「不會，一定是通往那個空間的媒介很多，孟蜀讓我們從哪裡進就從哪裡出，所以見不到他們了——一下子就不見了他們，還挺捨不得哪，哈哈哈……」

劉地臉上消失已久的嬉皮笑容又回到了原來的位置，他拍拍南羽，拍拍周影，「回來了就好，找個地方大吃一頓吧！」

「我們去了多久？」周影一邊走一邊問。

「一個多月——不過這是那邊的時間，那個空間那麼小，和這邊一定有出入。」

南羽透過博物館的窗子，看著外面廣場豎立的霓虹日曆說：「陰曆臘月二十八，我們去了四天。」

周影擔憂地說：「四天了，火兒能去哪裡呢？」

「你這樣擔心也沒用，既然和孟蜀無關，就算我們白費力氣了，另外想法子重新找吧。」劉地拍著他的肩說：「先回家看看，說不定那傢伙已經回去了呢。」

周影知道他是在安慰自己，勉強回他一笑。

走出博物館，看著周圍的建築和行人，他們都有恍如隔世的感覺。

□

周影垂頭喪氣，劉地嘴中咕咕噥噥不知在說什麼，南羽一言不語。

他們剛剛走到周影家樓下，劉地便用古怪的口吻叫起來：「那是什麼！」

周影一抬頭，就看見畢方正遠遠飛過來，背上還馱著一團白呼呼的東西，估計是他的朋友九尾狐，爪子上抓著一個大袋子，裡面鼓鼓囊囊地不知塞了些什麼。

「火兒！火兒！」周影又驚又喜，連法術都忘了用，向他用力跑過去。

「影！」火兒看見他們，飛了下來，劈頭就嚷：「這四天四夜你跑哪兒去了！竟然不跟我說一聲，不回來給我做飯！也不怕我餓死！」

「對啊、對啊！」林睿添油加醋地說：「不負責任的父母會教出壞孩子的。」

「火兒！」周影顧不得許多，一把抱住他，「你沒事太好了！你沒事……太好了！」

「幹什麼，你要勒死我啊！」火兒掙脫出來給了他一記翅擊，「別以爲這樣我就會原諒你！你最好老實交待你去哪裡了？有沒有偷吃好東西？」

「火兒，」林睿提醒他，「不快點把醋帶回去會耽誤吃飯的。」

「對啊。」火兒急忙說：「算了，反正我這幾天吃得很好，就原諒你了——我的心

胸很寬大吧！快點回家，馬上可以吃飯了。」說完帶著林睿和買來（是偷來的吧）的東西，匆匆飛走了。

「也就是說……」劉地看著他的背影，「這個傢伙根本沒有失蹤過吧……」他掐住周影的脖子惡狠狠地說：「你居然叫我放棄約會幫你找他，還險些連命都賠上！你要怎麼賠我！」

「我也不知道……當時他確實……」周影在劉地目光下申辯的聲音愈來愈弱。

「我的約會！我的女人！你賠來！賠我！賠我！賠我！」

「你都做過一次皇帝了，也不算吃虧。」南羽站出來打圓場。

「這麼說來……」

「不知道家裡發生了什麼事，我還是回去看看。」火兒雖然安然無恙，可是並不代表周影可以不擔心——尤其他和林睿在一起時，他們可是有過把定時炸彈拿來當玩具的記錄。

「我看他買了一大堆食物，大概是自己在家裡做飯吧？」南羽往好處猜測。

「他做飯，哈哈哈哈！」劉地馬上否定她美好的願望，「他做飯的話，這一片公寓早燒成白地了，不可能、不可能……」

周影一踏進家門，就聞到了廚房裡傳來的飯菜香味，接著一個女子出現在廚房門口，手中舉著來不及放下的鍋子向他撲過來，給了他一個擁抱：「周影，你回來了！看看我是誰！」

「瑰……瑰兒……」

瑰兒瞇著眼睛笑著問已經呆掉的周影：「我回來了啊，你有沒有想過我？」

「瑰兒，我很想妳啊！」不等周影回過神來，劉地已經撲上去擁著她的肩說：「爲什麼是人類的樣子啊！快，快恢復原形，我們去約會吧！」

「砰！」

瑰兒手中的平底鍋準確地命中了劉地的臉。

「給他擁抱，給我鍋子……這算不算種族歧視。」劉地伸長舌頭舔著臉上的油，笑著問。

瑰兒不好意思地把鍋子背到身後，靦腆地笑著說：「我回來了，劉地。」

「這還差不多，不是說到山中修煉嗎？怎麼不到半年就回來了？」

「沒有浴室、時裝和明星，周圍除了樹和動物只有妖怪，鬼才住得下去呢……」瑰

兒嘟著嘴說：「而且住在城市裡不也同樣可以修煉嗎？對不對，周影？」

周影還在呆呆看著瑰兒，沒有反應過來。

「對、對，在城市裡一樣可以修行。」火兒高興地說：「而且還可以給我做飯！」

他已經開始大嚼桌上的飯菜了。

「對了……」劉地一下想到了什麼，「瑰兒，妳的靈獸呢？」

「他們不喜歡城市，回山裡去了……你什麼意思……我警告你喔！我隨時可以叫他們來的，你別亂來喔！」瑰兒警戒地看著他。

「隨時叫來？叫來看看……妳那法術，十次成功一次吧？」

「是兩次！糟了！」瑰兒捂住了嘴——不小心說溜嘴了。

「從沒見過妳這麼笨的妖怪！」劉地不懷好意地湊上去，「嘿嘿嘿嘿嘿……做我的女朋友，以後讓我來保護妳吧……」

「啪！」

這次是周影丟了個盤子過來。

「你終於醒了！」劉地白他一眼，用頭頂著盤子問。

「瑰兒，妳回來了？」周影終於向瑰兒說了句話。

「嗯！而且我租了你對門的房子喔！我們以後是鄰居，你要多照顧我！」瑰兒甜甜地笑著伸出手。

「而且她會給我們做飯——一天三次！」火兒嘴裡塞著東西，含糊不清地說。

周影伸手握了一下她的手，「歡迎妳回來。」

「嗯，這下子鹿爲馬說的大靈獸的事也弄明白了——瑰兒，妳回來時先到了公園吧？」劉地一手搭著周影，一手搭著瑰兒說。

「是啊。」瑰兒臉紅了起來，「我弄錯了方位，掉在湖裡了。幸虧遇見火兒，不然濕淋淋的怎麼見人。」

「所以火兒才沒回家吧？」

「我那天先在半路上把朱厭吃完，就在公園裡睡了一覺，然後遇見瑰兒，又去幫她弄衣服，然後去買菜、租房子，瑰兒做了飯……我回來叫你一起吃，你竟然不在！」又想起周影丟下自己去玩的事，火兒瞪了周影一眼。

「眞相大白了吧！都怪你瞎操心！」劉地敲了周影頭一下。

瑰兒沉下臉：「不許欺負周影！」

「我偏欺負！我欺負、欺負……」劉地抓著周影的脖子扳來扳去的。

「火兒沒事，瑰兒又回來了，我們三個也平安，這是皆大歡喜的結果，對吧，南羽？快進來坐吧。」周影招呼一直站在門口的南羽進來，關上了門。

南羽從剛才就一直盯著瑰兒，瑰兒卻現在才發現她的存在，兩人的目光遇在了一起。

「對了，我還沒有介紹，這是南羽，她是瑰兒。」

南羽溫柔地笑著：「妳好，我是南羽，我常聽周影說到妳。」

瑰兒側著頭看她一會，甜甜一笑說：「妳好，我叫瑰兒。那麼大家來吃我做的飯吧！南羽來啊，還有劉地，小狐狸，來啊周影！」她像個小主婦一樣招呼著大家。

劉地抓著下巴奸笑著看著她們：「喔，很有意思……」

林睿站在他旁邊，與他同時做著同樣的動作，說著一樣的話。然後一個低頭，一個仰望，目光交流，露出了一樣陰險的笑容：「確實很有意思哦……」

「劉地、小狐狸，你們不吃飯啊！」

「吃飯，吃飯。」

「來了，來了！」

狡猾二妖組連忙往香味四溢的飯桌走去。

瑰兒一邊盛飯一邊問：「周影，你這幾天到哪裡了啊？」

「說來話長！」劉地接過來說：「我慢慢講給妳聽，就像做了一場夢一樣……事情的發生，是這樣……這樣……這樣的……」

《都市妖奇談　卷二》完

下集預告

都市妖奇談　卷三

夜晚，林睿的表哥邀了一群朋友，舉辦一場講鬼故事的聚會——

因爲母親出差，九尾狐林睿也跑過參一腳。一個又一個鬼故事接連出籠，越講越恐怖，越講越離奇。然而他們不知道的是，當他們講得正熱烈時，鬼故事才眞正要開始……

共收錄「都市妖奇談」——【萬獸貓最高】、【夜話】、【荒山夜語】、【漫卷詩書】、【不良少年的資格】、【男朋友】六篇故事。

國家圖書館出版品預行編目資料

都市妖奇談／可蕊著 .——二版 .——臺北市： 蓋亞文化 ，2007[民96] 冊；公分 .——(悅讀館) ISBN 978-986-6815-06-5(第2卷：平裝)) 857.83 96006994

悅讀館 RE069

都市妖奇談 卷二

作者／可蕊
封面繪圖／Blaze
封面設計／克里斯
企劃編輯／魔豆工作室
電子信箱◎thebeans@ms45.hinet.net
出版社／蓋亞文化有限公司
地址◎ 台北市100臨沂街19巷17號1樓
電話◎（02）23959801
傳眞◎（02）23959802
網址◎ www.gaeabooks.com.tw
電子信箱◎ gaea@gaeabooks.com.tw
郵撥帳號◎19769541 戶名：蓋亞文化有限公司
總經銷／大河文化
地址◎ 台北縣中和市員山路502號4樓之3
電話◎（02）22269629
傳眞◎（02）22210403
二版一刷／2007年12月
定價／新台幣 250 元
Printed in Taiwan

ISBN／978-986-6815-06-5

GAEA

GAEA